生命之乐

［英］约翰·卢伯克 著

曹明伦 译

商务印书馆
The Commercial Press
创于1897

John Lubbock

THE PLEASURES OF LIFE

据 A. L. Burt Company, Publishers, 1890 年版译出

汉译世界文学名著丛书
出版说明

1902年，我馆筹组编译所之初，即广邀名家，如梁启超、林纾等，翻译出版外国文学名著，风靡一时；其后策划多种文学翻译系列丛书，如"说部丛书""林译小说丛书""世界文学名著""英汉对照名家小说选"等，接踵刊行，影响甚巨。从此，文学翻译成为我馆不可或缺的出版方向，百余年来，未尝间断。2021年，正值"汉译世界学术名著丛书"出版40周年之际，我馆规划出版"汉译世界文学名著丛书"，赓续传统，立足当下，面向未来，为读者系统提供世界文学佳作。

本丛书的出版主旨，大凡有三：一是不论作品所出的民族、区域、国家、语言，不论体裁所属之诗歌、小说、戏剧、散文、传记，只要是历史上确有定评的经典，皆在本丛书收录之列，力求名作无遗，诸体皆备；二是不论译者的背景、资历、出身、年龄，只要其翻译质量合乎我馆要求，皆在本丛书收录之列，力求译笔精当，抉发文心；三是不论需要何种付出，我馆必以一贯之定力与努力，长期经营，积以时日，力求成就一套完整呈现世界文学经典全貌的汉译精品丛书。我们衷心期待各界朋友推荐佳作，携稿来归，批评指教，共襄盛举。

商务印书馆编辑部

2021年8月

初版序言

人们通常都期望，那些有幸能出席中学或大学开学典礼的人，那些有幸能授予嘉奖和颁发证书的人，同时也能为正在步入生活的年轻人提一些忠告，给一些鼓励，说一些其人生阅历可能使其有资格对年轻人说的话。

因我自己年少时往往会情绪低落，所以在上述那种典礼上，我有几次便借机讲述了我们人类所享有的特权和恩惠，在此我复述其中一些讲话的要旨（省略了每次切时切境所讲的特殊事例，并根据我后来的人生经历进行了一些随意的修改和补充），希望我复述的这些思想和引用的诗文，这些我自己一直在其中找到最大安慰的思想和诗文，兴许对他人也不无裨益。

几乎无须说明，本书绝没有穷尽世人可享的所有快乐之源。一些真正的极乐和幸福都被完全疏漏了。

读校样时我觉得，我有些见解可能显得过于武断，不过我希望，读者能考虑到这些见解发表时的具体场合。

约翰·卢伯克

1887年1月

于肯特郡唐镇高榆树庄园

第二十版序言

我三年前在工人学院①做的一次演讲（也就是构成本书第四章《谈书之选择》的那次）一直引起人们广泛的讨论。《帕尔摩晚报》曾就此话题向许多最有资格发表见解的权威人士发出过征询函。征询函引来了许多有趣的答复，并由此产生了其他一些书单。《生命之乐》被翻译成他国文字后，德国也曾出现类似的讨论。讨论结果一直都很令人满意，在认真考虑众人提出的建议之后，我觉得没有理由对第一份书单做任何实质性改变。我当初并无意拟定一份自己的书单，也不曾宣布过自己最中意的书籍。我当初的尝试，是想提供先前的作家们最普遍推荐的那些书目。在对我那份书单的各种批评中，虽然有人做了大量补充，总计达数百部作品，但很少有人指出遗漏。至于那些遭到质疑的作品（即少数几部东方典籍和威廉·韦克的《使徒后期诸教父》等），我也许可以这样说：我列出的那份书单并非指一百本最好的书，而是指那些最常

---

① 工人学院（The Working Men's College）于 1854 年创建于伦敦，由英国神学家、基督教社会主义创始人莫里斯（John Frederick Denison Maurice，1805—1872）任首任院长，曾有诸多名人（如但丁·加百利·罗塞蒂、约翰·罗斯金和埃利斯·富兰克林等）在该校任教。该校现为伦敦的一所成人教育大学。

被推荐为最值得阅读的书，这两者可谓截然不同。

例如，关于孔子的《论语》及其编定的《诗经》，我必须谦恭地承认，对这两本书我也不甚欣赏；我之所以将其列入推荐书单，是因为此二书深受中国人尊崇，而中国人有四亿之众。我可以补充说明，这两部作品的篇幅都不大。

再如塔尔博伊斯·惠勒用英文所写的《罗摩衍那》和《摩诃婆罗多》、巴泰勒米－圣－伊莱尔用法文写的《佛陀及其宗教》，这些书不仅本身就非常有趣，而且对我们伟大的东方帝国[①]也非常重要。

《使徒后期诸教父》的可信部分非常简短，实际上也收编在薄薄的一卷之中，作为那些曾与使徒们共同生活并相识相交之人的唯一著作，此书能流传至今，当然值得一读。

我一直都惊于权威人士表达的意见分歧之大。迄今已公布了九份有相当长度的书单。这些书单中大约有三百本书我不曾提及（不过我提及的那些书倒没有任何一本被漏掉），但却没有一本书同时在那九份书单中出现，甚至没有一本书同时被其中的一半书单收录，而且大约只有六七本书在其中两份以上的书单中出现。

若这些权威人士推荐的书目一致，甚或他们中大多数人的意见一致，我都会借用他们的推荐；但由于他们的意见大相径庭，所以我得允许自己这份书单与我最初提出的那份基本相同。不过，我添加了迦梨陀娑的《沙恭达罗》（英译本又名《失落的戒指》）和席勒的《威廉·退尔》，因此也删除了卢克莱修和奥斯丁小姐的

---

① 东方帝国指当时尚被英国统治的印度。

作品。删卢克莱修，是因为虽说其作品卓尔不凡，但可能不如书单中大多数其他作品那样适合读者；至于删奥斯丁，则是因为书单中的英国小说家代表稍多了一些。

约翰·卢伯克

1890 年 8 月

于肯特郡唐镇高榆树庄园

目　　录

上　卷

下　卷

上　卷

凡是有日月星辰照临的地方

对智者来说都是安身的乐土。

——莎士比亚

即便头顶上是晴空万里，

即便整个大地阳光灿烂，

可只要出现一小片乌云

有些人就会口吐怨言。

而即便只有一丝丝光亮，

一丝丝上帝的仁慈之光

能为其沉沉黑夜生辉，

有些人就会感恩并欢畅。

有人住高楼广厦或宫殿，

却总是心存傲慢和不满，

老问生活为啥这般沉闷，

所有欢乐美好都不沾边。

而有人住在破旧的茅屋，

却会惊喜于爱心的襄助，

永远不知疲倦的爱心哟，

赐予的恩惠是如此富足。

——特伦奇①

_____

①　特伦奇（Richard Chenevix Trench，1807—1886），英国诗人及语言学家。

第一章
谈快乐之义务

> 倘若一个人不快乐，请记住那肯定该怪他自己，因为上帝会让所有人都快乐。

> ——爱比克泰德[①]

生命是一份超乎寻常的礼物。到了懂事的年龄，大多数人都会自然而然地自问：我们生存于世的主要目标应该是什么？即便那些拒绝把"最大多数人的最大利益"作为绝对法则的人也会承认，人人都应该尽其所能为自己同类的幸福快乐做出贡献。然而，有许多人似乎心存疑窦，不知是否应该尝试让自己也快乐。当然，自己的快乐不应该成为我们追求的主要目标，如果只顾追求自己快乐，快乐实际上也得不到保障。我们可以从生活中得到许多快乐，但切莫让这些快乐支配我们，否则它们很快就会把我们移交给悲伤。塞内加曾说："欢乐和悲伤是两名无信而残酷的指

[①] 爱比克泰德（Epictetus），生活于公元一世纪时的古罗马斯多葛学派哲学家，奴隶出身，一生清贫，其学说由其学生阿利安（Plavius Arrian）记述在《谈话录》（*Discourses*）和《手册》（*Enchiridion*）二书之中。

挥官，人若任其无休无止地支配，将会陷入极其危险而悲惨的被奴役状态！"

但我不能不这样认为，假若我们的老师既阐述履责之乐，又关注快乐之义务，那么这个世界将变得更加美好，更加光明，因为我们都有义务尽可能地快乐，哪怕仅仅是因为我们自己的快乐能极有效地促成他人快乐。

想必人人都觉得，快乐的朋友就像阳光明媚的晴天，能把光明洒向四面八方；而我们大多数人都可以根据自己的选择，把这个世界变成宫殿或变成监狱。

沉陷于忧思伤感，想象自己是命运的牺牲品，对苦情冤屈耿耿于怀，这其中无疑有某种自私的满足，尤其当这种悲苦或多或少都并不真实的时候。人想快乐开心，通常都需要一番努力。让自己保持开心，这其中也有某种技巧，就像做其他事情一样，我们需要把自己差不多当成别人来加以监督和管理。

实际上，悲哀和欢乐常常奇妙地交织在一起，恰如雪莱在《云雀颂》中所说：

> 我们总是左盼右顾，
> 　把并不存在的东西追求；
> 我们发自心底的笑声
> 　往往也伴随着些许烦忧；
> 我们最甜蜜的歌也倾诉最深沉的哀愁。

作为一个民族，我们易于伤感。有种说法由来已久，说我们英格兰人甚至在欢乐时也不无忧伤。但是，即便此说不谬，我也希望这种说法被证明说的是一种短暂的特征。"快乐的英格兰"是个古老的说法，让我们期盼这种说法能再次成为真实。要寻找真正的忧郁，我们还得面向东方。读读波斯诗人欧马尔·哈亚姆的《柔巴依集》，还有什么比那些诗行更令人悲郁的呢?

> 我们羁留于此，只有短短的时日，
>
> 我们之所得所获唯有悲愁与哀戚;
>
> 然后留下生活中尚未解决的问题，
>
> 终于疲惫不堪且悔恨不已地离去。[①]

在埃德温·阿诺德[②]优美的英译本中，我们还能读到天神们赠与迦毗罗卫国悉达多王子（年轻时的释迦牟尼）的那首歌:

> 我们是四处飘荡的风之声音，
>
> 风声哀求止息，却永无静止。
>
> 瞧! 芸芸众生就像风儿一般——
>
> 一阵呻吟、呜咽、奋斗、叹息。

[①] 卢伯克加注说明这首四行诗引自温菲尔德（E. H. Whinfield）的英译本（1882）。【译者按】此诗似乎不见于更为流行的菲茨杰拉德（E. Fitzgerald）英译本。

[②] 埃德温·阿诺德（Edwin Arnold, 1832—1904），英国诗人及记者，著有关于释迦牟尼生平及教义的长诗《亚洲之光》(*The Light of Asia*, 1897)，翻译出版过一些梵文诗歌。

如果此情真正属实，如果人生真如此悲哀，真充满苦难，那就难怪世人会欢迎涅槃（哀痛之寂灭），甚至不惜以牺牲知觉为代价。

　　然而，难道我们不该为自己设立一个截然不同的理想？难道不该让我们前方有一个更为健康、更有气概、更加高贵的希望？

　　生命不单是活着，而该是好好地活着。有些人就像塞内加所说："虽活在世上，却毫无目标，不过像河面浮草漂过这世界。他们不是在行进，而是在随波逐流。"但正如荷马让尤利西斯说的那样，"最无聊的生活就是终止，住手，/未曾在使用中闪光就蒙尘生锈！/仿佛张口呼吸就是生活。"①

　　歌德告诉我们，他三十岁时就决心"不再过不完整的生活，而要追求生活的完整与美好"。

　　生命的确不该用时间去计算，而必须用思想和行为来衡量。无论如何，生活都可以并应该有趣，快乐，充满希望。有句意大利谚语说得好："纵然不是人人都能在露台上生活，但每个人都可以感受到阳光。"

　　如果我们能竭尽全力，如果我们不夸大小灾小难，如果我们能正视事情的真相（我并非说只看光明的一面），如果我们能利用遍布自身周围的种种恩惠，那我们必然会觉得生命真是一笔值得称道的遗产，就像乔治·赫伯特在诗中所说：

---

　　① 此处引文是英国诗人丁尼生从荷马史诗和但丁《神曲·地狱篇》第26歌取材写成的《尤利西斯》一诗（Ulysses，1842）第22—24行。

人类有那么多仆从精心照料，

　　多得连人都不知仆从有多少，

　　世人奔波时践踏的小草小花

　　生病时也是与人为友的良药。

　　伟大的爱哟！人类是个世界，

　　却有另一个世界来呵护关照。

　　然而，我们中很少有人意识到生活的这种神奇特权，或者说我们获得的种种福祉；很少有人意识到，只要我们选择拥有，宇宙的辉煌与美好都可以属于我们；也很少有人了解，我们能在多大程度上使自己成为想要成为的那种人，能在多大程度上拥有保卫安宁、战胜痛苦、平息悲伤的力量。

　　但丁曾在其诗中指出，坐失良机乃一种严重过失：

　　人往往会伤害自己，

　　往往会破坏自己享有的福祉，

　　可随之必然会为此徒然追悔，

　　徒然追悔自己干下的蠢事。

　　谁要是剥夺自己的生命光彩，

　　就会不计后果地浪费其天资，

　　就将在该欢乐时也悲伤哀戚。

　　世人往往把这个辉煌世界之神奇美好视为理所当然，即若忆及这些神奇美好时也几乎没有感恩之心，罗斯金[①]就曾在一本书中特别暗示过这点。他埋怨说："牧师向我们称颂上帝之爱的时候，很少提到那些能最直接而充分地显示上帝之爱的事物，尽管他们会大谈特谈上帝赐予我们可食之粮、可穿之衣，以及（上帝会赐予所有低等生物的）健康。牧师要求我们不要为上帝只允许人类感知的其杰作之辉煌而感恩。牧师常常要我们关在密室里沉思，却不让我们像以撒那样傍晚时分去野外冥想[②]。牧师大讲特讲自我牺牲的责任，却从不阐述快乐之义务。"然而，就像罗斯金在另一本书中恰如其分地说："在人生之旅的跋涉中，每个人都可以根据自己的工作生活方式做出选择，或将大自然的万物之声谱写成一曲欢乐之歌，或去破坏并摧毁自然之声的和谐，使其变成一种不友好的可怕沉寂，一种表示谴责的沉寂，或变成她从石缝中发出的呐喊，变成她朝我们扬起的尘土。"

难道我们不该同泰勒爵士[③]一道承认"回顾人生总让人觉得曾失去许多大好机会"？布朗爵士[④]则说："谁要是不享受生活的乐趣，哪怕他披着一副看得见的皮囊，我也只把他看作一具幽灵。"

<hr>

① 罗斯金（John Ruskin，1819—1900），英国作家、评论家及艺术家，对维多利亚时代的公众审美观产生过重大影响。

② 以撒傍晚时分去野外冥想之事见于《旧约·创世记》第24章第63节。

③ 亨利·泰勒（Sir Henry Taylor，1800—1886），英国诗人及散文家。

④ 托马斯·布朗（Sir Thomas Browne，1605—1682），英国医生及作家，以沉思录《一个医生的信仰》（*Religio Medici*，1643）为世人所知。

实际上，圣伯尔纳[①]甚至坚持说："除了我自己，什么都不能对我造成伤害；我承受的伤害我须臾不离，但非我自己有过错我真不会受到伤害。"

有些非基督教的道德家也给予过世人非常相似的教诲。马可·奥勒留[②]就曾说："诸神已经以种种方式赋予人力量，使其不致堕入真正的邪恶。既然神不会使人变恶，又怎么会令其生活变糟呢？"

爱比克泰德也持同样的观点："倘若一个人不快乐，请记住那肯定该怪他自己，因为上帝会让所有人都快乐。"他在不同的场合还说过："我始终都满足于所发生的事，因为我认为上帝的选择会好于我的选择。"他还说："别希求事情按自己的意愿发生，只求所发生的事就是该发生的事，这样你就会有一种平静的生活……如果你觊觎属于别人的东西，那你将失去自己之所有。"

不过我认为，几乎无人能达到伯尔纳那种境界，即便有也屈指可数。我们必然会承受痛苦，忍受疾病，经受烦忧，必然会遭遇失败，遭受冷漠，遭逢各种差错，甚至会遭我们所爱之人的白眼。一句狠话就会让我们度过多少个郁郁寡欢的昼夜！

据说，1806 年 10 月 14 日那天，黑格尔在耶拿平静地写完了

---

① 圣伯尔纳，又称"明谷的伯尔纳"（Bernard of Clairvaux, Saint, 1090—1153），法兰西人，天主教西多会修士，在政治、文学、宗教等方面对西方文化有重大影响。

② 马可·奥勒留（Marcus Aurelius，又译马可·奥勒利乌斯，121—180），罗马皇帝（在位期 161—180），斯多葛派哲学家，戎马倥偬间在军营中写成《沉思录》（Meditations）十二卷，其论多善。

他的《精神现象学》，对在他周围进行的激烈战事^①一无所知。

马修·阿诺德曾在《自立》一诗中建议我们可效法天体。

> 不为其四周的沉寂所惊骇，
> 不因其所见的景象而分心，
> 众星并不需要其身外之物
> 给它们关爱、快乐和同情。

> 自己划地为界，从不关注
> 上帝的其他造物是何情形，
> 竭尽全力履行自己的职责，
> 并获得你所见的强大生命。

确乎其然，布朗爵士在诗文中也说：

> 人人都是自己的命星，
> 无论善恶，我们之所为
> 就是我们的守护天使。

他又说："一个人与其随大流作恶，不如像庞培柱那样巍然耸立，独善其身。"不过对许多人来说，这样兀然独立本身就是极大的痛苦，因为"人心不是一座与世隔绝的孤岛，而是与其相连的

---

① 指"耶拿战役"，即拿破仑·波拿巴指挥的法军与英、俄、普、瑞（士）组成的第四次"反法同盟"于1806年10月在德国耶拿进行的战役。

同一片大陆"①。

如果我们与邻居、同事的利益过于分隔，连他们受苦受难时也漠不关心，那我们也就不可能分享他们的快乐，结果所失会远远多于所得。如果我们拒绝同情，把自己包裹在自私而冷漠的甲胄之中，那我们也就拒绝了生活中许多最为美妙而纯洁的欢乐。如果我们对痛苦麻木不仁，那我们肯定也就丧失了可能享受的快乐。

再则，人谓之祸者，许多乃扮祸之福。布朗爵士就曾说，"我们既不要贸然抱怨尚不了解的灾祸，也不要忽视灾祸中每每依伏的福祉。"就像普卢塔克所言，快乐和痛苦是把灵肉固定在一起的钉子。痛苦乃危险之警告，是生存之必需。如果没有痛苦，没有知觉向我们发出的警告，我们身边实实在在的福祉很快就会不可避免地变成灾祸。不少对感知问题素无研究的人会以为，身体越内在的部分感觉越敏锐。可情况恰恰相反，皮肤才是永远保持警惕的哨兵，会随时向我们报告任何正在逼近的危险；而肌肉组织和内脏器官的疼痛就没有这种效用，因为只要它们健康无恙，相对说来就没有危险的感觉。

赫尔普斯②说："我们常谈论不幸之根源……可何谓不幸呢？我们常说痛苦和磨难对人有益，这或许是针对其效果而言；但我们很少承认痛苦和磨难本身就有益。痛苦和磨难仍然是知识——不然怎样能获得知识，除非把人变成神，使其无须体验就能明

---

① 语出《培根随笔集》第13篇《论善与性善》。

② 赫尔普斯（Sir Arthur Helps, 1813—1875），英国作家，著有两卷本《友人聚谈录》（*Friends in Council*, 1847, 1849）。

白事理。对人自身来讲，所经历的一切都完全可以是最好的经历——至少从我们习惯用语的意义上讲，并无所谓的不幸之事。"

的确，"身在谷底者更识山之面目"①，而卢梭则说"要享大富，必经小难"。

不过，即便我们似乎并没有获得我们应该希求的一切，许多人也会有利·亨特②翻译的菲利卡亚③那首美妙的十四行诗中的那种感觉：

> 我们高高在上的永恒的上帝
>
> 将世人的需求作为他的使命，
>
> 倾听我们所求，济我们所需，
>
> 即便有时候似乎在拒绝我们，
>
> 也是因为想要我们确定所求，
>
> 或表面上拒绝，其实已给予。

另一方面，那些不接受"永恒干预"这个概念的人，也乐于相信宇宙法则总体上是为了芸芸众生都快乐。

而如果悲伤降临，它也像奥布雷·德韦尔④在诗中所说：

---

① 语出《培根随笔集》第48篇《谈门客与朋友》。

② 利·亨特，全名为詹姆斯·亨利·利·亨特（James Henry Leigh Hunt，1784—1859），英国散文家、评论家及诗人。

③ 菲利卡亚（Vincenzo da Filicaja，1642—1707），意大利抒情诗人。

④ 奥布雷·德韦尔（Aubrey Thomas de Vere，1814—1902），爱尔兰诗人及批评家。

　　　　悲伤就应该像欢乐一样，

　　需庄重，平和，镇定，安详，

　　能使自由升华，纯净而坚强，

　　坚强得足以把小灾小难消弭，

　　足以赞美崇高而永恒的思想。

　　不管怎么说，我们即或不能期望人生总是快乐，至少也可以从正面确保一种平衡，因只要勇敢面对，连某些看似不幸之事也常常会变成好事。塞内加说："灾祸往往会变得对我们有利，在废墟上可创造更大的辉煌。"科学巨匠亥姆霍兹就认定，他的科学事业肇端于一场病患。那场病让他获得了一台显微镜，而他之所以买得起那台显微镜，就因为他1841年秋假期间因患伤寒而在医院度过。由于他是学生，医疗护理都免费，结果他病愈后发现，居然从微薄的收入中攒下了一小笔钱。

　　卡斯特拉尔[①]曾评说："如果情势不同，萨伏那洛拉[②]无疑会是个称职的丈夫，慈爱的父亲，一个名不见经传的普通人，绝无能力在时间长河和世人心中留下他深深的痕迹。但厄运降临到他头上，碾碎了他的爱心，给了他伤心人特有的那种明显的忧郁；绕在他眉宇间的忧郁像一顶荆冠，但同时也是一顶散发着不朽光辉

　　① 即卡斯特拉尔－里波尔（Emilio Castelar y Ripoll，1832—1899），西班牙政治家及著作家，曾任第一共和国总统（1873—1874），马德里大学历史教授，著有长篇小说、历史评论和政治演说等著作九十余部。

　　② 萨伏那洛拉（Girolamo Savonarola，1452—1498），意大利基督教宣教士、宗教改革家及殉教者。

的花冠。他的希望曾全部寄托在他爱的那个女人身上，他生命的全部意义就是拥有她。而当她家人最终拒绝他时（部分因其职业，部分因其个性），他以为随之而来的就是死亡，可事实上来的却是不朽的名声。"

然而，我们也没法否认不幸之存在，而对不幸之因的探究长期以来一直在考验人类的智力。远古野蛮人认为不幸之存在是因为有邪神恶魔。古希腊人把人类的灾祸大多归因于诸神的相互嫉妒和憎恶。另有人猜想诸神有两种截然对立的为神之道——一种与人为友，一种与人为敌。

不过，行为之随心所欲似乎与不幸之发生有关。如果让我们拥有选择的权力，是福是祸多半都得看我们自己的选择。从事物的本质上讲，人不可能随心所欲。爱比克泰德曾设想朱庇特这样对世人说："如果有可能保障你们的生命财产免受侵害，我早就那么做了。因为那不可能，所以我把自身的一小部分给了你们。"

这份天神的礼物需要我们明智地使用。它实际上是我们所拥有的最珍贵的财富。爱比克泰德说："心灵比你拥有的其他宝藏都更珍贵。那么，能告诉我你是用何种方式照顾心灵的吗？因为你是聪明人，所以不可能对这件最珍贵的宝物掉以轻心，任其遭到忽视，甚至被损毁。"

再者，即便飞灾横祸不可能完全避免，有一个事实也不可置疑，那就是：我们生活得是好是歹，有益无益，快乐不快乐，基本上都在我们自己的掌控之内，在很大程度上都取决于我们自己。爱比克泰德就说："愚笨者的悲伤只有时间能消除，而聪明人有理智可平息悲伤。"而且除自作自受者之外，从来就没人遭遇过绝对的不幸。我们即若不是自己的主人，至少也该相当于自己的创造者。

对大多数人来说，遮蔽生活阳光的乌云与其说是大大的悲哀、疾病或死亡，不如说是小小的"终日了无生趣"。我们生活中许多痛苦烦忧，其本身都无关紧要，都可以轻易避免！

若能避免愚蠢的误会与争吵（这么说可谓恰如其分），家庭生活通常会怎样其乐融融！爱发牢骚或爱发脾气是我们自己的过错，我们也无须因别人满腹牢骚或脾气暴躁而让自己不快，虽说要做到这点并不容易。

世人所遭受的痛苦多半都由自己亲手造成，即便不是出于真正的过错，至少也是出于轻率或无知。我们通常只考虑当下的快乐，却因此而牺牲一生的幸福。相对说来，痛苦一般不会找上门来，经常是我们自讨苦吃。我们中许多人都是在浪费生命。法国作家拉布吕耶尔说过："许多人往往花大量时间来造成别人的痛苦。"而歌德则在其诗中说：

> 从古至今，被忧虑折磨的人
>
> 都在播撒虚荣，收获失望。

挪亚在洪水即将泛滥的折磨下生活了多年[1]，耶利米在耶路撒冷被围困前就为该城操心并身陷囹圄[2]，我们也都像那两位古人一

---

[1] 上帝降大洪水毁灭人类以及挪亚造方舟避难的故事见于《旧约·创世记》第 6—8 章。

[2] 古以色列先知耶利米的这段故事见于《旧约·耶利米书》第 36—38 章。

样，不仅为预感要降临的不幸而忧心忡忡，而且因忧惧根本就不会发生的灾祸而折磨自己。世人应该尽其所能做事，然后平静地等待结果。我们常听说有人因过度操劳而崩溃，但实际上那些人之所以崩溃，十之八九都是因饱受烦恼或焦虑之苦。

卢梭曾说："精神上的疾病全在于人们的看法，只有一种例外，那就是犯罪，而是否犯罪则取决于我们；身体上的疾病会摧垮我们，或导致我们自毁。时间或死亡是我们的治病良药。"

> 治病良药往往就在自己手中，
> 我们却偏要将其归于上天。[①]

不过，以上所论只针对成人而言。至于对孩子，情况则当然不同。人们一般爱说快乐的童年，但我以为此说有误。无论程度如何，孩子们往往都会过分焦虑，过度敏感。成人应有成人的气概，成人应该做自己命运的主人，可孩子们通常都受身边的人摆布。著名驯马师拉雷[②] 先生告诉我们，他知道一个狠毒的字眼，可让马的心脏每分钟多跳十次。想想吧，这样的字眼会怎样影响孩子！

孩童过分焦虑可稍加疏导，若严厉斥责则会有风险。须知爱默生说过："对风暴之恐惧最见于家中或海上。"

---

① 语出莎士比亚喜剧《终成眷属》第 1 幕第 1 场第 216—217 行。

② 拉雷（John Solomon Rarey，1827—1866），美国俄亥俄州著名驯马师，曾被召至英格兰，在温莎城堡替维多利亚女王驯马。

为避免假想的不幸或并不确定的灾难，我们常常遭受真正的痛苦。伊壁鸠鲁曾说："不能有获就知足者，终将满足于一无所获。"塞内加亦说："我们常因贪心不足而操劳。凡用不上的财物皆非我们所需之物，只能成为拥有者的负担。"世人多半都会为自己招来许多毫无用处且碍手碍脚的麻烦，这就好比在人生旅途上背着多余的沉重行囊，就好比"像孔雀一样长了尾巴短了翅膀"[①]；就好比童话故事《爱丽丝镜中奇遇记》中那位"白衣骑士"，出发旅行前准备了各种各样零碎的物品，甚至带上了一个捕鼠器，以防夜间被老鼠骚扰，还带了一个蜂箱，以防万一遇到蜂群。

塞缪尔·赫恩[②]在其《科珀曼河口之旅》中告诉我们，他1771年那次探险开始几天后便与一群印第安人遭遇，印第安人抢走了他许多物资，但赫恩在书中却如是说："我们的行李重量大大减轻，次日的行程更令人感到轻松愉快。"在此我无论如何也应该补充一点，那些印第安人还打碎了他携带的科学仪器，而这些仪器无疑更是一种累赘。

假若真有烦扰找上门来，马可·奥勒留也曾明智地告诉过我们："凡遇令你苦恼之事，请记住运用这条法则：这并非不幸，只要坦然承受，不幸即会变为有幸。"较之可让我们动怒的事情本身，发怒对我们自己的伤害更大；较之可让我们生气的行为本身，我们任其点燃自己心中的怒火会使我们遭受更多的痛苦。例如，

---

　　① 语出《培根随笔集》第48篇《谈门客与朋友》。

　　② 塞缪尔·赫恩（Samuel Hearne，1745—1792），英国探险家，从陆地到北冰洋的第一个欧洲人。

多少人任由自己被与人争辩和家人争吵弄得心烦意乱，可在大多数情况下，我们都不该因别人指责自己而感到不快。如果别人说得对，那就将其当作一种警示而加以欢迎；若别人说得不对，我们又为何要因之而苦恼呢？

再者，若不幸之事发生时我们只为之哀伤，这会让事情变得更糟。

爱比克泰德还说过："我肯定会死，但我就必须悲哀地死去吗？我肯定会被囚禁，但我就必须为此而悲伤吗？我肯定会被流放，但谁能不让我高高兴兴、心满意足地离去呢？'老兄，你在嚷嚷些啥？我可要把你送进大牢。'你可以囚禁我的肉体，但我的思想连天神宙斯也不能征服。'"

的确，如果我们不能让自己快乐，那通常都应该怪我们自己。苏格拉底曾在三十个暴君的统治下生活。爱比克泰德曾经也是个奴隶，可我们受了他多少恩惠！

他曾说："无御寒之衣，无遮雨之屋，无取暖之炉，无可供使唤的奴隶，无可以统治的城邦，这种一无所有且蓬头垢面之人，怎么可能有舒心日子过呢？瞧，天神就送来了这样一位，让你们知道这种事完全可能。看看我吧，我无城可治，无房可居，没有财产，没有奴隶；我席地而眠，无妻，无子，无家，唯有天地和这件可怜的斗篷。我欲何求？我难道没有悲哀？我难道没有忧惧？我岂非无所事事？可谁曾见我欲而不获？谁曾见我弃而不取？我可曾抱怨过上天？我可曾责怪过世人？你们中有谁见过我愁眉苦脸？对你们所惧怕或仰慕的那些人，我又是如何待之？我难道不是把他们当作奴隶？有谁见到我不是以为自己见到了国王，见到了主人？"

想想吧，有多少恩惠我们需要感铭！对每天都能获得的诸多恩惠，我们中很少有人怀感恩之心。我们将这些恩惠视为细枝末节，可米开朗基罗曾说："细枝末节造就完美，虽说完美并非细枝末节。"我们之所以忽视这些恩惠，是因为这些恩惠每时每刻都在我们身边；但正如佩特[①]先生恰当的评述，"对我们每个人来说，只要能穿透'熟视无睹'这层面纱，就会发现寻常之物本身绝不寻常，那些纯朴的馈赠——面包、牛奶、水果、酒浆，以及诸如此类的细小恩惠——似乎都可以恢复其诗意和道德意义，而诗意和道德意义肯定都存在于我们日常生活的方方面面。"

伊萨克·沃尔顿[②]曾说："切莫因上帝每日所赐之恩惠都很寻常，我们就不尊重上帝，不赞美上帝；自与上帝相聚以来，我们就一直获得纯真的快乐，所以让我们别忘了赞美上帝。盲人若也能像我们一样看见河川、草地、鲜花、清泉，那他有什么不愿付出？而我们每天都能享受许许多多诸如此类的恩惠。"

伊壁鸠鲁告诉我们，满足不在于多有钱财，而在于少有欲望。不过在这个幸运的国度，我们可以多有欲望，只要欲望合理，我们都可以得到满足。

---

① 佩特（Walter Horatio Pater, 1839—1894），英国散文家及评论家，著有《文艺复兴史研究》（*Studies in the History of the Renaissance*, 1873）和《享乐主义者马利乌斯》（*Marius the Epicurean*, 1885）等。

② 伊萨克·沃尔顿（Izaak Walton, 1593—1683），英国传记作家，其传世代表作为《高明的垂钓者》（*The Compleat Angler*, 1653），此书又名《沉思者的娱乐》（*The Contemplative Man's Recreation*）。

大自然真毫不吝啬地为人类幸福提供了基本所需。罗斯金曾说:"看玉米生长,观开花结果,扶犁耕田,挥锹挖地,或读书,思索,恋爱,祈祷,这些都是令人快乐之事。"

杰里米·泰勒[①]曾说:"我遭遇了劫贼[②],那又怎么样呢?他们毕竟给我留下了日、月、水、火,留下了一个忠实的妻子和众多同情我的朋友,还留下了一些给予我救助的人,而且我还能说话。除非我乐意,否则他们就夺不走我的笑容、良知和乐观精神……一个极爱悲伤和恼怒的人,一个抛弃所有欢乐而选择在一小丛荆棘上独坐的人,就是这么一个有充分理由快乐的人。"

爱比克泰德曾说:"只要有事情可思考,有日月星辰可眺望,有大地海洋可欣赏,一个人就不会孤独,不会无助。"

如马丁·路德所言:"天堂真可谓这整个世界。"我们在这个世界还有什么更多的欲求呢?格雷格[③]在其《生命之谜》一书中说:"形形色色的美已充溢上帝赐予我们的家,赏心之美、悦目之美、入耳之美、扑鼻之美、爽口之美,构成最高贵最可爱的形态,染出最华丽最精妙的色彩,溢出最香甜最鲜美的滋味,融成最温馨最激越的和谐:白昼阳光之辉煌、夜晚月色之幽雅、山峦湖泊、原始森林、一个半球'千年雪封的寂静山峰'[④]、另一个半球叹为

---

① 杰里米·泰勒(Jeremy Taylor, 1613—1667),英格兰圣公会主教及著作家,著有《圣洁生活的规则和礼仪》(*The Rule and Exercises of Holy Living*, 1650)和《圣洁死亡的规则和礼仪》(*The Rule and Exercises of Holy Dying*, 1651)。

② 应指英国共和政治动乱时期(1637—1660)压制圣公会的"长老派"。

③ 格雷格(William Rathbone Greg, 1809—1881),英国散文家。

④ 语出丁尼生《食忘忧果的人》(*The Lotos-Eaters*)第16行。

观止的热带风情、日落之平静、风暴之庄严，不论我们身在何处，天赐之美都形形色色，无穷无尽；每时每刻都充溢在我们身边的美，无一不比我们所能想象的更为精致，无一不比我们所能希求的更为完美；仿佛我们的知觉之所以这样造就，就是为了活着感知这一切。上天为我们的感官所提供的可享之资可谓丰盈富足，为我们复杂天性之其他需求所准备的材料也可谓俯拾皆是。凡痴迷过青春想象力之最初狂喜者，凡陶醉于思想世界之丰饶奇妙者，谁会不承认智力至少与感官一样也获得了上天极其丰厚的馈赠？凡真品尝过人间之爱者，凡真体验过爱情带来的欣然陶然者，谁不曾为一种真超乎想象的极乐而感谢过上帝？造物主始终都忙于为他所爱的孩子们创造快乐，只要我们心中有这幅画面，我们就没法想象这世界的任何一个角落不存在快乐的元素。"

第二章
谈履责之乐

我始终都满足于所发生的事，因为我认为上帝的选择会好于我的选择。

——爱比克泰德

啊，上帝，全能的上帝哟！

如果芸芸众生在你的眼中，

也像尘世间万物那般坚强，

这凡尘就会是幸福的居所；

那么茫茫尘寰将不同于今，

那么芸芸众生将多么快乐！

——波伊提乌 [1]

我们不该把对人对己应担负的责任想象成严厉的监工。责任更像是仁慈而多情的母亲，她甘愿随时保护我们，让我们免于这

---

[1] 波伊提乌（Anicius Manlius Severinus Boethius，约 480—524），古罗马哲学家、神学家及政治家，著有五卷本《哲学的慰藉》（*De consolatione philosophiae*）。

个世界的忧虑和烦恼，引领我们走和平安宁的道路。

一个人若与人类社会隔绝，多半都会导致一种既自私又沉闷的生活。我们有责任使自己有益于人，如此生活方能趣味无穷，而且多少还可以消除烦忧。

可我们怎样才能让生活充满活力，充满生机，充满情趣，但同时又能免除烦忧呢？

历史上许多伟人都在这种努力中折戟沉沙。就像科尔顿[①]所说："安东尼在爱情中寻求快乐，布鲁图在荣耀中寻求快乐，凯撒则在其统治中寻求快乐；可安东尼找到的是耻辱，布鲁图发现的是厌恶，而凯撒得到的则是背叛，三豪杰之所获都是毁灭。"财富也常常带来危险、灾难和诱惑，因钱财需要用心管理，不过若使用得当，钱财也可以使人尽享快乐。

那么，如何确保这一伟大目标之实现呢？马可·奥勒留曾说："什么能给人以引导？唯有一物，那就是理性。而理性在于维护人内心的神性不受亵渎和伤害，在于能超越痛苦和欢乐，在于使人之所为既不无的放矢，也不弄虚作假，同时也不受他人之有为或有所不为的影响；此外，理性还在于须接受一切发生之事和注定之事，因为无论其为何事，都是与人自己同根同源；最后，要以愉悦的心情等待死亡，须知所有生物都由几种基本元素构成，死亡不过是那些元素分解而已。"坦白地说，我并不觉得他最后这句话有多重要，因为就其论点而言，这句话似乎显得多余。不管怎么说，死亡这个念头对人生行为的影响，肯定比世人所预想的

---

① 科尔顿（Charles Caleb Colton，1777—1832），英国牧师、作家及收藏家。

更小。

　　培根真切地指出："人类的种种激情并非脆弱得不足以克服并压倒对死亡的恐惧……复仇之心可征服死亡，爱恋之心会藐视死亡，荣誉之心会渴求死亡，悲痛之心会扑向死亡。"[①] 就像波斯诗人哈亚姆在《柔巴依集》中所唱：

> 别以为我会怕自己灵魂出窍，
> 穿过黑洞洞的大门坠入死亡，
> 只要活得纯真，死并不可怕，
> 邪恶的人生才叫人害怕死亡。

　　只要能尽自己所能让他人快乐，只要能有助于人间太平和芸芸众生和睦相处，我们当然不必惧怕死亡。同样，没有什么比有益于人更能使我们免除人世间的忧虑——那些耗费了我们太多时间并给我们的生活带来了太多痛苦的忧虑。只要我们已竭尽全力做事，就应该平静地等待结果，就应该像爱比克泰德说的那样"满足于所发生的事，因为上帝的选择会好于我的选择"。

　　我们即便未能实现所有的愿望，至少也会因努力而改变自己。一个人或许真做不了多少事。因为就像爱比克泰德所说："你并非大力神赫拉克勒斯，不可能肃清人世间的邪恶；你也不是大英雄忒休斯，不可能清除阿提刻地区的所有恶行。但你可以清除自身。

---

① 引自《培根随笔集》第 2 篇《论死亡》。

不是清除普洛克儒斯忒斯和斯喀戎①，而是从你自身，从你内心深处，清除悲伤、恐惧、欲望、嫉妒、恨毒、贪婪、软弱、放纵。不过，要清除这些弱点和恶习，你就只能依靠上帝，心系上帝，按上帝的旨意奉献自己。"

人们有时会想，若能随心所欲，自由自在，那该有多快活！但正如罗斯金所说，鱼比人更逍遥，而苍蝇则更是"自由自在的黑色精灵"。所谓的快乐生活，放荡不羁的生活，并非真正的快乐，亦非真正的自由。远非如此，我们若一旦放纵自己，就会遭受一种最难以忍受的暴虐。诱惑在某些方面就像饮酒。起初兴许会觉得清冽甘爽，但杯底却潜有些许苦涩。人们饮酒，往往是为了满足先前的放纵引发的欲望。受其他诱惑也是如此。重蹈覆辙会很快变成一种渴望，而不是一种乐趣。抵御诱惑越来越难，而屈从于诱惑，一开始兴许能稍稍带来些暂时的满足，但很快就不再让人感到快乐，即便能获得片刻快感，转眼间也会变得令人厌恶。

抵御诱惑难，屈从诱惑苦，到头来，可怜的诱惑受害者只能（或以为他只能）花钱去买片刻的娱乐，以减轻其无法忍受的渴望和抑郁，但付出的代价是将来更大的痛苦。

另一方面，克制自己，拒绝诱惑，不管起初有多难，都会逐步变得容易并令人愉快。真不可思议，我们都具有一种双重天性，而较之能完全克制自己，几乎没什么胜利堪称真正的胜利，没什

---

① 普洛克儒斯忒斯（Procrustes）和斯喀戎（Sciron）是希腊神话中被英雄忒休斯杀死的两个强盗。

么快乐堪称真正的快乐。

骑精神抖擞的骏马是何等开心，虽说需要点力量和技巧，也比骑疲惫的驽马要愉快得多。骑骏马奔驰，你会觉得自己潇洒自在，意气风发；而骑驽马趱赶，你感觉就像是不得不驱赶一名没精打采的奴隶。

实际上，人能支配自己可谓最大的丰功伟绩。布朗爵士曾说："能支配自己命运者，可惬意地挥舞自己的权杖，不会去嫉妒凡尘间王公贵族的荣耀。"毕竟离天国最近者才是真正的高贵者，而远离天国者是最卑贱的人。

真正的伟大与地位或权力几乎无关。爱比克泰德就说："欧律斯透斯虽登位掌权，但他并非阿尔戈斯或迈锡尼真正的国王，因为他甚至连自己也不能控制；而赫拉克勒斯虽赤手空拳，孤身一人，却清除了怪兽恶徒，推行公平正义。"①

我们都听说过这段故事，古希腊哲人基尼阿斯曾问伊庇鲁斯国王皮洛士："你征服意大利之后想做什么？"皮洛士回答："征服西西里。""征服西西里之后呢？""征服非洲。""征服整个世界之后又想做什么呢？""我将轻轻松松、快快活活过日子。""那么，"基尼阿斯追问道，"你干吗不能从现在起就轻松快活地过日子呢？"

---

① 据希腊神话传说，天后赫拉施计让欧律斯透斯登上了本来属于赫拉克勒斯的王位，并把后者当臣仆驱使，命令他去完成十二件艰难任务（即赫拉克勒斯后来建立的十二项功绩）。

赫尔普斯①爵士也曾明智地指出："放眼环视整个宇宙，肯定会在某种程度上抑制个人的野心。在这小小的地球上，皇帝、国王、酋长、王公算得了什么？"培根曾说，"一切升迁腾达均须循小梯迂回而上"，而"帝王君主好比天上的星宿……虽然受人崇拜，但却永不安宁"。②

柏拉图在《理想国》中讲到一段古老的神话传说：人死之后，每个灵魂都必须为其在另一个世界的存在挑选一种命运；他告诉我们，聪明的尤利西斯花了很长时间，最终选择了做一名隐士。他找到那枚命签可费了不少功夫，因为它躺在一个角落里无人问津；但尤利西斯选定命运后非常欣喜；因回想起自己在人世间经历的一切，他已不再痴迷雄心壮志。

再说，王公贵族的生活实则是份苦差。礼仪庆典兴许有其价值，但会占用太多时间，而且非常乏味。

每个人都是自己最宜居的王国。因此所罗门曰："驾驭己心者，强若取城者。"③驾驭自我可谓最真最高的王权，但这种权力很少通过继承来获取。每个人都必须战胜自己，而只要以正义之心作向导，以超我之心作统帅，我们都可以战胜自己。

凡尽力而为者都不会真正失败。塞内加曾评说："没人能说那三百法比勇士打了败仗，他们不过是被敌人杀了。"只要你已经尽力而为，用一首古老的斯堪的纳维亚民谣唱词来说，你就赢得了

---

① 参见本书第一章《谈快乐之义务》相关注释。
② 分别引自《培根随笔集》第11篇《论高位》和第19篇《论帝王》。
③ 引自《旧约·箴言》第16章第32节。

"自己的胜利，而那就是最大的胜利"。

由于鄙人从事商业事务，所以当发现某位名气不亚于亚里士多德的权威①对商业的论断（差不多像是个不证自明的命题）时，我感到几分震惊，该权威居然说："经商与我们希望市民过的高品位生活格格不入，与我们一心激励市民要达到的高雅精神境界背道而驰。"我不知道在古希腊人心目中，精神境界和经商意向到底相隔多远；但如果真相差万里的话，那我就并不惊于古希腊的商业不是应该的那么发达。

其实我可以用亚里士多德自己的话来反驳他，因为他在其他场合也说过："应该为悠闲之故而选择经商，为举止高雅之故而选择做必要之事和有用之事。"

在我们这样一个国家，从事商业贸易、工业制造和农业生产，是大多数国民在日常生活中履行并且必须履行的责任，说履行这种责任与高品位生活或高贵生活格格不入，这显然不合实情。一个人活得高贵与否，并不在于其从事的职业，而在于其追求的精神。卑微的生活可以孕育高贵，而王权赫赫的君主或名声显赫的才子也可能活得为人不齿。认真说来，经商不仅可以与高品位生活谐调，而且我几乎可以进一步断言，只要经营者怀着高尚的目标和慷慨之心，商业贸易将会是最成功的行业。若稍加修改，罗

---

① 暗指苏格兰散文作家及历史学家卡莱尔（Thomas Carlyle，1795—1881）。卢伯克在另一本书中也批评过卡莱尔对商业的偏见，"从亚里士多德到卡莱尔……都谴责从事贸易和经商的人（说准确一点，我也许该说是谴责贸易和商业本身），认为他们卑鄙，几乎斯文扫地……可幸运的是，情况并非如此"（引自《生命之用》第三章《论钱财》）。

斯金关于绘画艺术的评述通常对生活也适用。"重要的并非画玫瑰花瓣还是画悬崖深渊，而是画家工作时陪伴他的爱意和赞美之心，是将永远留在其画作上的爱意和赞美之心。是在一小块画布上辛劳数月，还是一天内就在一面高堂粉墙上涂满色彩，这同样也不重要，重要的只是画家心中要有神圣的目标，要让心中充满耐性，或者说是目标和耐心驱策他挥毫作画。"

实际上他在后一卷书中也提到过这段评述，并补充说："作为努力的目标，虽则万物皆好，一切皆美，但就有助于人而言，就能使他人快乐而言，有些事物又比其他更好；有机会在好与更好之间进行选择，这始终都是我们的责任。"不过他又说："如果没有机会选择，我们也应该满足于做力所能及的事。"

我们都读过古代英雄的故事，而且都钦佩那些英雄，但我们每个人都必须跑自己的马拉松，参加自己的温泉关之战。我们每个人都会在其必经之路上遇到斯芬克斯。我们每个人都会像赫拉克勒斯那样面临善与恶的选择。兴许我们还会像特洛伊王子帕里斯那样，决定生活这枚金苹果到底是给爱神维纳斯，给天后朱诺，还是给智慧女神弥涅瓦。

有许多人似乎都觉得，我们遇上了这样一个时代，生活特别艰难，充满了焦虑，缺乏昔日的闲暇，生存竞争也比过去激烈。

但换个角度来看，我们必须记住，较之过去我们不知安全了多少。这也许是个辛苦工作的时代，但只要不走极端，辛苦工作就绝非灾难。如果说我们觉得空闲时间少了，原因之一是生活中的乐趣多了。工作就业可产生快乐，所以总的来说，我认为不曾有哪个时代像今天这样，谦虚和勤勉能得如此丰厚的回报。

的确，我们绝不能因成功迟来而气馁，也不能因成功早到而得意。世人往往会因自己犯错而怨天尤人。塞内加在一封信中讲到服侍他妻子的女仆，那名女仆叫阿帕丝忒，她几乎双目失明，但"她并不知道自己眼瞎，只抱怨说屋子里黑洞洞的。我们也许会觉得她可笑，可我们这些罗马人也同样可笑。没人会觉得自己贪婪。有人说他并无野心，可并非人人都能生活在罗马城里；有人说他并不奢侈，可住在罗马城里需要很大花销"。

纽曼[①] 在他那首也许堪称最美圣歌的《慈光引导》中写道：

> 请主引我迈步，我不求看见
>
> 遥远路程，引我一步即足矣。

但我们必须确定，自己真是在遵循某种值得信赖的引导，而不是因怠惰而任凭自己随波逐流。我们心中应有一个通常能引领我们走直路的向导。

毋庸置疑，宗教信仰往往都充满了分歧，但要是我们时常困惑于该思考什么，基本上也就没必要疑惑该做什么。有歌谣唱道：

> 说得好当然好，但却不如做得好，
>
> 做得好是气盛，说得好只是词妙；
>
> 要是做得好和说得好能同框协调，

---

① 纽曼（John Henry Newman，1801—1890），英国教士，英国基督教圣公会内部牛津运动领袖，1845 年后改奉天主教，成为天主教会领导人。

就能赢所有胜利，实现所有目标。

古希腊哲人克莱安西斯似乎真无愧于在阿索斯广场为他树的
那尊雕像。他曾写道：

> 引领我吧，宙斯！还有你，命运！
> 我心甘情愿走你指引的那条路径，
> 若不选那条路，我会成不幸之人——
> 所以我必须沿着你指引的路前行。

如果你拿不定该做什么，那最好问问自己，明天你希望自己
昨天都做了什么。

此外，凡事最后的结果，通常并非取决于某个单一决定，也
不是取决于某种特殊情况下的行动，而是取决于日常生活中的长
期准备。战争之胜负往往在开仗之前就已经决定。要控制自己的
喜怒哀乐，就必须控制自己的习惯，必须在生活细节上自查自律。

自伊索开始，历代哲人就屡屡强调细枝末节之重要。有句离
奇的希腊谚语说："看大不看小，筑墙必然倒。"这句谚语似乎可追
溯到独眼巨人时代。有则古老的印度故事讲：父亲对儿子说："从
那棵树上摘个果，切开它，看看里边都有些什么？"儿子照做后
说："有些籽粒。""砸碎一颗籽粒，看看里边有什么？""什么都没
有。""我的孩子，"父亲说，"在你看来什么都没有的地方，其实
有一棵参天大树。"我们几乎可以这样质疑：这世间是否真有称之
为小的东西。

爱默生《随笔第一集》第一篇的题记诗曰：

可创一切之心灵

无大无小无区分，

心到之处生万物，

心宇浩茫处处存。

因此我们应该从细微之处自查自律。像爱比克泰德所说，"若你不想动辄发怒，就要养成不爱生气的习惯，尽量清除惹你动怒的由头。首先须保持冷静，经常想想你已有多少天没发过火了。过去我每天都会生气，后来每两天动一次肝火，再后来隔三四天才会发发脾气。要是这种间隔能达到三十天，那你就该谢天谢地了。因为习惯一旦开始被弱化，很快就会被彻底根除。待到有一天你能说：'我今天没生气，昨天没发火，今后两三个月也不会勃然动怒，不过当令人激动的事情发生时我都很小心。'那时候你就可以确定，你已经养成了不爱生气的良好习惯。"

爱默生在其《生活的准则》篇末讲了一则惹人注目的寓言。凡间的一位年轻人进了天国神殿。诸神依次而坐，只有他一个凡人。诸神慷慨地赐予他天恩天赋，并召唤他坐上他们的宝座。可就在这时，年轻人与诸神之间忽然出现了幻想中的暴风雪。于是他想象自己置身于一大群民众之间，觉得自己必须顺从大众的意愿。可疯狂的人群到处乱撞，摇摆不定，忽而倾向这边，忽而偏向那边。他算什么人，该怎样反抗？他只好任凭自己被裹来携去。他还能独立思考或行动么？不过暴风雪终于停歇，诸神依然端坐其宝座，神殿上只有他一个凡人。

爱默生还在《论自立》一文第九段中说："伟人之所以成为伟人，就在于置身茫茫人海中仍能飘飘然保持其独立的个性。"

只要愿意，我们每个人都可以保持自己内心的宁静。

马可·奥勒留曾说："一般人会寻求离群索居，隐于乡野、海滨或山林。你也非常渴望这样的生活，但这种隐居通常乃俗人所为，因为只要你愿意，随时都可以选择大隐于市，归于你心中独善其身。若要找能避开纷扰的清静之处，天下没任何地方比得上自己的内心，尤其是，若你胸中自有万千想象和记忆，只须对其凝神观照，即刻便可感到湛然宁静。"

确然，人心中有这样一座圣殿，那可真是不亦乐乎。波伊提乌曾曰："有德者乃智慧之人，有智者乃仁善之人，仁善者乃快乐之人。"

但是，如果不过一种纯洁而有益的生活，我们就不可能指望快乐。要想善待自己，我们就必须充实自己的头脑，让脑海里充满纯洁而平和的思想，充满对过去的愉快回忆，充满对未来的合理期盼。我们必须尽可能保护自己，避免自怨自艾、顾虑重重、忧心忡忡。我们必须抵御诱惑，克制欲望，甚至强化自己崇德向善的意愿，从而使我们的生活纯洁而平和。因此，我们对自己的所思所想切不可掉以轻心。思想可为灵魂染色，如果允许思想被罪恶的念头玷污，我们就不可能保持内心的纯净。关于这点，罗斯金有段精妙的论述，他说："内心的宁静肯定自有其时，就像水自有其澄清和平静的时候。你不可能用过滤器让头脑纯洁，就像你不能强迫内心归于平静。要让头脑纯洁，你就必须保持其纯洁；

要让内心波澜不兴，你就不能往心里扔石子。"

苏格拉底曾说，不公正的惩罚不是鞭笞，不是处死，而是让越来越不公正成为毁灭性的必然。鲜有人比苏格拉底活得更睿智，活得更高洁。色诺芬为我们这样描绘过苏格拉底："就像我所描述的那样，在我看来，他虔敬诸神，所作所为无不遵循神的旨意；他公正无私，即便在琐碎小事上也不冤枉他人，但对喜欢与他交往的人，无论多大的事他都乐意相助；他极有节制，从不会因享乐而忽略德行；他聪明博学，绝不会混淆是非善恶，而且无需与他人商议，自己就能精准地辨别；他能言善辩，擅知人识人，长于通过争辩解决问题，对信误持谬者能以理驳斥，规劝他们崇礼向善。他似乎就是人世间最完美、最快乐的人。若有人不同意我的看法，那就将他人之所作所为与苏格拉底作一比较，然后再下定论。"

马可·奥勒留也以罗马皇帝安东尼·庇护的品格为范，给我们上了有益的一课："请记住他总是符合理性的行为，记住他每次行动之坚定不移，记住他的公平和虔诚，记住他面容之平静与亲切，记住他对虚名之不屑，还有他探究事理时的殚精竭虑；请记住他未经彻底考察和清晰了解就绝不会放过任何一个问题，记住他对别人的无端指责从不反唇相讥，对无端指责者也予以宽容；请记住他凡事都从容不迫，不听信流言蜚语，而识人选才又是何等严格且精准；请记住他不惯常责备他人，从不疑神疑鬼，也不强词夺理；请记住他是怎样知足常乐，衣食住行和随从都一概从简；请记住他如何宵衣旰食，忍辱负重，勤于国政，记住他对友谊是怎样坚贞不渝，始终如一；请记住他对持不同意见者是如何任其畅所欲言，听到更好的意见后又是怎样欣然纳之；还须记住，他是如何虔敬神明而又不迷信。效法以上所作所为，你临终时也会像他一样问心无愧[1]。"

这种内心安宁的确是一种无法估量的恩惠，一份对履行责任的丰厚回报。所以爱比克泰德会问："谁说没有回报？难道你寻求的回报比行善行义的回报还大？难道在你看来，在奥林匹亚竞技场赢得桂冠就已经足够，而不再求更多的奖赏？难道在你眼中，仁善和快乐是如此没有价值，如此微不足道？"

在莫尔莱的贝尔纳[2]美丽的诗行中——：

> 这种内心之安宁，忠贞，快乐，
> 不可变，不可污，永生永恒；
> 此安宁无邪，无波，亦无纷争，
> 可在不安骚动中把心锚固定；
> 此安宁人皆可有。可谁有呢？
> 仁者，顺者，圣者，无瑕之人。

我们还能获得什么比内心安宁更大的回报呢？有什么回报比

---

[1] 安东尼·庇护（Antoninus Pius, 86—161）临终前的最后一句话是"公正无私"。

[2] 莫尔莱的贝尔纳（Bernard of Morlaix），尤以"克吕尼的贝尔纳"（Bernard of Cluny）之名号为人所知，生活于公元十二世纪的法国诗人，天主教克吕尼修会教士，新柏拉图主义道德家，著有长诗《论谴责俗世》（*De contemptu mundi*，约1140）。

得上"超乎想象的安宁"①，比得上"不可能用黄金买到、也不能用白银衡量其价值"②的安宁呢？

---

① 语出《新约·腓立比书》第4章第7节。该节中的"超乎想象的安宁"指上帝赐予的安宁。

② 语出《旧约·约伯记》第28章第15节。该节说智慧"不可能用黄金买到、也不能用白银衡量其价值"。

第三章
谈读书之乐

带上本好书，找个阴凉处，

可在家中看，可在户外读，

甭管树叶在头顶窸窸簌簌，

甭管街头巷尾的吆喝咋呼，

甭管是本新书还是册古卷，

我都只想悠哉游哉地读读；

因为对我来说，读本好书，

胜过珠宝满箱，黄金满屋。

————古英格兰民谣

在这十九世纪我们享有的所有特权中，或许最值得我们感激的就是欲读之书唾手可得。

我们欠书的感情债，达勒姆主教理查德·德·伯里[①]早在《书

---

① 理查德·德·伯里（Richard de Bury，1287—1345），原名理查德·昂格维尔（Richard Aungerville），英格兰学者，著名藏书家，其传世之作《书之爱》（*Philobiblon*）自问世以来曾多次重印并被翻译成多种文字。

之爱》那本小书中就盘点得清清楚楚，而那本书写成于1344年，于1473年首次印行，可谓在英国开了谈文学乐趣之先河——伯里在该书中说："书是我们的老师，但上课不用教鞭，不用戒尺，不会责骂，不会生气，不穿教袍，不收学费。如果你上前讨教，书不会漠然置之；如果你提出问题，书不会留有余地；如果你有误解，书绝不会抱怨；如果你显得无知，书也不可能嘲笑。因此，这座智慧宝库比所有财富都更珍贵，人们渴望得到的任何宝藏都比不上书的价值。故而凡承认自己是真理、幸福、智慧、科学，甚至信仰的热忱追求者，都必须让自己成为爱书之人。"但要说那时候我们欠书的情债就如此之深，那今天这笔欠债该多么惊人！

书是真正的朋友，对此古今爱书之人都深有体会。意大利诗人彼特拉克就曾说："我有一大群朋友，与之相交令我非常惬意。朋友们来自不同国度，年龄也有长有少，但在各自领域都享有盛名，都因其知识渊博而声誉卓著。这些朋友都乐于听我使唤，我也乐意有这群朋友相陪，不过只要我愿意，随时都可以将其支开。这些朋友从不招惹麻烦，而对我提出的问题总是有问必答。有的给我讲述旧事逸闻，有的为我揭示自然奥秘，有的教我怎样生活，有的教我如何面对死亡。有些朋友开朗活泼，会消解我的烦忧，振奋我的精神；而另一些则赋予我坚强的意志，教会我人生重要的一课——如何抑制欲望，完全自主自立。简而言之，这些朋友为我铺开了通往艺术科学殿堂的条条通衢，有任何紧迫需要我都可以放心依靠其提供的资讯。至于对这些服务的回报，朋友们只要求在我陋室的某个角落为其安排一个方便的安歇之处，因为这些朋友休息时喜欢清静，喜欢避开尘世的喧嚣。"

著名数学家、牛顿的老师艾萨克·巴罗也说:"爱书之人绝不会缺少忠实的朋友、可靠的顾问、快乐的伙伴,奏效的安慰。读书、学习和思考可叫人像孩子般自得其乐,可让人总是欣然怡然,且不管天气或晴或阴,也不管命运是贵是贱。"

骚塞对书的感情则不乏忧郁和伤感:

> 我的时日都在故友间消磨,
>
> 当我顾盼左右,纵览四周,
>
> 漫不经意的目光所触之处,
>
> 都会看见昔日的大师泰斗。
>
> 我与他们畅谈,日复一日,
>
> 他们是我永远不变的朋友。[1]

借用约翰·艾金[2]的话说:"请想象一下吧,我们如果有魔力唤来往昔那些伟人智者的灵魂,请他们就最有趣的话题与我们交谈,那我们会认为那是一种多么宝贵的特权!一种超越一切乐事的享受!可事实上,在一座储藏丰富的图书馆里,我们就可以拥有这种魔力,就可以就色诺芬和凯撒参加过的战役向他俩当面提

---

① 引文是英国诗人骚塞(Robert Southey, 1774—1843)《学人》(The Scholar, 1818,又译《书斋咏怀》)一诗的第一小节(全诗共四小节),诗中"故友"和"伟大智者"指已故的作家诗人。

② 约翰·艾金(John Aikin, 1747—1822),英国医生及作家,曾与其姐姐安娜·巴鲍德(Anna Laetitia Barbauld, 1743—1825,英国女诗人)合作写成六卷本儿童读物《在家的那些傍晚》(*Evenings at Home*, 1792—1796)。

问，就可以让狄摩西尼和西塞罗在我们面前替自己辩护，就可以同苏格拉底和柏拉图的听众聚在一起，就可以观看欧几里得和牛顿的示范论证。在书中，我们可聆听身着最华丽服饰的最睿智的哲人阐述他们最精辟的思想。"

杰里米·柯里尔[①]曾说："书是年轻人的向导，老年人的欢娱。书在我们孤独时激励我们，使我们免于成为自己的一种负担。书有助于我们忽略常人之乖戾和世事之乖违，有助于我们调和烦忧和激情，有助于我们消解失望情绪。我们若真厌烦与活人打交道的话，还可以去书中拜访朋旧故友，那些老朋友与你交谈时绝不会怨气冲天，傲慢无礼，或玩什么花招。"

约翰·赫歇尔爵士[②]讲过一段有趣的轶闻，以此说明从一本书中能获得何等乐趣，当然那还谈不上最大的乐趣。在某座小村庄里，有个铁匠弄到了理查逊的小说《帕梅拉》，夏日长长的傍晚，他常坐在砧台上为一大群村民朗读那本小说。那本书可不薄，但大伙儿真从头至尾听完了整个故事。故事结尾，当命运峰回路转，让男女主人公团聚，并依照最被人认可的规矩让他俩幸福地生活在一起的时候，听众高兴得欢呼雀跃，还找来钥匙打开教堂，让教堂钟声响遍了整个教区。

诗人利·亨特曾说："喜欢读书的人可能会从伯特伦爵士身

---

① 杰里米·柯里尔（Jeremy Collier，1650—1726），英格兰教会主教，"光荣革命"（1688）后反对向联合执政的威廉三世和玛丽二世宣誓效忠，曾著书撰文抨击德莱顿、威彻利等人的戏剧亵渎神明。

② 约翰·赫歇尔爵士（Sir John F. W. Herschel，1792—1871），天文学家，著有传世之作《天文学纲要》（*Outlines of Astronomy*，1849，又译《天问》）。

上和小说《鬼屋》中体味到惬意的恐惧；可能会欣然赞同并乐意去推敲巴鲍德夫人散文中的每一个文句；可能会觉得自己随托马斯·格雷一道在幽僻的荒野徘徊；可能会与《旁观者俱乐部》中那位罗杰·德·柯夫雷爵士坦然握手；可能会乐意拥抱帕森·亚当斯，而且扔到窗外的可能是庞士，而非那顶帽子；可能会同马可·波罗和蒙戈·帕克结伴去旅行；可能会与汤姆逊一道待在家里，与考利一道隐退，或与赫顿一起发奋；可能会同情约翰·盖依和英奇巴尔德夫人；可能会嘲笑邦克尔或随他一起大笑；还可能与笛福笔下那位水手一道郁闷，一道绝望，并一起在荒岛上重建家园。”

卡莱尔曾说过一句箴言：一屋藏书就是一所真正的大学。

在许多我们最有可能认为书不具有重要性的地方，书也一直受到重视。在古代斯堪的纳维亚，人们认为卢恩文字被赋予了非凡的魔力。在阿拉伯有句谚语说"智者的一天抵得上愚者的一生"，而另一句则说"知识的墨水比殉教者的鲜血更为珍贵"，不过，这后一句话反映的也许是过去那些哈里发的思想，而非今天这些苏丹的想法。

中国先哲孔子谈及自己读书求知时说："其为人也，发愤忘食，乐以忘忧，不知老之将至云尔。"[①]

然而，如果此类情感可以用汉语和阿拉伯语表述，那什么语言足以表达我们因享有种种有利条件而应该产生的那种感激之情呢！我想，我们并不会感激属于这十九世纪所享有的好运。其实，人有时候甚至会倾向于希望自己不是这么早就来到了这个世界，

---

① 引自《论语·述而》。

而是渴望看到一百年后的书，哪怕只是一百年后的教科书。一百年前，书不仅昂贵而笨重，而且许多最惹人喜爱的书还没被写出来，比如司各特、萨克雷、狄更斯、布尔沃·利顿①和安东尼·特罗洛普②的诗文，更不用说今天尚健在的那些作家的作品了。若让我只说一个名字，我会说达尔文的天才让科学变得多么有趣！埃内斯特·勒南③把这个世纪描绘成最让人快乐的世纪，我则宁愿将其描绘成最有趣味的世纪，因为就像正在发生的一样，这个世纪为我们送来没完没了的问题，同时也送来无穷无尽的机会，比起前人生活的时代，这个世纪更有趣，也更安全。

西塞罗曾说：无书之室，不啻没有灵魂的躯体。但绝非只有智者哲人才需要读书，喜欢读书。——的确，读书未必就非得研究学问。远非如此，弗雷德里克·哈里森④先生在他那篇关于"选

---

① 布尔沃－利顿（Bulwer-Lytton，1803—1873），英国政治家（曾任印度总督，1876—1880）、小说家及诗人，生前以写诗著名，出版有抒情诗集《流浪者》（*The Wanderer*，1855）等。

② 安东尼·特罗洛普（Anthony Trollope，1815—1882），英国小说家，著述颇丰，代表作有《巴塞特寺院》（*Barchester Towers*，1857）、《索恩医生》（*Doctor Thorne*，1858）、《奥利农场》（*Orley Farm*，1862）和《我们现在的生活方式》（*The Way We Live Now*，1875），等等。

③ 埃内斯特·勒南（Ernest Renan，1823—1892），法国哲学家、历史学家及宗教学家，著有《宗教历史研究》（*Etudes d'histoire religieuse*，1857）和《科学的未来》（*L'Avenir de la science*，1890）等。

④ 弗雷德里克·哈里森（Frederic Harrison，1831—1923），英国作家及哲学家，作品主要宣扬孔德的实证主义，著有《书籍之选择》（*The Choice of Books*，1886）、《实证主义》（*Positivism*，1901）和《宗教的实证发展》（*The Positive Evolution of Religion*，1913）等。

书"的妙文中就说，"我认为，日常文学阅读最重要之处莫过于获取诗意和情感享受。"

乔叟在其《好女人的故事》之序诗中说：

至于我，虽然我只懂求知，

只会终日在书中寻找乐趣，

只会迷书，信书，喜爱书，

心中对书只有喜爱和敬意，

敬爱之深，连欢愉的午时

也不能让我丢开书而离去，

但这不包括在美丽的五月，

当那神圣的日子来临之时，

当鲜花为迎接春天而盛开，

当我又听见窗外百鸟啼鸣，

我也会与我的书暂时别离。

但我可拿不准，要是乔叟能享受到我们今天所享受的便利条件，他是否会那么毅然决然地与书别离，即便是在美丽的五月。

麦考利①拥有财富、名望、地位和才干能给予他的一切，但我们却被告知，他最大的快乐来自读书。特里维廉爵士在他那部迷

---

① 麦考利（Thomas Babington Macaulay，1800—1859），英国历史学家及作家，其四卷本《英国史》（*History of England*，1—2 卷，1849；3—4 卷，1855）史料翔实，文笔流畅，叙事动人，出版后广为流传，被翻译成多国文字。

人的传记①中说："麦考利对昔日那些哲人智者所怀有的感激之情，除他自己之外无人能言说。他一直都告诉我们，他对那些先哲文豪的感激之情不可估量，是他们将他引向真理，是他们使他心中充满高雅的形象，是他们在世事变迁中与他并肩——悲伤时予以安慰，伤病时给予照料，孤独时则相伴左右；他们是这代新人不曾见过的故友旧交，但却始终与他贫富同享，荣辱与共。虽然麦考利凭写作赢得了极高声誉和大量财产，但了解他的人都知道，较之他从别人著作中获得的快乐，他凭自己著述赢得的地位和财富可谓无足轻重。"

伦敦的社交生活非常令人惬意，所以在用早餐或吃晚饭的时候，麦考利更乐意与书相伴，更乐意"有斯特恩、菲尔丁、霍勒斯·沃波尔②或鲍斯韦尔③作陪"。事实上，在麦考利看来，对读书之热爱——吉本曾宣称用印度的全部财富来换他也不愿放弃的对读书之热爱——是"最快乐人生的一种重要元素，是传记作家命定要记载的一种元素"。

托马斯·富勒④曾说："读史可让年轻人不到鸡皮鹤发之年就

① 特里维廉爵士（Sir George Trevelyan，1838—1928），英国历史学家及政治家，此处的"传记"指他所著的两卷本《麦考利勋爵的生活及书信》（*The Life and Letters of Lord Macaulay*，1876）。

② 霍勒斯·沃波尔（Horace Walpole，1717—1797），英国作家及历史学家，其私人信札是了解他那个时代的宝贵资料。

③ 鲍斯韦尔（James Boswell，1740—1795），苏格兰传记作家，因其代表作《塞缪尔·约翰逊生平》（*Life of Samuel Johnson*，1791）而著名。

④ 托马斯·富勒（Thomas Fuller，1608—1661），英国学者及教士，著有《不列颠教会史》（*Church-History of Britain*，1655）和《英格兰名人传》（*History of the Worthies of England*，1662）等。

心智成熟，不到体弱不便之岁就洞明世事。"

读书的确令人快乐，因此我们得当心别忘了读书的其他本分；在修心养性的同时，我们也务必不能忘了强体健身。

对爱好文学和科学的人而言，锻炼身体往往成了一种令人讨厌的负担，而且如麦考利所说，许多人感觉就像是"阿谢姆[①]那个漂亮的女学生（简·格雷小姐[②]），窗外号角震天，猎犬狂吠，她却独自一人坐在凸窗里，两眼死死盯着永恒的书页，那页书正在讲述第一个思想自由的殉道者（苏格拉底）如何镇定自若地从含泪的狱卒手中接过盛有毒酒的杯子"。

另外，正如当今这位德比伯爵[③]在利物浦学院致词时讲的那样，没有时间健身者将不得不找时间生病。

言归正传，现在的书非常便宜，几乎每个人都唾手可得。但过去并非如此，这完全是近来的一种幸事。亚历山大·艾尔兰先生写有一本迷人的小书《爱书者便览》，像所有爱书者一样，我对那本小书也感激不尽。那本书讲了这样一个故事：有个孩子非常喜欢博物学家吉尔伯特·怀特的《塞尔伯恩地区博物志》，为了拥有该书，他居然动手抄了一本。

---

① 阿谢姆（Roger Ascham，1515—1568），英国作家，人文主义者，曾为皇室成员教授希腊语和拉丁语，担任过爱德华六世、玛丽一世和伊丽莎白一世的拉丁文秘书，著有《教师》（*The Schoolmaster*，1570）一书。

② 简·格雷小姐（Lady Jane Grey，1537—1554），英格兰历史上著名的"九日女王"（1553），亨利七世的曾孙女，多塞特侯爵亨利·格雷的女儿。

③ 指十五世德比伯爵爱德华·亨利·斯坦利（Edward Henry Stanley，15th earl of Derby，1826—1893），英国政治家，保守党议员。

玛丽·兰姆也描写过一个好学少年在书摊前徘徊的可怜场景：

> 我曾见一位目光热切的少年
>
> 在书摊前翻开了一本书，
>
> 他贪婪地想一口气把书读完，
>
> 可这时候却被那摊主发现；
>
> 我听见摊主对少年高声嚷嚷：
>
> "你这个家伙，肯定买不起书，
>
> 所以哪本书都不许你随意翻看。"
>
> 少年转身离去，伴着一声叹息，
>
> 他真希望从来没人教会他读书，
>
> 那样他就不会来这吝啬鬼的书摊。

此类片段叙事确实具有独特的魅力，而我认为，这种魅力应部分归因于篇幅短小这个事实。不少读者爱强迫自己把注意力长时间集中于同一题材的读物，从而失去了读书的许多乐趣。例如，乘火车长途旅行，很多人随身都只带一本书，结果读上半小时或一小时，他们就会感到乏味，除非带的那本书是本有趣的小说。然而，如果他们带上两本不同题材的书，最好是三本，其中一本特别有趣，那么他们就有可能发现，觉得一本书乏味时就换一本读，这样就会觉得读每本书都趣味盎然，旅程也就一个小时又一个小时地在愉快中度过。当然，读者须因人而异自己决定带几本书，不过以上所说至少是我的经验。

伊兹利勋爵①说随意阅读自有其魅力，对此我十分赞同，不过阅读范围越广，我们就越是应该从每个类别最好的书中获益。这并非说我们要把自己局限于某些书，而是说我们应该从某些书开始，而这些书肯定会把我们引向其他的书。当然，有些书我们必须认真阅读，仔细标记，用心揣摩，融会贯通。但这种书很少，至于更多的书，也许最好是快速阅读，只关注其最精妙或最重要的段落。这种读法肯定会让我们漏掉许多东西，但因阅读范围广，我们会获得更多知识。事实上，我认为读书也可以奉行布鲁厄姆勋爵②关于教育的那句名言：通百艺而专一技。唯有如此，我们方能确定自己的阅读偏好，因为有一条普遍的规律（虽说这规律也并非一成不变），读自己不喜欢的书，通常都获益甚微。

不过，人人都可以找到适合自己的书。书的种类科目也数不胜数。

马洛说图书馆可谓"小小一室盛无穷财富"，可不仅于此，因为图书馆让我们足不出户便可游览天下每一个角落。我们可跟随达尔文、金斯利、罗斯金或库克船长去周游世界，而他们为我们展示的景象，兴许会比我们亲眼所能看到的多得多。这世界对我们来说没有极限，因为洪堡和赫歇尔会带着我们越过太阳，甚至越过其他恒星，去往神秘的星云空间；时间对我们来说也没有界

---

① 伊兹利勋爵（Sir Stafford Henry Northcote，1st Earl of Iddesleigh，1818—1887），英国政治家及金融家。

② 布鲁厄姆勋爵（Henry Peter Brougham，1st Baron of Brougham，1778—1868），英国政治家、法学家、改革家，曾任英国大法官兼上议院议长，提倡公共教育，伦敦大学创办人之一。

限，因为历史学在我们身后延伸，地质学则会把我们带回人类诞生之前的数百万年前，甚至回到物质世界起源的时代。我们的思想也可以不局限在一个层面。亚里士多德和柏拉图会把我们送到一个同样令人欣喜的领域，因为不经过相当训练，我们自己不可能意识到那个领域。

　　无论是谁，只要带有马修斯说的那把"开无声世界之门的金钥匙"，就可以在图书馆里找到安慰、力量和快乐。图书馆真可谓仙境胜地，快乐的圣殿，远离尘世骚乱纷扰的世外桃源。这座乐园富人和穷人都可以平等享受，因为至少在这里，财富并不具有优势。只要我们能合理使用，图书馆真能成为人间乐园，一座比伊甸园还完美的乐园，因为这里完全开放，百无禁忌，连智慧树上的果实也可以采摘，而众所周知，夏娃（我们最早的母亲）就是因采食智慧树上的果实而失去了伊甸园的所有欢乐。置身图书馆，我们可读到最重要的历史记载、最刺激的旅行探险、最有趣的故事传说、最优美的诗文歌谣；置身图书馆，我们可邂逅最杰出的哲人、诗人和政治家，可受益于最伟大的思想家们的思想观念，还可以享受人类所有天才最重要的发明创造。

第四章
谈书之选择

我沉默的仆人静候在房间四周，
一年四季白天黑夜等我的朋友，
从安琪儿到六翼天使
都来着我耳边呢喃，声音甜柔，
天上所有的精灵都会来来去去，
从黎明直到日坠西丘。

——普罗克特①

可那些仆人往往会白白等候，因为我觉得，宾朋不至的一个原因，就是人们被淹没在了为他们提供的书海之中。

曾几何时，书稀少而昂贵。如今的情况却恰好相反，下面这几行诗所描绘的可以说比以往任何时候都更真实：

言辞自有其分量，一小滴墨水，

---

① 普罗克特（Bryan Waller Proctor, 1787—1874），英国诗人，笔名巴里·康韦尔（Barry Cornwall），出版有诗集《戏剧场景》（*Dramatic Scenes*，1819）、《一个西西里故事》（*A Sicilian Story*，1820）和《塞萨利的洪水》（*The Flood of Thessaly*，1823）等，并写有大量歌谣。

像露珠般滴落在一缕思绪之上，

会产生让芸芸众生思考的思想。[①]

　　前人过去的苦恼是得书不易。我们今天的麻烦是挑书真难。
我们得精心挑选欲读之书，切莫像尤利西斯手下那群水手，把牛
皮袋里的逆风当金银财宝[②]——我们不仅要避免重蹈古希腊人的
覆辙，误以为语言和释义可以被用作研究手段和思想工具，而且
要避免把时间浪费在没有价值的书上，而这种浪费时时都在发生。
有人曾对一位糟糕的作者说过一句模棱两可的话："读你的书，我
可不会浪费时间。"这句暗含讽刺的话也适用于其他许多书。

　　有些书的确是书，但正如查尔斯·兰姆所说，有些书根本就
不是书。想到我们会因自己选书不当而丢失掉许多无瑕的快乐，
这可真叫人感到惊奇。东方有句谚语说：天作孽，犹可违；自作
孽，不可逭。

　　我相信，许多人之所以对所谓"艰涩之书"望而生畏，是因
为他们担心自己没法读懂；然而，只要尽了最大努力，谁都没必
要怨自己知识面狭窄。

　　但最最重要的是，你选读之书应属于自己感兴趣的科目。我
记得自己多年前曾请教达尔文先生该如何选择研习课程。他反问

---

　　①　语出拜伦长诗《唐璜》第3章第88节。

　　②　典出荷马史诗《奥德赛》第10卷。特洛伊战争结束后，俄底修斯（即罗
马神话中的尤利西斯）率部下驾船返回希腊，途经风神岛，岛主将所有逆风装进一
个牛皮袋送给俄底修斯，只留西风在外吹送他们返家。船近希腊海岸时，有贪心的
水手以为牛皮袋里装的是财宝，便将其打开，结果船被逆风吹回大海。

我对什么最感兴趣，并建议我选择最感兴趣的科目。实际上，这种选择标准通常也适合于人生职业。

我有时候倾向于认为，下一代爱读书的人将不是我们的律师、医生、店主和厂主，而是工匠和技师。这难道不合乎常情吗？前者上班主要用脑力，下班后大脑往往已疲乏，故而他们肯定会把大部分闲暇时间用来呼吸新鲜空气，进行体育锻炼。而工匠和技师的情况却正好相反，除了工作时间比前者短很多之外，其体魄在工作时也得到了足够的锻炼，因此他们可以把所有的空闲时间都用来读书学习。他们迄今尚未成为主要的读者，这是事实，但这种情况有其显而易见的原因。不过他们现在已具备了条件，一是都可以接受良好的初等教育，二是可轻易获得最好的图书。

罗斯金常说，他并不为世人遭受苦难而感到惊讶，却常常惊于人们蒙受的损失。毋庸置疑，我们会因他人的过错而蒙受许多损失，但我们因自己无知而失去的往往会更多。

约翰·赫歇尔爵士曾说："若让我祈求一种在任何情况下都有利于我的嗜好，一种不管情势对我有多糟糕，世事对我有多险恶，都能成为我快乐之源、避祸之盾的嗜好，那这种嗜好就是读书。我说读书，当然只是作为一种世俗的好处，绝非要以此取代或贬损更为高贵的权责和不可冒犯的宗教原理——读书是一种嗜好，一种手段，一种自得其乐的方式。一个人有了这种嗜好和满足这种嗜好的方法，你几乎就没什么办法不让他快乐，除非你真挑选些最邪恶的书塞到他手中。

拥有图书馆是一回事，善用图书馆则完全是另一回事。我时常感到惊讶，惊于人们对挑什么书来读都很少费心思。我们知道，书之多可谓不计其数，而我们可用于读书的时间却少之又少。然而，许多人读书几乎都是随意为之，会读任何一本他们偶然在朋友家某个房间见到的书，会在火车站的书摊上买本书名吸引人的小说，实际上，我相信有些时候连图书装帧也会影响他们的选择。的确，选什么书读绝非易事。所以我常常希望，有人能列出一百本好书的书单。如果我们有这种书单，这种由少数优秀导师开列的书单，那么对阅读肯定会大有裨益。我有时候的确听到这种说法，每个人都必须自己选书读，但这又让我想到了另一个建议——学会游泳之前千万别下水。

因目前尚缺乏这样的书单，我便自己挑选并列出了一份，挑选的书都是被那些曾直接或间接谈及读书之乐的人经常赞赏的书，同时我也冒昧地加入了一些虽较少被人提及，但我自己却特别喜欢的书。就像我自己也会做的那样，每个见到这份书单的人都想对其进行增补。可这样一来，收入的书目很快就会飙升。[①]

虽然我从许多在世作家（例如丁尼生和罗斯金等）获取过极大的乐趣，但出于显而易见的原因，我的书单并未收录他们的作品。我也没收录科学著作（仅有一两本例外），因为科学的进步实在迅猛。

我觉得自己的尝试过于莽撞，所以我恳求大家宽容，同时也

---

① 几份更长的书单已经出笼，例如增补的书目有孔德的《实证哲学教程》、皮克罗夫特和科格斯韦尔合编的《英语阅读教程》、詹姆斯·鲍德温的《爱书者》、弗雷德里克·珀金斯编的《最佳读物》，以及亚历山大·艾尔兰编的《大众读物》等。——原注

希望大家批评。实际上，我列出这份书单的目的之一，就是想抛砖引玉，激励那些比我更有能力的人发表高见。

另外我必须重申，据我所知，这份书单收录的著作基本上都是历来被众人频频推荐的作品，而不是出于我个人的偏好，尽管我添入了少许自己特别喜爱的书。

我认为，做任何此类选择都应该着重考虑人类的普遍抉择标准。"物竞天择，适者生存"法则不单适用于动植物，也适用于书。就像阿拉贡的阿隆索所说："'老'字于四事最为可贵——老木耐烧，老酒耐品，老友耐交，老书耐读。"不过运用这句老话也必须加以明确的限定。最新出版的历史书籍和科学著作就包含了（或者说理应包含）最准确的信息和最可信的结论。另外，虽说其他民族和过去时代的书会因其距离遥远而引起人们的兴趣，但必须承认的是，许多人还是更喜欢读我们自己的作家和现代作品，觉得与这些书更为亲近。

然而，世间最古老的书籍之所以引人关注，惹人好奇，正是因为其年代久远。在遥远的过去，在遥远的地方，那些书曾影响过无数人的思想观念，愉悦过无数人的闲暇时光，而就凭着这点，即使我们会觉得那些书虽有盛名，但其实难副，它们也仍然非常值得一读。实际上，许多人只有通过翻译的版本才可能读到那些书。虽说译著永远不可能等同于原著，但译著本身也同样值得赞美，《圣经》的翻译就是一个最有力的例证，而《圣经》在我的书单中也必须位列第一。

在所有非基督教先哲的著作中，我必须把爱比克泰德的《手册》置于首位，因为此书无疑是所有文学作品中最高贵的著作之一，再说其英译本也一直令人赞佩。堪与爱比克泰德的《手册》并列者，我觉得应该是马可·奥勒留的《沉思录》。我相信孔子的《论语》会令大多数英国读者感到失望[①]，但此书对那个人口最多的民族所产生的影响说明它具有一种特殊的重要性。或许亚里士多德的《伦理学》看起来并不占多少优势，其原因恰好在于这本书对我们的道德观念影响太深。《古兰经》和孔子的《论语》一样，对我们大多数人来说，其重要性也在于它对我们数以亿计的人类同胞所产生并还将产生的影响。细读这样的书，我怀疑能否在任何其他方面得到回报，所以对多数读者来说，读一些片断（不用太多）似乎也就够了。

使徒后期诸教父的著述已经被威廉·韦克编辑为一卷。虽然我不得不谦恭地承认，这卷薄薄的《使徒后期诸教父》令我感到失望，但若将那些教父的著述与耶稣身边使徒本身的记述[②]加以对照，前者也许会更显稀奇。在后期的教父中，我只收录了圣奥古斯丁[③]的《忏悔录》，这部书被牛津大学的皮由兹博士选为《教父

---

① 其实，有文化知识的英国人和其他西方国家的文化人非但没有对孔子的学说感到失望，反而对其推崇备至。例如英国文豪塞缪尔·约翰逊就说："孔子的学说旨在传播道德，旨在使人类本性回归最初的完美"；英国大诗人亚历山大·蒲柏在诗中写道："他（孔子）卓然独立，高瞻远瞩，/ 教给人有益知识——向善"；法国哲人伏尔泰则认为"孔子是真正的圣人。作为行为规范的制定者，他从不让世人失望。自孔子之后，有谁制订过更好的行为准则？"

② 指《新约全书》。

③ 指（希波的）圣奥古斯丁（Augustine of Hippo, Saint, 354—430），古代基督教会最伟大的思想家、古罗马北非希波主教，著有《忏悔录》（Confessions，约400）和《论上帝之城》（De civitate Dei, 413—426）等。

文丛》之首部，正如皮由兹博士所说"该书已经被一而再、再而三地翻译成了几乎所有欧洲语言，并且深受读者喜爱"；虽然马丁·路德曾认为"圣奥古斯丁的著述均与信仰之目的无关"，但那时候路德对那些教父都不太欣赏。他也说圣哲罗姆"写的东西非常贫乏，索然寡味"，说圣克里索斯托"总是偏离主题"，实际上他还说过："我越读这些教父的书，越觉得自己受到了冒犯。"而埃内斯特·勒南在他那部妙趣横生的《自传》中则把神学比喻成一座哥特式大教堂，"外观威严雄伟，里边却空空如也，其稳固性也略嫌不足"。

在其他以信仰虔诚为主题的作品中，最为人经常推荐的有坎普滕的托马斯①所著的《效法基督》，有帕斯卡所著的《随想录》，有斯宾诺莎所著的《神学政治论》，有巴特勒所著的《宗教类比》，有杰里米·泰勒所著的《圣洁生活和死亡》，有班扬所著的《天路历程》，最后一本（但并非最不重要的一本）是基布尔那本美妙的《基督周年》。

在另一类书中，亚里士多德和柏拉图再次位居前列。如果想要了解人类思想史，任何人都务必读读亚里士多德的《政治学》，还有就是柏拉图的《对话录》，即便不读全部，至少也该读完《斐多篇》《辩诉篇》和《理想国》，不过我的离经叛道足以让我怀疑，通常花在最后一篇上的时间和精力是否能得到回报。

---

① 坎普滕的托马斯（Thomas à Kempis，约1380—1471），德意志天主教神父，所著《效法基督》（*Imitation of Christ*，又译《师主篇》）在基督教世界流传甚广，影响极深。

如果说亚里士多德并非近代科学方法的创造者，那他也是近代科学方法之父，于是自然而然地（实际上几乎是不可避免地），他提出的法则已成了我们智力存在的组成部分，所以那些法则在今天看来几乎都可以不证自明，然而，他那些实际观察结果虽说都值得重视（比如他观察到蜜蜂在一次采花途中会限制自己只采一种花蜜 [①]），但在很多时候仍然被其他在更有利的条件下观察到的结果所取代。不过对这位宗师，我们决不可忘恩负义，因为他的经验教训教会了我们如何前进。

较之亚里士多德，我觉得柏拉图有时候爱玩文字游戏 [②]，他那些论辩非常出色，很有哲理，其立意通常也很高远，但不一定都有明确的结论，若将其翻译成某种结构不同的语言，有时可能会出现截然相反的意思。假若那种方法并非如此富有成效，假若我们让形而上学发展得缓慢一点，那么从某个角度看，苏格拉底与他人的那些对话今天看来也依然会像当年那样富有教益；毕竟他们辩论的问题始终都能引起我们的兴趣，就像感召他们的那种镇定和崇高精神肯定会博得我们钦慕一样。我们对《辩诉篇》和《斐多篇》的感激之情，绝非用语言可以表达。

我还要推荐狄摩西尼的《金冠辞》（布鲁厄姆勋爵称此篇为最杰出的演说家的最杰出的演说）、卢克莱修的《物性论》[③]、普卢塔

---

① 如果蜜源充足，某些蜂群的确有专采某种花蜜的习性，但如果那种蜜源达不到其采集量，它们也会采其他花蜜。

② 例如让读者颇费思量的"苏格拉底式的幽默"。

③ 作者后来从书单中删除了卢克莱修（原因见本书《第二十版序言》）。

克的《希腊罗马名人列传》、贺拉斯的《诗艺》，至于西塞罗，至少要有他的《论责任》《论友谊》和《论老年》。

世界各民族的史诗历来都是文学作品中最受读者喜爱的一个部分。但相对说来，一旦告别校门，读荷马或维吉尔的人就少之又少。

我们伟大的盎格鲁－撒克逊史诗《尼贝龙根之歌》①兴许过分遭人忽视，这无疑是因为其悲剧性质。的确，布伦希德和克琳希德都远非完美，但在希腊或罗马文学中，我们几乎见不到这类"活生生的"女人。我当然不会忘了提及托马斯·马洛礼的《亚瑟王之死》，不过我得承认，这样做主要是为了尊重其他人的判断。

在古希腊悲剧诗人中，我会推荐埃斯库罗斯，即便不是他的全部作品，至少也会选或许堪称古希腊文学中最崇高之诗篇的《普罗米修斯》和《俄瑞斯忒斯三部曲》（约翰·西蒙兹在其《希腊诗人》一书中称此三部曲之第一部《阿伽门农》"高贵悲壮，无与伦比"，马克·帕蒂森也认为该剧是"整个文学领域中创作天才写出的最伟大的作品"）；此外我或许会选格兰特·达夫爵士推荐的《波斯人》。另外的悲剧诗人，我会选索福克勒斯的《俄狄浦斯王》和欧里庇得斯的《美狄亚》。至于喜剧诗人阿里斯托芬，我会选他的《骑士》和《云》，不幸的是，恰如德国戏剧理论家施莱格尔所说，阿里斯托芬剧中那些笑话，恐怕连最杰出的学者也难看懂三分；而且我觉得，今天的读者大多都更喜欢现代诗人的作品。

---

① 《尼贝龙根之歌》大约于 1200 年用中古高地德语写成，作者是多瑙河地区一位不知名的奥地利人，所以这部史诗通常被视为德意志民族英雄史诗（或日耳曼民族英雄史诗）。作者在此处称其为"盎格鲁－撒克逊史诗"，仅因为盎格鲁－撒克逊人属于日耳曼人的一个分支。

另外我还想替东方诗歌说句话，比如印度史诗《摩诃婆罗多》和《罗摩衍那》之节选（这两部诗都太长，恐怕难以通读，好在詹姆斯·塔尔博伊斯·惠勒在其《印度史》前两卷中节译了其中最有趣的部分）；又如波斯大诗人菲尔多西的长诗《王书》、印度大诗人迦梨陀娑的诗剧《沙恭达罗》，以及中国古代的诗歌合集《诗经》。我认识的许多人都以为我还应该选波斯诗人欧马尔·哈亚姆的诗作。

历史方面，虽说人们正开始觉得，较之人类思想之发展、艺术之提高、科学之进步和法律之完善，关于历代君王的兴衰以及昔日战争和战役之记载已远非过去那么重要，但读者对历史题材的作品却甚至比过去还感兴趣。不过我只想从文学的角度而非历史的角度选择希罗多德的《希腊波斯战争史》、色诺芬的《远征记》、修昔底德的《伯罗奔尼撒战争史》和塔西佗的《日耳曼尼亚志》，至于现代历史学家的作品，我选了爱德华·吉本那部堪称"连接新旧两个世界之虹桥"的《罗马帝国衰亡史》，还有休谟的《英国史》、卡莱尔的《法国革命》、乔治·格罗特的《希腊史》，以及约翰·里查德·格林那部《英国人民简史》。

科学之进步实在太迅猛，虽然有许多人觉得科学题材的作品最有作用，而且非常有趣，但我却不能因此而放弃自己的评判，不能将科学题材的作品作为我这份书单的主体。所以，我只能推荐培根的《新工具》、穆勒的《逻辑体系》，以及达尔文的《物种起源》。在我们的某些管理者尚不够重视的政治经济学方面，我推荐穆勒的《政治经济学原理》以及亚当·斯密《国富论》的部分章节，因为对那些无意对政治经济学进行专门研究的人来说，几乎不可能读完《国富论》全书。

在游记类著作中，也许最为人乐道的有库克船长的《环球航行记》、亚历山大·洪堡的《新大陆旅行记》，以及达尔文的《博物学家之旅》。不过我得承认，我本来还想添加几本。

布赖特先生前不久特别推荐了一些不太知名的美国诗人，不过他兴许以为，在开始那种前景未卜的冒险之前，人人都已经读过了莎士比亚的剧作，读过了弥尔顿的《失乐园》《黎西达斯》《科玛斯》和其他短诗，读过了乔叟、但丁、斯宾塞、德莱顿、司各特、华兹华斯、蒲柏、拜伦和其他著名诗人作家的作品。

在其他最经常被人推荐的作品中，有哥尔德斯密斯的《威克菲尔德的牧师》，有斯威夫特的《格列佛游记》，有笛福的《鲁滨孙漂流记》，有阿拉伯民间故事集《天方夜谭》，有塞万提斯的《堂吉诃德》，有鲍斯韦尔的《塞缪尔·约翰逊传》，有吉尔伯特·怀特的《塞尔伯恩地区博物志》，有佩恩编的《伯克文选》，还有《培根随笔集》《艾迪生散文集》《休谟散文集》《蒙田随笔集》《麦考利散文集》和《爱默生散文集》，以及卡莱尔的《过去和现在》、斯迈尔斯的《自助》、歌德的《浮士德》和《自传》。

贝克莱的《人类知识原理》、笛卡尔的《方法论》、洛克的《论理解行为》、刘易斯的《哲学史》，这些书任何人推荐都不会犯错；至此，这份书单已接近我计划中的一百个作家，所以剧作家我只能选莫里哀和谢里丹。麦考利认为马里沃的《玛丽安娜的生活》是所有语言中最好的一部小说，但一百之数差不多已经凑足，而我得满足于选几位英国小说家，所以我推荐萨克雷的《名利场》和《彭登尼斯》、狄更斯的《匹克威克外传》和《大卫·科波菲尔》、乔治·艾略特的《亚当·比德》或《弗洛斯河上的磨坊》、金斯利的《向西方！》和爱德华·利顿的《庞贝的末日》；最后（但并非最不重要的）是司各特的那些作品，实际上司各特的作品本身就可以塞满一间书房[①]，但作为对我这番辛苦的回报，我必须请求读者允许我将这些我特别喜爱的作品当作书单中的一个书目。

对任何一位喜欢读书的人来说，以上提到的这些书名都会勾起一大堆美好的回忆，都会怀着感激之心回想起，在一天的劳作和焦虑之后在家里读书的宁静时光。我们该如何感谢这些不可估量的恩惠，感谢这些不可计数的朋友，这些决不会厌倦我们、背叛我们，或抛弃我们的朋友！

百家书选目

（不包括在世作家的作品）

1.《圣经》（《新旧约全书》）

2.《沉思录》（〔古罗马〕马可·奥勒留 著）

3.《手册》（〔古罗马〕爱比克泰德 著）

---

① 此说虽略显夸张，但司各特的确是位多产作家，他一生写了九部叙事长诗（如《湖上夫人》《最后一个吟游诗人的歌》和《玛米恩》等）；至少三十部长篇小说（如《威弗利》《清教徒》《罗布·罗伊》和《艾凡赫》等）；若干中短篇小说（如《两个赶牛人》和《高地的寡妇》等）；若干戏剧作品（如《奥金德拉娜》《哈利顿山》和《德夫戈伊尔的厄运》等）；若干历史著作（如《苏格兰史》和《詹姆斯一世秘史》等）；大量人物传记（如《德莱顿生平及其著作》《斯威福特生平及其著作》《小说家列传》和《拿破仑传》等）；翻译了若干德语诗歌（如歌德的《林中魔王》和《铁手骑士哥兹》、毕尔格的叙事歌谣《莱诺勒》和《野蛮的猎人》等）；另外还搜集整理并出版了卷帙浩繁的《苏格兰边区歌谣集》。

4.《伦理学》(〔古希腊〕亚里士多德 著)

5.《论语》(〔中国〕孔子 著)

6.《佛陀及其宗教》(〔法〕巴泰勒米－圣－伊莱尔 著)

7.《使徒后期诸教父》(〔英〕威廉·韦克 编译)

8.《效法基督》(〔德〕坎普滕的托马斯 著)

9.《忏悔录》(〔古罗马〕圣奥古斯丁 著)

10.《古兰经》

11.《神学政治论》(〔荷兰〕斯宾诺莎 著)

12.《实证哲学教程》(〔法〕孔德 著)

13.《随想录》(〔法〕帕斯卡 著)

14.《宗教类比》(〔英〕约瑟夫·巴特勒 著)

15.《圣洁生活和死亡》[①](〔英〕杰里米·泰勒 著)

16.《天路历程》(〔英〕约翰·班扬 著)

17.《基督周年》(〔英〕约翰·基布尔 著)

* * * * *

18.《对话录》(至少读其中《辩诉篇》《克里托篇》《斐多篇》)(〔古希腊〕柏拉图 著)

19.《回忆苏格拉底》(〔古希腊〕色诺芬 著)

20.《政治学》(〔古希腊〕亚里士多德 著)

21.《金冠辞》(〔古希腊〕狄摩西尼 著)

---

① 应该指《圣洁生活的规则和礼仪》(*The Rule and Exercises of Holy Living*, 1650) 和《圣洁死亡的规则和礼仪》(*The Rule and Exercises of Holy Dying*, 1651) 二书之合集。

22.《论责任》《论友谊》《论老年》(〔古罗马〕西塞罗 著)

23.《希腊罗马名人列传》(〔古罗马〕普卢塔克 著)

24.《人类知识原理》(〔爱尔兰〕贝克莱 著)

25.《方法论》(〔法〕笛卡尔 著)

26.《论理解行为》(〔英〕洛克 著)

＊ ＊ ＊ ＊ ＊

27.《伊利亚特》《奥德赛》(〔古希腊〕荷马 著)

28.《工作与时日》《神谱》(〔古希腊〕赫西俄德 著)

29.《埃涅阿斯纪》(〔古罗马〕维吉尔 著)

30.《摩诃婆罗多》(〔古印度〕毗耶娑 著)

31.《罗摩衍那》(〔古印度〕蚁垤 编订)①

32.《王书》(〔波斯〕菲尔多西 著)

33.《尼贝龙根之歌》(德意志民族英雄史诗)

34.《亚瑟王之死》(〔英〕马洛礼 著)

＊ ＊ ＊ ＊ ＊

35.《诗经》(〔中国〕孔子 编订)

36.《沙恭达罗》(英译本名《失落的戒指》)(〔古印度〕迦梨陀娑 著)

37.《普罗米修斯》(〔古希腊〕埃斯库罗斯 著)

38.《俄瑞斯忒斯三部曲》(〔古希腊〕埃斯库罗斯 著)

---

① 这两部印度史诗都卷帙浩繁,卢伯克在此用附注建议英国读者读詹姆斯·塔尔博伊斯·惠勒(James Talboys Wheeler, 1824—1897)在其《印度史》第1—2卷中用英文节译的章节。

39.《俄狄浦斯王》(〔古希腊〕索福克勒斯 著)

40.《美狄亚》(〔古希腊〕欧里庇得斯 著)

41.《骑士》《云》(〔古希腊〕阿里斯托芬 著)

42.《诗艺》(〔古罗马〕贺拉斯 著)

　　　　　　* * * * *

43.《坎特伯雷故事集》(〔英〕乔叟 著)

44.《莎士比亚戏剧集》(〔英〕莎士比亚 著)

45.《失乐园》《黎西达斯》《科玛斯》及部分短诗,(〔英〕弥尔顿 著)

46.《神曲》(〔意大利〕但丁 著)

47.《仙国女王》(〔英〕斯宾塞 著)[①]

48.《德莱顿诗集》(〔英〕德莱顿 著)

49.《司各特诗集》(〔英〕司各特 著)

50.《华兹华斯诗选》(〔英〕马修·阿诺德 选编)

51.《论批评》《论人》《秀发遇劫记》(〔英〕亚历山大·蒲伯 著)

52.《彭斯诗选》(〔苏格兰〕罗伯特·彭斯 著)

53.《恰尔德·哈罗德游记》(〔英〕拜伦 著)

54.《格雷诗选》(〔英〕托马斯·格雷 著)

　　　　　　* * * * *

55.《希腊波斯战争史》(〔古希腊〕希罗多德 著)

56.《远征记》(〔古希腊〕色诺芬 著)

―――――――

　　① 这部《仙国女王》(*The Faerie Queene*, 1590)即国内长期误译的《仙后》。诗中葛罗丽娅娜(Gloriana)的身份并非王后,而是女王;诗人以这位仙国女王象征英国女王伊丽莎白一世,以她手下的十二名骑士象征十二种美德。

57.《伯罗奔尼撒战争史》（〔古希腊〕修昔底德 著）

58.《日耳曼尼亚志》（〔古罗马〕塔西佗 著）

59.《罗马史》（〔古罗马〕李维 著）

60.《罗马帝国衰亡史》（〔英〕爱德华·吉本 著）

61.《英国史》（〔英〕休谟 著）

62.《希腊史》（〔英〕乔治·格罗特 著）

63.《法国革命》（〔英〕卡莱尔 著）

64.《英国人民简史》（〔英〕约翰·里查德·格林 著）

65.《哲学史》（〔英〕刘易斯 著）

* * * * *

66.《天方夜谭》（阿拉伯民间故事集）

67.《格列佛游记》（〔英〕斯威夫特 著）

68.《鲁滨孙漂流记》（〔英〕笛福 著）

69.《威克菲尔德的牧师》（〔英〕哥尔德斯密斯 著）

70.《堂吉诃德》（〔西班牙〕塞万提斯 著）

71.《塞缪尔·约翰逊传》（〔英〕鲍斯韦尔 著）

72.《莫里哀戏剧集》（〔法〕莫里哀 著）

73.《威廉·退尔》（〔德〕席勒 著）

74.《剧评家》《造谣学校》《情敌》（〔英〕谢立丹 著）

75.《过去和现在》（〔英〕卡莱尔 著）

* * * * *

76.《新工具》（〔英〕培根 著）

77.《国富论》部分章节（〔苏格兰〕亚当·斯密 著）

78.《政治经济学原理》（〔英〕约翰·穆勒 著）

79.《环球航行记》(〔英〕詹姆斯·库克 著)

80.《新大陆旅行记》(〔德〕亚历山大·洪堡 著)

81.《塞尔伯恩地区博物志》(〔英〕吉尔伯特·怀特 著)

82.《物种起源》(〔英〕达尔文 著)

83.《博物学家之旅》(〔英〕达尔文 著)

84.《逻辑体系》(〔英〕穆勒 著)

* * * * *

85.《培根随笔集》(〔英〕培根 著)

86.《蒙田随笔集》(〔法〕蒙田 著)

87.《休谟散文集》(〔英〕休谟 著)

88.《麦考利散文集》(〔英〕托马斯·麦考利 著)

89.《艾迪生散文集》(〔英〕艾迪生 著)

90.《爱默生散文集》(〔美〕爱默生 著)

91.《伯克文选》(〔英〕埃德蒙·伯克 著)

92.《自助》(〔苏格兰〕塞缪尔·斯迈尔斯 著)

* * * * *

93.《查第格》《微型巨人》(〔法〕伏尔泰 著)

94.《浮士德》《自传》(〔德〕歌德 著)

95.《名利场》《彭登尼斯》(〔英〕萨克雷 著)

96.《匹克威克外传》《大卫·科波菲尔》(〔英〕狄更斯 著)

97.《庞贝的末日》(〔英〕爱德华·利顿 著)

98.《亚当·比德》(〔英〕乔治·艾略特 著)

99.《向西方!》(〔英〕金斯利 著)

100. 司各特的长篇小说(〔英〕司各特 著)

第五章
谈交友之幸

> 从生活中勾销友谊，不啻从地球上驱走阳光，因为
> 我们从诸神得到的任何恩赐，都不会比友谊更珍贵，也
> 不会比友谊更令人快乐。
>
> ——西塞罗

大凡撰文赞书者，其最令人信服的赞美词莫过于把读书比作交友。

苏格拉底曾说："世人追求的目标千差万异——骏马、良犬、金钱、荣誉，依情而定；但在我看来，我宁愿要个好朋友，也不愿要所有那些东西。"他还说，"人哪怕财产再多，通常也能说出其数目，但要说到朋友，哪怕寥寥无几，一般人不仅通常心中无数，而且在他们试图当着提问者算算的时候，也往往会算掉以前曾算过的故人旧交，因为这些人心中为朋友留的空间实在太少。然而，与其他所有财产相比，契友知交难道不更有价值？"

西塞罗曾说："言及其他东西的价值，人们通常会言人人殊；但一说到友谊，多数人都会所见略同。谁会有那么愚蠢，家财万贯，有权有势，却只去获得花钱就能买到的东西（骏马、奴隶、

华服和珍贵的花瓶），而不去获得友谊，不去获得这种生命中最珍贵且最美好的东西？"但西塞罗随之又说："人人都能说清自己有多少只羊，但却说不清自己有多少个朋友。"而且，在挑选一条狗或一匹马的时候，我们时常都会百般挑剔，会验其血统，看其训练，试其性向，可在大多数情况下，我们都会忘记无比重要的一件事——挑选朋友，须知我们的一生是好是坏，多多少少都会受朋友的影响，而我们交友却往往是碰运气。

的确如此，就像《早餐桌上的霸主》[①]所说，除了需要别人的时候，所有人都令我们感到讨厌。布朗爵士的说法则显得离奇而有趣，他说："未学会独处且又不善思考者，无人相伴就觉得自己在蹲监狱；与之相反，善于思考且勤于思考者，有时却乐意躲进朋友之中以避免自己一个人太拥挤。"不过我仍然不太理解爱默生的一种说法，即"人们都是屈尊相交"。不错，他在另一篇文章中对这种说法进行了限制修饰，他说："几乎所有人都是屈尊相交。"但即便如此，我也要斗胆质疑这种说法，尤其是他下文紧接着说："所有交往都肯定是一种妥协，而且更糟的是，交往者一旦相互接近，各自美好的天性之花便会枯萎，花香也会随之消失。"[②]多悲哀

---

① 《早餐桌上的霸主》（1858）是美国诗人及幽默作家奥立弗·霍姆斯（Oliver Wendell Holmes，1809—1894）的一部幽默作品，与《早餐桌上的教授》（1860）和《早餐桌上的诗人》（1872）构成一个系列。

② 引自爱默生《随笔第一集》第6篇《论友谊》。这里的引文其实是爱默生针对动机不纯的交友而言，《论友谊》第2段末句说"从最炙热的爱情到最含蓄的善意都可让生活变得更甜美"，第12段末句则说"不妨把朋友视为大自然的杰作"。爱默生认为："友谊的本质是完全的慷慨无私，互相信任。"

的一种想法！可果真如此吗？需要如此吗？如果真是那样，交友岂非有害无益？而我竟一直认为，朋友之间的影响与上述说法恰好相反，美好的天性之花会因友谊而绽放，沐浴在友情之温暖和友谊的阳光之中，美好的天性之花会开得更加鲜艳。

人们历来都说，款待朋友永远都是明智之举，须记住朋友可以变成仇敌，而仇敌也可以变成朋友；不管这句话的前半句是否正确，后半句都肯定是睿智之言。与结交朋友相比，许多人似乎在树敌的过程中会感到更多的痛苦和更多的快乐。其实，普卢塔克曾不无赞许地引用过毕达哥拉斯的这句忠告："切莫逢人便握手言欢。"但只要交友时谨慎挑选，下面这句格言就所言不谬：

朋友千人尚觉少，仇敌一人犹嫌多。

可不幸的是，我们往往是知音不多，仇敌倒不少。

不过，我倒要再次提醒自己——交朋友一定要谨慎挑选。我们在生活中会与许多人交往，虽说这些人本性不坏，或许也无意要引我们误入歧途，但他们很容易不注意自己的想法，往往会把交谈引向不经之谈或闲言碎语；他们似乎意识不到，只需稍费点儿心思，无须迂腐学究就可以使交谈既富有教益，又令人愉快；另一方面，有些人则会允许自己思想混乱，语无伦次。当然，只要他们都不厌其烦地说个没完，我们几乎也不可能不从某些人口中获得些许有用的东西。不止如此，即便他们都说不出有用的东西，也有可能因激发出需动动脑子的问题或表现出友好的同感而使我们受益。但是，如果交往达不到以上任何效果，那这种交往

（如果称得上交往的话）就纯粹是在浪费时间，遇到诸如此类的情况，我们就可以对这些交往者说："我真希望咱们互不认识。"

生活是否快乐，是否纯净，很大程度上都取决于对同伴和朋友的选择明智与否。假若择友不当，我们将不可避免地受到拖累；如果交友明智，朋友则会使我们升华。然而，许多人似乎都把结交朋友托付给偶然机遇。当然，对与我们交往的每个人都彬彬有礼、体贴周到，这完全无可非议，但挑选真正的朋友则当另作别论。有些人交朋友或者试图交朋友，似乎仅仅是因为某人是邻居，或从事同一行业，或乘同一列火车旅行，或其他一些不足道的原因。但不可能有比这更大的错误了。用普卢塔克的话来说，这些都只是"虚无缥缈的友情，想象出来的友谊"。

与人人都友好相处是另一门学问，因为我们得记住，仇敌可没有大小之分，而那些真正爱过某人的人，会对任何人都怀有一丝柔情。大多数人心中都真有几分善意。内史密斯[①]先生在他那部迷人的自传中说："关于世人的忘恩负义和只顾自己，我已经听说过很多。我兴许是历来都鸿运高照，所以未曾遇到过那种无情无义的事情。"我的经历也同内史密斯先生一样。

> 我素闻世人都薄情寡义，
>
> 往往会以冷漠回报善行；
>
> 唉，但见有人如此感恩，

---

① 内史密斯（James Nasmyth, 1808—1890），英国发明家，维多利亚时代著名工程师，因发明汽锤而闻名。

我每每又感到阵阵酸辛。①

所以我不能赞同爱默生在其《论友谊》中说的这段话："我们在这个世界踽踽独行，所希冀的那种朋友只是神话和梦幻。但一个崇高的希望会永远激励忠诚的心，在别的地方，在宇宙力造就的其他地域，那些会爱我们并为我们所爱的灵魂此刻正在行动，正在坚持，正在挑战。"

不可否认，好朋友可为生活增添快乐，可使生命更有价值，但我们主要还得依靠自己，因为每个人都是自己最亲密的朋友，或最凶狠的敌人。

培根这段话也许会令人沮丧："世间少有真正的友谊，而在势均力敌者之间，这种友谊更为罕见，惺惺惺惺不过是世人惯常的夸张。真正的友谊只存在于身份地位有上下之别者之间，这种朋友才可能风雨同舟，休戚与共。"②不过这段话几乎不可能是培根的深思熟虑之言，因为他在《论友谊》一文中写道："但笔者不妨进一步更确切地断言，没有真正的朋友才是一种纯粹而可悲的孤独；没有真正的友谊，这个世界只是一片荒野。"不仅如此，他在下文还补充说："友谊既可把感情之暴风骤雨变成丽日和风，亦可将理智之混沌暗夜变成朗朗白昼；"紧接着他又说，朋友的忠告可使人"头脑更加开窍，心智更加豁朗，从而会更容易地表达其想

① 语出华兹华斯叙事诗《猎手西蒙·李》(Simon Lee the Old Huntsman) 第93—96行。

② 语出《培根随笔集》第48篇《谈门客与朋友》。

法，更有序地整理其思路，并意识到自己的思想变成语言时是何模样，最后终于变得更为明智。这真可谓一小时交谈胜过一整天沉思"。（他在这篇文章的上文中还说过）"但一般人几乎不知何为孤独，亦不知孤独之蔓延多广。其实在没有爱心的地方，熙攘的人群并非伴侣，如流的面孔无非是条画廊，而交口攀谈也不过是铙钹做声。"

不过最后这句话我并不完全赞同。因为可以肯定地说，即便与陌生人交谈也可能妙趣横生！约翰逊博士描述过一次愉快的晚间邂逅，交谈结束时他说："先生，我们今晚的谈话非常有趣。"相信许多人对此都会有同感。

言及人们交谈时最经常选择的话题，爱比克泰德给出了极好的忠告。他建议人们"别谈司空见惯的话题——别谈角斗、赛马、竞技和吃喝这些人们爱谈的事，尤其不要背后非议他人"。不过对他所补充的"也不要背后赞扬他人"那句训喻，我倒觉得似乎可以存疑。当然，马可·奥勒留的忠告更为明智，他说："想要让自己高兴的时候，就想想身边那些人具有的优良品格，比如，某人之行为敏捷、某人之端庄得体、某人之慷慨大方，或是某人的其他优点。因为最让人高兴之事莫过于堪作榜样的美德就展现在你身边那些人的精神之中，而且是尽其可能地充分展现。所以我们必须让眼前保持这种现象。"不过更为经常的是，对我们称之为朋友的那些人，我们也仅能识其面容，辨其声音，对他们的思想或心灵却一无所知。

另外，就像交友得当心，保持友谊也必须谨慎。要是人人都知道别人怎么说自己该有多好！帕斯卡肯定地告诉我们："人在这世上的朋友不会超过四人。"我希望并认为此说过于极端，但不管怎么说，争取做那四人之一。若你交上一个朋友，务必要保持这份友谊。有句东方谚语说："如果你有朋友，就常去拜访，无人行走之路会被荆棘灌丛阻断。"友情不应该只是"过夜的帐篷"。

友情更不会显出让我们讨厌的特性。有些人似乎在失去朋友之后才会对朋友心存感激。古希腊哲人安那克萨哥拉曾把巨大的摩索拉斯陵墓描述成已变成石块的财富之幽灵。

罗斯金说："但若有人曾站在墓畔缅怀过已经永远结束的友情，感觉过当时那种炽热的爱和深深的痛是多么无效，想过要给那颗不再悸动的心片刻快乐，或想过要为当初一时的不近人情给予死者最起码的补偿，那这个人在其余生中将不会再欠下这种心债，这种将来只有对着尘土才能偿还的心债。"

不过西塞罗说："死亡其实不可能割断友谊。友人虽不在眼前，但依然在身边；虽在贫穷之中，但依然富有；虽已无精力，但依然在享受健康；而难以断言的是，他们虽已死去，但依然活着。"这看上去显得矛盾，可他后面这番解释难道没几分道理？他接着说："对我而言，西庇阿的确还活着，而且将永远活着；因为我爱那个人的美德，那种价值尚未消失……我能自信地说，命运和时间给予我的一切，其中没一样比得上西庇阿的友谊①。"

———————————

① 此处"友谊"指说话人与西庇阿的神交之谊，因为大西庇阿（Scipio Africanus，公元前236—前183）和小西庇阿（Scipio Aemilianus，公元前185或前184—前129）都早在西塞罗（Marcus Tullius Cicero，公元前106—前43）出生前就已作古。

所以，若我们择朋交友是看其品格如何，而不是看其拥有什么，若我们值得拥有这份巨大的幸运，那这些朋友即便不在身边，也会永远和我们在一起，即便他们死后也会永远封存在我们的记忆之中。

第六章
论时间价值

每一天都是一小段生命。

——叔本华

所有美好事物之价值都有赖于时间。若无时间享受生活之美好，何来朋友、书籍、健康的价值？游历之趣或居家之乐的价值又如何体现？人们常说时间就是金钱，可时间何止是金钱——时间就是生命。然而，许多人不顾一切地要抓住生命，却丝毫不在意浪费时间。

问问智者吧！在舍布鲁克子爵 ① 翻译的席勒诗中有这么两行：

我们所放弃的分分秒秒

连永恒自己也无法找回。

而用但丁的话来说：

————————

① 舍布鲁克子爵（Robert Lowe，1ˢᵗ Viscount of Sherbrooke，1811—1892），英国政治家，曾任教于牛津大学。

最洞悉事理者最痛心浪费时间。

　　这并非说理想生活应该是种苦行僧般的生活。把时间用于无瑕而理性的享受，用于有利于健康的运动游戏，用于社交或家人间的交流，这些都可谓明智地利用时间。游戏运动不仅能保持身体健康，还能保持肌肉匀称，四肢敏捷，其好处不容低估。另外，剧烈运动最能让我们抵御诱惑。

　　偏偏是那些懒惰者，总爱抱怨没时间做他们以为自己想做的事。可事实上，人们通常都能挤出时间去做自己选定要做的事，因为人真正缺的不是时间，而是意志。闲暇的好处主要在于我们有权选择自己的工作，而肯定不是让你有权无所事事。

　　"时间的脚步因人而异。让我来告诉你吧，时间对谁会小步踱躞，对谁会大步流星，对谁会疾步如飞，对谁会止步不行。"[1]

　　因为决定快慢的与其说是时间，不如说是我们利用时间的方式。正如沃勒[2]在诗中所说：

> 圆形被称赞[3]，并非因直径有多长，
>
> 而是因其曲线无比精确；
>
> 生命被赞美，并非因寿命有多长，
>
> 而是因建立的丰功伟业。

---

[1]　语出莎士比亚喜剧《皆大欢喜》(*As You Like It*) 第 3 幕第 2 场。

[2]　沃勒 (Edmund Waller, 1606—1687)，英国诗人。

[3]　毕达哥拉斯曾赞曰："立体中最美者乃球形，平面中最美者乃圆形。"

杰里米·泰勒说:"无所事事乃人世间最大的挥霍浪费,于今天而言,被挥霍掉的无法估量其价值,对将来而言,人工技术或自然天工都无法将其挽回。"

测量生命必须用深度,而不是用长度,必须凭所思所为,而不是凭时间。佩特[①]曾说:"斑驳纷呈、香气四溢的生命只能告诉我们其脉搏跳动的次数。我们怎么可能从中看到凭借最敏锐的感官所能感知的一切?怎么可能用最快的速度从一个脉动点到另一个脉动点,从而看到生命力积聚其纯洁能量所产生的那个最剧烈的脉动点呢?始终用这种钻石般坚硬的火焰燃烧,始终保持这种亢奋状态,这才是生命之成功……失败往往会形成习惯,因习惯总依附于一个因循守旧的世界……只有当一切都在我们脚下熔化,我们才可能看清每一种美妙的激情,或每一份对知识的贡献,那种似乎能因其高瞻远瞩而使人心灵豁然开朗的贡献。"

我通常不会引用切斯特菲尔德伯爵[②]的话来作为一种安全指南,但在他就时间问题给儿子的这个忠告里,肯定充满了深刻的智慧。"你现在随意浪费的每一刻都等于与之相当的名利被抹去;反之,你现在有效利用的每一刻都等于与之相当的良性时间投资,这将为你带来巨大的利润。"

他还说:"令人惊讶的是,任何人都可以在无所事事中浪费掉

①　参见本书第一章《谈快乐之义务》相关注释。

②　切斯特菲尔德伯爵(Philip Dormer Stanhope, 4th Earl of Chesterfield, 1694—1773),英国政治家、外交家及作家,著有《致儿子的信》(Letters to His Son)和《致教子的信》(Letters to His Godson)二书,书中教人如何讲究礼仪,如何取悦于人,如何在事业上获得成功。

上天分配给世人的那点少得可怜的时间。请了解时间的真正价值吧！抓住每分每秒，把握每分每秒，享受每分每秒。"此话与歌德《浮士德》中的两行诗可谓异曲同工：

> 你当真？那就请抓紧每一分钟，
> 开始做你能做或认为能做的事。

土耳其有句谚语，说魔鬼诱惑懒汉，但懒汉也吸引魔鬼。我记得希利亚德①说到过一首讽刺诗，"其中魔鬼被描绘成垂钓者，会根据世人各自的口味和性情调配诱饵；而懒惰者最容易上钩，因为他们连没挂饵料的钩也吞。"

其实懒惰者的心智会自噬自损。马丁·路德曾说："人之心智犹如磨坊石砻，若充之以麦粒，则碾磨成面粉；即若不充之以物，砻仍会碾转不已——徒然自碾自损矣！"

摧垮人身体的往往不是工作，而是忡忡忧心。我认为，正因为如此我们才被教导"不要为明天担忧"。"你看看原野上的百合花怎样生长，它们从不辛辛苦苦地纺纱织布，可是连所罗门极盛之时最华美的衣袍也不如一朵百合花绚丽。所以哟，缺乏信心的你们，既然对明天一旦枯萎就会被焚烧的今日芳草，上帝尚且如此装扮，他还不会赐予你们更美的服饰。"②

---

① 希利亚德（Nicholas Hilliard，1547—1619），英国画家，微型肖像画英国学派创始人，曾任伊丽莎白一世女王的御用画师，著有《论肖像绘画艺术》（*Treatise on the Arte of Limning*，约 1600）。

② 语出《新约·马太福音》第 6 章第 28—30 节。

弥尔顿曾感叹："每个时辰都长有翅膀，会飞往时间的创造者，带去我们使用时间的情况。我们所有的祈祷渴求都不可能让飞走的时辰返回，也不可能令其飞得慢些。被浪费掉的每分钟都会成为我们在天国新的不良记录。当然，如果我们这样看待时间，我们就会让时辰带着好消息飞走，而不会让它们徒然白飞，甚至带去危险的汇报。而如果时辰带去的不仅有我们使用时间的信息，还有我们利用时间创造的硕果，将其带给那位永在之神，并在其荣耀的宝座前替我们美言，那该将令人多么快活！"

人们常说时间飞逝，但与其说时间飞逝，不如说我们糟蹋了时间。而糟蹋时间甚至比没有时间更糟。莎士比亚就曾借理查二世之口说："我曾糟蹋时间，而今时间在糟蹋我。"[①]

杰里米·泰勒说："会选择其时机者，亦会选择其结交之人和欲行之事。选结交之人是怕交友不慎，被损友拖入名利场而遭受损失；择欲行之事是怕因行为不当而作恶犯罪，结果既浪费时间又毁了自己，欠下永远也还不清的恶债。"

人生七十载光阴[②]，可我们实际拥有的时间却更少。除去吃饭睡觉、梳洗穿戴和履行职责等必需的时间，我们自己可支配的时间真少得可怜！

查尔斯·兰姆就曾说："我名义上已经活了五十岁，但若从中扣除我为别人而非为我自己活的时间，你会发现我还是个年轻小伙。"

---

① 引自《查理二世》第5幕第5场。

② 《旧约·诗篇》第90篇第10节云："人之寿长乃七十载光阴，健壮者兴许可活到八十，可即便如此也只有劳苦烦忧，人生飞快逝去，转眼成空。"

然而，为别人活的时间不应该被扣除，该被扣除的是那些对自己和他人都无益的时间；可是，唉！这样的时间通常都实在太多。

塞内加说："我们有些时间是被人抢走，有些是被人偷走，有些则是从我们身边悄悄溜走。"但不管时间是怎样流逝，我们都没法让其返回。想到我们在不经意间抛弃了多少无瑕的快乐，这可真叫人吃惊。东方有句谚语说：天作孽，犹可违；自作孽，不可逭。

数年前我曾去瑞士游览一个著名的湖畔小镇，陪同我的是莫尔洛先生，一名杰出的考古学家。其间我惊奇地得知，莫尔洛先生的年收入只有一百英镑，而他还将其中一部分用于修建一座小型博物馆。我问他是否愿考虑接受一份兼职，可他断然谢绝。他将自己的闲暇时光和有利环境视为无价之宝，远比金银财宝都更有价值，因此不愿为挣钱浪费任何时间。

时间真是一份神圣的礼物，而每一天都是一小段生命。就想想我们在伦敦可享有的好处吧！我们可以读到全世界的文学作品，可以在国家画廊看到历代画家最美的杰作，可在皇家艺术学院和其他美术馆欣赏当今艺术家们最伟大的作品。也许谁也抽不出足够时间把大英博物馆看个遍。但想象馆内都有些什么珍藏，或还有什么馆内没有珍藏？馆内有现存和已经灭绝的巨大动物标本，有地质时代叹为观止的动植物化石，有最美丽的禽鸟、贝壳和矿石，有来自世界各地的宝石和文物残片，有反映不同民族文化的奇珍异物——精美的珍宝、钱币、玻璃、瓷器；有古希腊巴特农神殿的大理石雕刻，有摩索拉斯陵墓的雕塑残片，有以弗所阿尔忒弥斯神庙的遗物，还有我们英格兰先民使用过的原始器具——与河马、犀牛、麝牛和猛犸同时代的器具；另外还有古希腊古罗马艺术的精美样本。[①]

人生的苦难也许不可避免，但谁也不能将此作为自己意气消沉的借口。然而，有些人总是活得没精打采。他们时时念叨更美好的来世即将到来，可今生的种种晦暗沉闷全都属于他们自己。赫尔普斯爵士[②]这番话说得多好："什么？活得没劲儿！那你不可能知道是什么赋予百合花优美的形态，是什么给予紫罗兰艳丽的色彩，是什么授予玫瑰花浓郁的芳香；你也不可能知道蝰蛇的毒液由什么组成，更别说去模仿白鸽欢快的扑棱。[③]什么？活得没劲儿！难道大地、天空、河川在你看来都不神秘？难道你伸手会触碰不到你已经拥有的任何东西？难道大自然不是一直在邀你与她倾心交谈，邀你去理解她，征服她，并得到她的祝福？一边待着去吧，伙计！去学点儿什么，做点儿什么，明白点儿什么。别让我再听你说活得没劲儿。"

---

①　严格说来，这些珍品之绝大部分都是英国殖民者掠夺的赃物。

②　参见本书第一章《谈快乐之义务》相关注释。

③　将毒蛇和白鸽放在一起做比喻的习惯也许源于《圣经》，如《新约·马太福音》第10章第16节云："你们要像毒蛇一样聪明，像白鸽一般无瑕。"

第七章
谈游历之乐

我是我全部经历之一部分。

——丁尼生

我有时候会倾向于认为，较之前人，我们这代人享有的诸多优势中很少有比旅行便捷更明显的优势；但我不情愿这样说，这倒并非因为我们的优势不大，而是因为我已经对生活的其他几个方面发表过同类评论。

英语单词 travel（旅行）本身含有一种暗示，因为它与 travail（辛苦）一词同源，而且就像语言学家斯基特①所说，这个词很容易让人想到昔日旅行之艰辛。可如今的情况是多么大不相同！

有些人不时会说，旅行就该像从前泰勒斯、柏拉图和毕达哥拉斯那样徒步旅行。他们还说，如今铁路四通八达，游人穿城过邦，走马观花，结果什么也没看见。情况也许如此，但这并非铁

---

① 斯基特（Walter William Skeat，1835—1912），英国语言学家，剑桥大学教授（1878—1912 在任），著有《英语词源字典》（*An Etymological Dictionary of the English Language*，1879—1882）。

路的过错。铁路给了我们难以测算的便利，使我们能够快捷而轻松地访问我们的祖先当年难以到达的国度。这是何等的幸运啊！现在我们不仅能游览自己的英伦三岛——观赏风光明媚的田野、郁郁葱葱的森林、万籁俱寂的深山、欢快奔流的长河，漫游湖泊、荒原和丘陵，参观昔日的城堡、教堂，以及我们国家许许多多的名胜古迹——而且只需区区数小时旅程，我们就可以享受南方的阳光和景色，登临被世人称为"自然宫殿"的阿尔卑斯山，畅游碧波荡漾的蓝色地中海，造访欧洲那些充满了记忆和珍宝的通都大邑。

的确，只要有机会，谁也不会拒绝出门旅游。世界属于那些见过世面的人。不过塞内加曾说："若要享受游历之乐，首先得让自己快活。"

有句古老的谚语说："愚者游玩，智者游览。"培根则告诉我们："在所游国度应观其皇家宫廷，尤其当遇到君王接见各国使节的时候；应观其诉讼法院，尤其当遇到法官开庭审案之时；还应观各派教会举行的宗教会议；观各教堂寺院及其中的历史古迹；观各城镇之墙垣及堡垒要塞；观码头和海港、遗迹和废墟；观书楼和学校以及偶遇的辩论和演讲；观该国的航运船舶和海军舰队；观都市近郊壮美的建筑和花园；观军械库、大仓房、交易所和基金会；观马术、击剑、兵训及诸如此类的操演；观当地上流人士爱去的戏剧；观珠宝服饰和各类珍奇标本。一言以蔽之，应观看所到之处一切值得记忆的风光名胜和礼仪习俗。"①

---

① 引自《培根随笔集》第18篇《论远游》。

不过这些都取决于我们可支配的时间和旅行之目的。若我们在一地待的时间够长，培根的建议无疑极佳；但我此刻想到的是一次年度休假旅行，目的是休息和健康，呼吸点新鲜空气，活动活动筋骨，而不是为了考察学习。但即便如此，只要眼睛没闲着，我们在增进健康的同时也不可能不增加一些新的思想观念。

　　关于旅行的目的地，出发前我们也许都查阅过既生动又准确的描述，察看过相关地图、说明和图片，但当真实景象展现在眼前时，我们仍然会感到突兀和震撼。这种感觉不仅是置身山脉、冰川、宫殿和大教堂时才有，即便是面对最简单的景物时也会产生。

　　例如，和别人一样，我读过关于金字塔的描述，看过金字塔的照片和图片。其形状本身简单质朴。但对我未曾见过的原物，我知道自己不可能用语言描述其任何特征。这并非说我心目中的金字塔更加宏大，也不是说其形状、色彩和位置有所不同。但是，在我目睹金字塔的那一刻，我觉得我此前的印象不过是实物的朦胧幻影。真实的景象似乎让我心目中那个概念有了生命。

　　去过中东的人都会赞同这种看法，一周的中东之旅便会让《旧约》中记载的父权制生活画面变得清晰，比立体效果照片还要清晰。而恰如《旧约》记载与真实画面相吻合，其他历史记载通常也可与现实画面相匹配。在去过雅典或罗马的人眼中，希腊或意大利的历史会变得更加有趣；从另一个方面来说，相当的历史文化知识也可大大增加游览相关景胜的趣味。

　　不过，好的文字描述和风景图片可有助于我们见识更多，可帮助我们看到自己也许注意不到的景物。有些人甚至会猜想，从那些重点突出、特色显著的描述和图片中获取的印象，会不会比自己在游览地凭肉眼所获得的印象更为合适。那种印象更加精确，更有特色，甚至细节也更为详尽，完全可以弥补其生动性之不足。但不管是哪种情况，对那些不能游览某地的人来说，景观描述和图片展示都会让他们饶有兴趣；而对那些已游览过该地的人，这些描述和图片也会让他们在回忆该地的美景和有趣的远足时感到无穷的乐趣。

令人真正惊讶的是，对生活于其中的这个美丽世界，我们大多数人都观之甚少。诺曼·洛基尔①先生曾告诉我，他有一次去落基山中进行科学考察，惊讶地遇见了一位年老的法国天主教神父。神父注意到了他禁不住露出的惊讶，于是在交谈中向他解释了自己出现在那个边远地区的原因。

"我一下就看出来了，"那位神父说，"你在这儿见到我，感到很吃惊。这事说来话长，几个月前我生了场大病，医生都认为我没救了。有天早上我似乎晕了过去，觉得自己已躺进上帝的怀抱，有位天使走过来问我，'啊，神父先生，你对刚刚离开的那个美丽世界有多喜欢？'这时我突然想到，我一生都在为天国传道，却不曾好好看看我一直生活于其中的那个世界。于是我决定，如果上帝高兴让我回到人世，我一定要好好看看这个世界，所以我就到了这里。"

---

① 诺曼·洛基尔（Sir Joseph Norman Lockyer, 1836—1920），英国天文学家，著有《太阳的化学性质》(*The Chemistry of the Sun*, 1887)、《太阳的实际位置》(*The Sun's Place in Nature*, 1897) 和《无机物的演化》(*Inorganic Evolution as Studied by Spectrum Analysis*, 1900)。

可无论多么向往，我们中也很少有人能无牵无挂地效仿那位可敬的神父。不过，虽说我们不可能去看落基山脉，但毕竟还有其他离家更近的国度，我们大多数人都会有时间去那里走走看看。

的确，任何游记中的描写都不可能比亲临其境的感觉更真实，但游记至少可以敦促我们去享受这种极大的便利。所以就让我像一位最杰出的同胞所做到的那样，试着用文字描述来说明这点。我将只选择对国外风景的描述，这并不是说咱们英格兰就没有与之不相上下的美景，而是因为说到英格兰的任何地方，读者都会觉得自己就像在家里一样。

下面这段文字摘自廷德耳教授[①]的《阿尔卑斯山中的时光》，文字描写之精妙，几乎可使人身临其境。

"我举目眺望眼前奇妙的景观，但见勃朗峰、多姆峰、魏斯峰、布朗什峰、大孔班山，以及其他数以千计的小山峰连绵起伏，并肩比高，似乎正在参加复活日庆典。我像以往一样自问，如此庞大的工程是如何得以完成？是谁在地球这个肿块上凿出了这些气势恢宏、如诗如画的山峰？答案就在眼前，那个永远年轻、永远健壮、把一千个世界的活力积聚于一身的雕刻大师，当时正从东方冉冉升起。正是这位雕刻大师，把冲刷出千沟万壑的水流蒸发到高空，在高山坡面培育出茫茫冰川，然后又将犁铧赋予重力，任其去犁出深深的山谷；也正是这位雕刻师，将凭借其未来无数

[①] 指英国物理学家约翰·廷德耳（John Tyndall，1820—1893），他曾长期担任伦敦皇家学院自然哲学教授。

个世纪的劳作，最终把这些巍峨高山凿成平地，让平地向大海慢慢铺展，铺下未来大陆的种子，于是待地球变得更古老的时候，人们将看见沃野千里，看见玉米在被深埋的岩石上方生长，而那些岩石此刻正承受着圣母峰的重压。"须知今天从伦敦到阿尔卑斯山，仅仅只需要二十四小时行程！

廷德耳的作品中也有许多对冰川的清晰描述。而在罗斯金笔下，冰川像"庄严肃穆的大道……宽阔得足以让军队列阵作战，静谧得犹如被掩埋在地下的长街"。不过我不会从他们或其他人借用对冰川的任何描写，因为冰川与其他任何景物都截然不同，没见过冰川的人实在无法想象。

欧洲河流的历史还有待书写，而且这部历史会非常有趣。这些河流在过去并非总是沿着现在的河道流淌。比如，罗讷河本身似乎就一直是个伟大的旅行家。看起来至少也有理由使人相信，瑞士瓦莱地区的上层地表水起初是汇入多瑙河，最后注入黑海；后来又改道流入莱茵河和泰晤士河①，向北逶迤，流经曾与苏格兰山脉和挪威山脉相连的大平原，最后注入北冰洋；只是到了全新世晚期，这两条河才形成如今的水道，最后注入地中海②。

但不管今天的河道是怎样形成的，德国境内的莱茵河与瑞士境内的莱茵河都可谓判若两河。沙夫豪森的地表突变似乎完全改变了这条河的特征。难怪罗斯金会说："沙夫豪森瀑布北段的激流

---

① 在冰河时期，英吉利海峡尚未形成，英格兰与欧洲大陆相连，水系相通。

② 此处恐系作者笔误。实际上自有人类活动以来，这两条河一直都注入北海，莱茵河在今鹿特丹附近朝西入海，泰晤士河在今伦敦附近朝东入海。

冲得更远，在瀑布北侧站上半个小时，你可以看到浑然一体、光洁如丝、疾速移动的水穹顶怎样开始向下弯曲，从大瀑布的顶端漫过呈拱架结构的岩石，在其上方形成一个二十英尺厚的水晶屋顶，水流快得你看不出在流动，只是偶尔能看见飞流上方溅出飞沫，宛若正在坠落的流星……而年复一年，日复一日，令人吃惊的永远是那一帘白光，永远是那一层从瀑布中像火箭般嘶嘶喷出的飞沫，飞沫闯入风中，被吹进尘埃，然后闪着亮光随空气下落；瀑布下方是那道承受千钧重压的深渊，穿过深渊中那些凝化的水环，碧蓝的河水被其自身的泡沫染白，透过河面上白蒙蒙的水雾，看上去比天空还要澄净……瀑布不时涌出更强劲的水流，把先前沉没的水流又重新托起，宛若一束束谷粒饱满的谷穗，随着咆哮声渐渐消失，河水又开始向覆满青苔的岩石鞠躬。"

无论是汹涌奔泻还是静静流淌，我们都会赞美大河的宏伟壮阔；但悠闲生活中还有一种更令人着迷的韵味，那就是小川小溪的青春活力、明澈波光和潺潺水声。

就像这同一位观者所说："瑞士北部那些山谷因终年不断的溪流而可爱迷人。溪流似乎总爱选陡坡峭壁飞流直下，一路上跳跃喷溅，散射出一串串水晶，水晶串随风摇曳，其优雅宛若喷泉，但又绝无喷泉之拘谨……终于……溪流找到了流向草甸的路，随之便悄然无声地没入草丛之中；清澈的溪水像犁铧在草叶下缓缓滑动，看上去仿佛溪流的影子，但不久后溪水又骤然涌出，发出欢快的潺潺声向前疾淌，似乎是突然记起了白昼太短，晚了怕找不到下山的路。"

至于地中海的阳光海岸，以及北国风光和南国景色形成的对照，深爱这些风景的约翰·西蒙兹[1]为我们描绘得多么生动！

"置身于北方，目光得穿过繁茂枝叶间狭长的空隙才能看见僻静的田地和牧场，看见正在吃草的牛缓缓移动。我们那些厚实的村舍总是弥漫着神秘的梦幻和宁静的遐想。可是在南方，呈格状的橄榄枝叶很难遮住欢腾的大海和碧蓝的晴空，阳光下的海水波光粼粼，地平线的天光澄澈明净，南国风光的色彩就在这波光粼粼和澄澈明净中艳丽到极致。这里没有僻静，也没有忧郁。大自然好像在举行一场永远不会结束的喜庆舞会，欢乐的人群与海浪和光影一道在舞场中翩翩起舞。再看北方的景色，树叶圆厚的茂密森林配上丘峦起伏、阴云低垂的原野可谓相宜相称，相辅相成；但在南方，枝利叶尖的橄榄树随处可见，为山脉、河谷和海滩勾勒出更具壮阔美的轮廓。平静和睿智刻画出了南方风景的性格，一个民族优秀的儿女就生活在这片风景如画的土地上，他们祖先的偶像太阳神阿波罗洒给他们阳光，智慧女神雅典娜赋予他们才智，爱与美之女神阿佛洛狄忒赐予他们美感。不过，在那田园牧歌般的景致中，橄榄树绝非唯一扮演主角的树种。高大的南欧五针松在那里甚至更神气……在索伦托港旁边的马萨小镇附近，有两棵巨大的五针松矗立在高处，躺在树下的草地上远眺，你能望见卡普里岛、拜埃古城沉没的海域，以及匍匐在维苏威火山脚下

---

[1] 约翰·西蒙兹（John Addington Symonds，1840—1893），英国散文作家、传记作家及诗人，以写意大利文艺复兴史事而闻名，所著七卷本随笔集《意大利的文艺复兴》（*Renaissance in Italy*，1875—1886）文笔优美，描写细腻，深受读者喜爱。

的整个那不勒斯海湾。海湾沿岸散落着花园般的庭院，庭院中满是枝叶缠结的橄榄树和蔷薇藤，而在大海远处，朦朦胧胧的伊娜利姆岛正在沉睡，就像她那优美的希腊名字所示，深海中的一座处女岛。

"在更具野性的山坡上，你会发现脚边有一丛丛灌木冬青和野草莓树，上面缀有猩红的浆果和蜡白的铃形花串，而桃金娘、月桂树、柽柳树和高株石楠凝霜的枝条则会在你头顶摇曳。在更靠近海岸的地方，你会看见乳香树、迷迭香和一种叫"赛德苏斯"的豆科灌木，会看见铁线莲的茎蔓和地中海菝葜的环形花束执着地在这些灌木丛上缠绕攀援。在零零散散的树荫掩蔽之处，有葡萄藤抽出肥硕的卷须，坠下串串晶莹的葡萄，藤蔓在桑树或榆树间结成可让年轻情侣坐在上面悬荡的花彩，或是与叶片一道编织成纺织机上的开放梭口。你可千万别忘了这幅风景画里的声音——群羊咩咩，蜜蜂嗡嗡，鸽子咕咕，夜莺婉转，蝉噪蛙鸣，还有流水潺潺，松涛低吟。如果你有耐心，这幅画里的每个细节都可以在忒奥克里托斯①的牧歌中得到印证。

"这也是一幅大海和陆地永不分离的风景画。我们沿着山坡爬得越高，大海之美就越发奇妙，海平面似乎随着我们的登高而抬升，升向天空。有时候，橄榄树的枝叶会在我们眼前框出一小片碧蓝；有时候，山路的某个拐弯处又会在我们脚下展现整个辽阔而平静的蔚蓝大海；或当我们费劲地爬上一段陡坡，靠在杜松树

——————————

① 忒奥克里托斯（Theocritus，公元前310—前250），古希腊诗人，牧歌（田园诗）之创始人，其诗亦称"田园诗"，现存近三十首，计约两千余行。

下的灌丛上喘气的时候，哇！我们会看见被突出的山脊分成一左一右的两片海洋；大海沿岸点缀有宝石般的渔村，与远方美丽的岛屿和点点银帆构成一派欢乐的景象。"

对我们许多人来说，南方纯粹的温暖是一种恩惠，是一种喜悦，单是想到那种温暖就让人舒心惬意。我曾一遍又一遍地读过艾尔弗雷德·华莱士[①]对热带地区日出的描绘——对威廉·莫里斯[②]笔下那轮"把世间万物染成金色的朝阳"的描绘。

华莱士写道："直到五点十五分左右，整个世界依然是一片漆黑；但就在这时，几声鸟鸣开始打破夜的沉寂，这兴许说明在东方地平线上已依稀可辨黎明之迹象。少顷，传来一阵夜鹰忧郁的低吟，随之可闻呱呱蛙叫，山画眉悲啭，以及当地特有的禽鸟或哺乳动物发出的奇怪声音。约莫五点半光景，第一缕曙光开始显露，慢慢变亮，然后迅速增加其亮度，到五点四十五分左右，天光似乎已经大亮。在接下来的十五分钟里，天色几乎没什么变化；但蓦然之间，太阳的边轮冒出地平线，将万道金光射进深邃的密林，把树叶上晶莹的露珠变成一颗颗璀璨的宝石，唤醒自然界所有的生物。小鸟开始啁啾振翅，鹦鹉开始尖叫，猴群也开始叽叽咕咕；接着便有蜜蜂嗡嗡于花间，艳丽的蝴蝶或翩跹起舞，或展

---

① 艾尔弗雷德·华莱士（Alfred Russel Wallace，1823—1913），英国博物学家，1848年曾到亚马孙河流域旅行考察，后写成《亚马孙河与尼格罗河旅行叙事》（*A Narrative of Travels on the Amazon and Rio Negro*，1853）。

② 威廉·莫里斯（William Morris，1834—1896），英国诗人，出版有叙事长诗《伊阿宋的生与死》（*The Life and Death of Jason*，1867）和三卷本诗集《人间乐园》（*The Earthly Paradise*，1868—1870）。

翅停歇于枝叶，享受温暖而充沛的阳光。中纬度地区清晨的第一个时辰有种魔力，有种叫人永远也忘不掉的美。所有生物似乎都因前一夜的凉爽和潮润而精神振作，生机益然，新抽出的嫩叶和花蕾几乎就在你眼前绽开，而且你常常会发现有些新苗嫩芽一夜之间就蹿高了好几英寸。此时的气温最为宜人。清晨的稀微寒意本来就令人神清气爽，随之而来的又是令人极为爽快的暖意；而热情的阳光把热带丛林点染得一派辉煌，使画家魔幻艺术中理想的大地之美得以还原，把诗人赞美自然之美的火热言辞变成真情实景。"

不妨再读读斯坦利牧师①对矗立在埃及古城底比斯阿蒙诺菲斯三世神殿遗址前那两尊巨大雕像（门农石像）的描写——"夕阳西下，石像身后的非洲群山泛着红光；石像脚下碧绿的原野被染得更绿，暮色渐渐遮掩石像身上经三千年风霜留下的蚀痕裂缝。当我在夕照中回首眺望时，只见巨大的石像背衬着群山高高耸立，仿佛它们真是群山之一部分——仿佛它们属于某种天工之作。"

虽然很难停笔，但我肯定不能再这样沉溺于美文摘录。如此摘句录章会引起人们对许多美好往日的怀念，毕竟游历之乐通常都令人终生难忘。每每会有这样的时候，人们就坐在自己家中，却恍若赫尔普斯②说的那样，"威尼斯的运河、热那亚的灯塔或罗莎峰的冰川就在眼前，辉煌与壮观都历历在目，栩栩如生，仿佛

---

① 斯坦利牧师（Dean Stanley）与前文提到的杰里米·泰勒（参见第一章《谈快乐之义务》倒数第 3 段相关注释）是同时代人，曾与杰里米·泰勒一起布道。

② 参见本书第一章《谈快乐之义务》相关注释。

一天的旅游见闻在脑海中挥之不去。"

对旅游之酷爱和享受绝不会影响到一个人对家的热爱，甚或可以这样说，若非偶尔离家去游历，一个人还真不能完全感受到家的温馨。这就像劳作与休息，一张一弛，相得益彰；所以这听起来虽然有点矛盾，但旅游的一个最大乐趣还真是归家之旅；若无在异国他乡漫游的经历，你很难体会到游子对赫斯提亚的热爱之情——正是那位温柔可爱的女神守护我们平安回家。

第八章

谈居家之乐

天下没有比家更好的地方。

——古英格兰歌谣

有人或许会狐疑，不知哪种体验更令人愉快——是出发去享受一次自己完全应得的休假，还是在充分享受一次愉悦的旅行后返家，发现自己带着新的活力、记忆和想法再次坐在自家中炉旁，与家人、朋友和自己的书重聚。

利·亨特[①]曾这样写道："安坐于家中，有一册古老的对开本书可读，书讲的是一些浪漫而可信的航行和旅行故事，故事的主人公是位蓄着胡子的长者，读书人则身居一座乡间小屋，小屋窗帘垂下，屋外的风恰好能吹动门扉，让门扉发出的声响与我们正从书中听到的海浪声或林涛声相映成趣——这无疑是人生中一个完美的时刻。"

出国旅游肯定并不是人人都能享受，比如说去南美洲的墨西哥或秘鲁，或是乘船巡游太平洋上那些岛国，不过从某些方面来看，读早期旅行者的游历甚至更加有趣，比如读普雷斯科特记述

---

① 参见本书第一章《谈快乐之义务》相关注释。

的南美洲历史①，或读库克船长记述的北美航行。如其所述，那些书为我们描绘了一种与当今不同的社会形态，但那种社会形态如今已大为变化，已变得颇有欧洲风味。

因此，我们也可以让我们的日常旅行充满乐趣，哪怕像威克菲尔德那位牧师②一样，所有的探险都在自家火炉边进行，所有的迁徙都是从一个房间到另一个房间。

另外，即或家中美景略显寒碜，但其美好依然无限，正如布朗爵士所说，一个人"可以像庞培父子那样，躺在床上周游世界"。

所以聪明的做法就是像亨利·麦肯齐③在《懒汉》杂志上说的那样，"培养一种对我这种懒人来说非常幸运的才干——坐在逍遥椅上旅行；无须舟马劳顿便可把自己从客厅送到遥远的地方，去拜访不在身边的朋友；用记忆绘出一幅幅风景，用想象把朋友或能够想到的伙伴放进风景之中。"

的确，我们真无须离家便可确保自己体验到这个世界的万千变化。

首先，四季更迭每年都会来造访每个家庭。我们只需把目光移向窗外，看春天枝头之新绿，赏夏令草木之扶疏，望秋季之层

---

① 美国历史学家普雷斯科特（William Hickling Prescott，1796—1859）写的《墨西哥征服史》和《秘鲁征服史》文笔优美，记事生动，读来的确引人入胜，但却并非作者的游历记述，而是根据丰富而可信的文献史料写成。

② 指英国作家哥尔德斯密斯的名作《威克菲尔德的牧师》中的主人公普里姆罗斯博士。

③ 亨利·麦肯齐（Henry Mackenzie，1745—1831），苏格兰作家、诗人及编辑，曾主编《懒汉》（The Lounger）和《明镜》（The Mirror）两份杂志并为其撰稿。

林尽染，观冬日之冰凌窗饰；这些景象是多么不同！

咱们英格兰的气候非常宜人，连一年中最糟的那些月份也像约翰·西蒙兹描写的那样："无风的上午不时会有阳光照耀，仿佛已离去的春天在潮润多风的晚秋又蓦然回首。沐浴着这种银色阳光，策马进入残秋树林，观赏败叶枯枝之奇颜异色，真可谓不亦快哉。头顶上方，榆树栗树挂满金灿灿的叶片，山毛榉树叶则呈赤褐色调，而野生黑樱桃此时格外艳丽，泛着葡萄酒般的暗红光泽。矮树丛中，泛白的铁线莲茎蔓沿满树通红的山楂攀援，珊瑚泄根莓的环形卷须与猩红的野玫瑰纠缠在一起，黑莓果仿佛燃烧着多彩火焰，山茱萸则由青铜色变成了绛紫；随处可见卫矛树纤细的嫩枝上伸出形似玫瑰花蕾的串串蒴果。地面铺着一层厚厚的落叶，沿林中小道穿行，褐乎乎的凤尾蕨会掩没你的膝盖。"

其实还不止于此，连每个黎明都会赐予我们变化无穷、目不暇接的美丽画卷。但奇怪的是，似乎很少有人会从天宇之美中感到乐趣。格雷曾在致友人的信中描述过一次日出——天际微微泛白，淡淡地渗出些许金色和蓝色，突然之间，一小段亮得叫人睁不开眼的金线浮出天边，金线很快变成半个火球，随之就变成了整轮辉煌得难以看清的朝阳——他写完这段描述后又补充说："我真想知道此前曾否有人见过这番景象。我相信几乎没有。"

千真万确，自诗歌肇端之日起，黎明时东方之辉煌和傍晚时西天之壮观就一直令所有目睹者欣然陶然。但我们得特别感谢罗斯金先生，是他让我们更深切地感知这些辉煌与壮观，是他用几乎与天空一样灿烂的语言为我们描述整个天宇，"从天空到地平线都熔化成一片色彩和火焰的海洋，流光溢彩的海洋笼罩万物，每一片沙滩都镀上了厚厚的黄金，朵朵浪花则分别呈现出无瑕无影的嫣红、猩红、紫红，以及各种语言中不曾有言辞形容、头脑中不曾有概念对应的色彩——各种只有目睹者方可感知的色彩；头顶上深邃碧蓝的天穹也在熔化进这些色彩，这片深邃碧蓝的虚无缥缈，那片飘移不定的澄澈明净，最后都不知不觉地消隐于红彤彤金灿灿的整个天空。"

天空有时呈现的真"不是色彩，而是火焰"，虽说色彩在日出日落时分最为艳丽，最为多变，但其变化实际上整天都在发生。然而如罗斯金所说："奇怪的是，一般人对天空都知之甚少。较之于其他天工杰作，大自然造早晚天光之变化可谓用心良苦，其显而易见的唯一目的就是要让世人得到快乐，获取教诲，受到启发，可世人偏偏对这项杰作最不上心。在大自然的诸多创造中，很少有这种单为让世人快乐而不抱有其他更实际或更具体之意图的作品；不过据我们所知，天空阴晴变化之具体目的可能全都是为了满足草木和作物生长之所需，三天或三天左右的晴朗之后，大片大片难看的乌云便会遮蔽蓝天，然后万物都会得到雨水浇灌，接着又会天蓝如洗，直到下一次乌云出现，其间早晚或许会有薄雾露珠。而与此不同的是，在我们生活的每一天，大自然都在不停地创造一幅又一幅、一帧又一帧、一卷又一卷的壮丽美景，不停地激发追求高雅而永恒的极致美之天性，所以，我们可以肯定地说，大自然创造这些都是为了我们，为了让我们永远都能快乐。"

自然之美并不会随着白天的结束而结束。塞内加就曾说："在天幕下睡觉又怎么样？我们可以把地球当安睡之榻，把满天繁星当景观欣赏。"对我自己而言，我始终都为天黑关门这个习惯感到遗憾，这样做就好像门外再没什么值得一看似的。可是，"看看天幕上如何镶满金灿灿的圣餐碟"[①]，或观看月亮裹着静静的银辉穿越夜空，还有什么能比这更美呢？我们即或不能像爱默生那样感觉到"谁若在午夜见过东升之月破云而出，谁就等于像天使目睹了光与世界被创造"，也仍然可以像赫尔普斯那样觉得"星星会给予我们一些意义非凡的启示，而我们每个人都可以拥有整个半球的星星，只要你愿意仰望星空，向星空求教，与星空为友"。赫尔普斯还认为："星星不单能引导我们穿越这个星球上的海洋，而且还能引导我们蹚过自己头脑中的污水，从而使我们能更多地领悟它们的意义。"的确，就像诗人骚塞对夜之美的感悟：

> 多美的夜啊！
>
> 静谧的天空弥漫着潮润的清新；
>
> 没有流云薄雾，没有尘埃飘浮，
>
> 也没有声响打破夜的宁静；
>
> 圣洁的圆月泛着满盘清辉
>
> 在蓝幽幽的深邃中遨游；
>
> 在她安详的银辉之下，
>
> 荒原宛若浑圆的海洋
>
> 伸延至远方，投入天之怀抱；
>
> 多美的夜啊！

---

① 语出莎士比亚《威尼斯商人》第 5 幕第 1 场。

我从不曾为那些崇拜太阳月亮的人而感到过惊讶。

可另一方面，当屋外只有黑暗与寒冷，当你像海涅那样独居冬夜小屋的时候，

> 屋外纷纷扬扬飘着雪花，
> 暴风雪咆哮着穿过黑暗；
> 屋子里的火炉泛着红光，
> 一派宁静，舒适而温暖。

> 炉膛中火焰欢快地蹿腾，
> 我坐在火炉旁一边沉思
> 一边聆听水壶吱吱呜呜，
> 哼唱早已被遗忘的歌曲。

说到底，真正的居家之乐并非在室外，而是在屋里，就像爱默生说的那样："对爱家的人来说，再美的音乐也比不上厨房挂钟的嘀嗒声悦耳，也不如壁炉架上木柴燃烧的毕剥声动听，家对爱家之人的慰藉非他人所能想象。"

我们爱屋里的时钟嘀嗒，炉火蹿腾，喜欢窗外的鸦噪乌啼，与其说是因为其本身悦耳动听，不如说是因为它们勾起的联想和记忆。

千真万确，一个人独处幽居时，就可以唤醒能让自己愉悦的那些记忆，正如那首《旧橡木桶》^①所唱：

---

① 《旧橡木桶》(*The Old Oaken Bucket*)是美国诗人伍德沃斯(Samuel Woodworth，1784—1842)创作的一首怀念故乡家人的诗歌，后被谱写成歌曲，广为传唱。

当回忆呈现出甜蜜的童年时光，

这颗心便会有一阵阵亲情荡漾！

果园、草地、枝叶缠结的树林，

还有我儿时喜爱的每一个地方。

记忆可不止果园、草地，还有威廉·柯珀[①]笔下的

火炉旁的欢歌笑语，

屋顶下所有的安闲舒适。

而依照基布尔[②]那种更加高贵而美好的理想，居家之乐还应有

一屋的其乐融融和理解的目光；

当一家人彼此信任，心心相连，

甜蜜的欢乐会弥漫每一个角落，

纯洁的感情会萦绕每一寸空间。

在久远的年代，别说原始民族不会居家过日子，就连希腊人那点儿家庭生活似乎也不可能与考利[③]笔下的家庭生活相提并论，

---

① 威廉·柯珀（William Cowper，1731—1800），英国诗人。

② 基布尔（John Keble，1792—1866），英国神学家，诗人，曾任牛津大学诗歌教授（1831—1841）。

③ 考利（Abraham Cowley，1618—1667），英国诗人及随笔作家。

例如他写的那种"读书赏花"的生活，尤其是有个

> 贤惠的妻子，有她相伴，
>
> 快乐会加倍地温馨甜蜜；
>
> 最美的花园就在她脸上，
>
> 最睿智的书就在她心里。

而读到希腊教父圣克里索斯托 [1] 对女人的描写，凡热爱自己母亲、妻子、姐妹和女儿的人都不可能不对作者的描写感到惊讶，都不可能不对他笔下的女人心生怜悯，因为在那个希腊教父笔下，女人是一种"无谊之劫、天降之殃，是一种令人欲弃不能的灾患；是家庭的威胁、致命的祸水，是一种乔装打扮的邪恶"。

在人类所取得的所有进步中，很少有比男女社会关系平等更为重大的进步。女人在不文明社会所遭受的苦难，想起来都令人不寒而栗；即便在较为理性的希腊社会，除了为数不多的一些例外，女人似乎也一直被当作操持家务的主妇或任人摆布的玩偶，而不是营造家庭乐园的天使。

印度有句格言说："切莫抽打你妻子，哪怕是用鲜花抽。"虽说不打女人是个相当大的进步，但这句格言却道出了一个悲伤的事实——从前一直用鞭子抽打女人。

---

[1]　圣克里索斯托（Saint John Chrysostom，约 347—407），古代基督教希腊教父，善传教解经，巧于辞令，有"金口约翰"之称。

在《文明起源》①一书中，我用了不少事例来说明家人之间的感情在原始生活中是多么微不足道。于此我再举一例，在北美阿尔冈昆族印第安人的语言中，居然没有表达"爱"的词汇，结果传道士把《圣经》翻译成阿尔冈昆语时，不得不造了一个新词②。没有爱的生活是一种什么样的生活？没有爱的语言是一种什么样的语言？

不过在婚姻生活中，较之文明人冷漠的心机算计，野蛮人狂热的激情反倒更为可取，例如在《尼贝龙根之歌》中，为夺取被施了魔法的宝物而耍的那些阴谋，几乎就注定了玉石俱焚的悲惨结局。又如在芬兰史诗《英雄国》③中，那个非凡的铁匠伊尔马里宁用金银为瓦纳莫伊宁锻造了一个新娘，瓦纳莫伊宁开始还为有如此富有的一个妻子而感到高兴，但很快就发现她冷得叫人难以忍受，哪怕挨着火炉，裹着裘衣，只要一碰上她也会被冻住。

---

① 卢伯克著《文明起源与人类原始状态》（*The Origin of Civilization and the Primitive Condition of Man*，1870）一书的简称。

② 作为译者，我认为此处"造新词"只能说明那些西方传教士未能精通阿尔冈昆语，而不能证明阿尔冈昆语中没有表达"爱"的词汇。所谓"阿尔冈昆语"其实是一个语系，该语系诸语言包括克里语、奥吉布瓦语、布莱克福特语、夏延语、米克马克语、阿拉帕霍语……而讲这些语言的北美原住民曾遍及今日之加拿大以及美国的新英格兰地区、北卡罗来纳州以北大西洋沿岸地带、五大湖地区和落基山以东地区。

③ 芬兰史诗《英雄国》（*The Kalevala*，又译《卡勒瓦拉》）由芬兰民俗学者、语言学家兰罗特（Elias Lönnrot，1802—1884）根据自己采集的民间歌谣和传说编写而成。这部作品对芬兰艺术文化产生了巨大影响，对芬兰人弃用瑞典文，改用芬兰文作为民族语言起了推动作用。

况且，除互相冷漠之外，我们现代人还会屡屡受困于愚蠢的争吵，而争吵的起因往往都是些鸡毛蒜皮的琐事、一些因缺乏沟通而造成的误解，或一些稍欠考虑的轻率之言，其实在有些时候，只要不断章取义，牵强附会，这种轻率之言对人并没有任何伤害。不知"承受一切，信任一切，期待一切，包容一切"①的博爱能在多大程度上消除生活中的烦恼，增添家庭生活的欢乐。家，在经历人世间的风暴和危险之后，的确可以是一个安全的避风港。但要确保这点，我们就不能只满足于怀着美好的愿望去铺设，而必须把它营造成一个快乐温馨的港湾。

若你的生活不乏艰辛与苦楚，如果外面的世界冷漠而阴郁，那么最大的欢乐难道不是回到你所爱的家中，面对家人快活的笑脸，投入家人温暖的怀抱？

---

① 语出《新约·哥林多前书》第13章第7节。

第九章
漫谈科学

觅得智慧者乃有福之人，

获其垂青者乃有福之人；

因为得智慧胜过得银，

获其垂青则胜过获金；

智慧比红宝石还要珍贵，

你全部所爱都不能与之媲美；

她右手握人生可享之年，

左手则掌荣华富贵。

她所有的道皆愉悦之道，

她所有的路皆安宁之路。

——《旧约·箴言》

凡未亲身尝试者，都很难想象科学能为我们的生活增添多少乐趣，带来多少变化。认为科学枯燥乏味且困难重重，这完全是种错误的看法，因为科学的许多内容都简单易懂，而且非常有趣。古老的智慧本能地给了先知两个名号，其一谓"预言者"，其二谓

"先见者"。"智者的眼睛长在头顶，愚者却在黑暗中摸行。"[1] 技术讲解和物种描述等著作与科学之关系，就好比词典与文学著作的关系。

科学有时候的确会毁掉古代神话的诗意，例如古代印度人这样解释河流的成因，"天神因陀罗用雷电劈开河床，让水都沿着长长的河道流淌"；可自然现象解释的真正原因却远比神话更为惊人，较之未经训练的头脑所产生的想象，科学解释包含了更多真正的诗意。

在许多方面，科学同神话故事一样奇妙，一样有趣。就像拜伦所说：

> 世间真有些真切而实在的东西
> 让我们的仙境奇幻也相形见绌，
> 其形其色比人想象的天空还美，
> 美过缪斯女神用她精湛的技艺
> 在浩瀚天宇撒布的奇异的星群。[2]

麦凯[3] 则在诗中直抒胸臆：

> 祝福科学！当这地球显得年迈，

---

[1]　语出《旧约·传道书》第 2 章第 14 节。

[2]　引自拜伦《恰尔德·哈罗德游记》第 4 章第 6 节。

[3]　约翰·亨利·麦凯（John Henry Mackay, 1864—1933），苏格兰裔德国诗人。

信仰老得糊涂，理智变得冷漠，

是科学发现这个世界还很年轻，

并用一门新语言教它牙牙学语。

　　例如，植物学在众人眼中是门枯燥的科学。然而，虽说没有植物学我们也会赞美花草树木，但那仅仅是作为门外汉在赞美，就等于一个陌生人赞美人群中的名士或美女。可植物学家则与之相反——不，我都不用说植物学家，只说对这门令人愉悦的科学稍有涉猎的人——当这种人进入树林，或进入一片被我们称之为野外的仙境般的森林，会发现一大群欢天喜地的朋友在迎接自己，每个朋友都有精彩的故事要讲。约翰逊博士曾说，在他看来，只要见过一片绿色的原野，你就见过了天下所有绿野；而比约翰逊博士更伟大的苏格拉底，这位没有科学背景的智者，却说他一生都在求知，但未能从原野和树木中学到什么。

　　我知道，一直以来都有人说植物学家"既不热爱也不熟悉自己采集的花草，他们所谓的植物学不过就是为那些花花草草起个拉丁语名字"。

　　然而，请将此说比照另一种说法，一位几乎不能自称为植物学家但肯定热爱花草的学者的说法。"想想吧，"罗斯金说，"我们该怎样感谢茵茵青草，感谢它覆盖并陪伴黑乎乎的大地，用其珐琅般亮丽的色彩，用其无数柔软、温和、铺满田野的尖长叶片！请稍稍花点时间想想我们应该从以下言辞中明白的一切。整个春天和夏天都在这些言辞之中——沿幽静而芳香的小径散步，在炎热的中午时分休憩，牛群羊群在草地上撒欢，牧童的生命活力和沉思冥想；普照大地的阳光穿过草叶，化为绿茸茸的光条和蓝幽幽的光影触地，不然阳光会砸向黑油油的沃土或热乎乎的尘埃；潺湲小溪岸边的一片片牧场，线条柔和的溪岸和连绵起伏的山丘，俯瞰着蓝色海岸线的芳草萋萋的山坡；还有那些微波起伏的草坪，或因清晨的露水失却其光泽，或因夕照的温暖变得光滑，或因欢快的脚步留下凹痕，而当秋天到来的时候，它们会让落叶向大地示爱的声音变得柔和。"

我的个人嗜好和研习使我主要倾向于博物学和考古学，但人一旦爱上了一门科学，就不可能不对其他各门科学都产生出强烈的兴趣。天文学揭示的真相多壮观啊！普吕多姆[①]就曾在一首优美的十四行诗中生动地描写过一座天文台。他写道：

> 深夜，那位天文学家独在高处，
> 遥望星空，观测黑沉沉的天宇，
> 璀璨的天体就好像漂浮的小岛。

他观测到一颗彗星，计算其绕行轨道，确定它一千年后会再次飞临地球——

> 那颗星会回来，误差不超过一小时，
> 她不敢欺骗科学，她不敢伪造数据；

[①] 普吕多姆（Sully Prudhomme，1839—1907），法国诗人，1901 年首届诺贝尔文学奖获得者。

世人会一代代离去，但在那高塔上

总有人观测眺望，总有人不眠不睡，

即便是地球上的人类全都相继消亡，

真理也会坚守岗位，看那颗星回归。

欧内斯特·里斯[①]也形象地描写过一位化学家的居所——

奇迹每晚都会在这间屋子里发生，

在日光照耀下，这里一切都显沉闷；

可一旦夜幕降临，屋里便魔法盛行，

红光闪烁，穿透窗外的沉沉黑夜。

用罗斯金的话来说，真正的学者总是高瞻远瞩，回溯上帝创造的这个世界，展望人类一代又一代的未来。

即便科学在被埋于厚厚的对开本古籍那个年代真是枯燥无味，现在的情况也早已今非昔比。睿智的切斯特菲尔德伯爵曾希望智慧女神弥涅瓦[②]也能像爱神维纳斯那样慷慨地布施其三种恩惠，而他的希望今天已充分实现。

我并非十分高兴地想到，博物学研究似乎注定要弥补被我们称为"狩猎"的那种活动之缺失，那种活动因延续了数千年而被铭刻于人类的记忆深处，因为在那漫长的数千年中，人类主要是

---

① 欧内斯特·里斯（Ernest Rhys, 1859—1946），英国文学家。

② 在罗马神话中，智慧女神弥涅瓦是科学的庇护神，司掌智慧、记忆与发明。

靠捕获的猎物生活。如今可捕获猎物的数量和种类都在减少。我们的史前祖先曾猎杀猛犸象、毛犀牛和爱尔兰巨麋，远古不列颠人也有野牛、野鹿和狼可捕杀，今天我们能猎获的还有野鸡、山鹑、狐狸和野兔，不过就是这些小动物也越来越稀少，所以必须优先加以保护，以便我们的子孙后代也有机会逐猎。即便是在今天（今后则更加无疑），要满足本质上与逐猎同源的本能，我们中有些人只能研究鸟类、昆虫，甚至纤毛虫——研究那些以其种类之繁多弥补其体小之不足的生物。

爱默生曾断言，当博物学家"把所有蛇和蜥蜴全都装进玻璃瓶时，科学亦如法炮制，也把他给装进了玻璃瓶"。[①]我不否认真有这种情况，但这种情况只是罕见的例外，真正的博物学家绝非只是标本采集者。

下面这段记述引自赫德森和戈斯合著的那部《水生轮虫》[②]，引文有点长，但我忍不住要与读者分享——

"在埃文河萨默塞特郡一侧，离克利夫顿不远处有一个三面环山的小峡谷，谷底有一个年代久远的池塘，池畔山坡上茂密的山毛榉和冷杉从三面将池塘掩蔽，唯有南边豁口可吹进柔和的西南风，照进午后温暖的阳光。峡谷靠山的尽头有一股清泉涌出，涓涓细流沿铺满杞柳落叶的河床流进池塘的北端。山谷间筑有一道

---

① 语出爱默生《生活操行》（*The Conduct of Life*, 1860）第8篇《论美》（Beauty）。

② 即英国博物学家查尔斯·赫德森（Charles Thomas Hudson, 1828—1903）和菲利普·戈斯（Philip Henry Gosse, 1810—1888）合著的《水生轮虫：或英国及外国的轮虫》（*The Rotifera: or Wheel-Animalcules, Both British and Foreign*, 1886）。

石坝，用以把溪水拦在池中；石坝上有道开口，溢出的池水在那里形成一道小小的瀑布，然后流向下方的耕地。

"若从那座山间小屋沿猎场看守人常走的小路接近池塘，我们将穿过茂密的树林，神不知鬼不觉地到达石坝；轻手轻脚登上石坝，整个池塘水面便一览无遗，同时也不会惊动任何可能在那儿活动的生物。

"池塘北端水面上，一只白胸水鸡正领着一群小水鸡在垂柳枝条间嬉戏；一棵倒下的山毛榉半截树干伸进池中，一只水鼠正端坐在树干上挠其右耳；一片山毛榉果壳在我们脚边的水面上溅起水花，溅水声说明有只松鼠正躲在我们头顶上方茂密的枝叶间用餐。

"可你瞧，那只水鼠已发现我们，正一溜烟窜回其筑在岸边的鼠窝，它在水面划出的波纹是其悄悄逃走的唯一痕迹。白胸水鸡早领着它的孩子们藏了起来，那只松鼠也不再往下扔果壳。此时整个池塘一派寂静，没有一丝生命的迹象。

"但是，倘若我们能微缩成保持有感觉和视觉的生命原子潜入水下，那我们将成为多神奇的一个世界之组成部分！我们会发现这个童话王国里住满了各种最奇怪的生物——有的用其毛发划水游泳；有的脖子上嵌着闪闪发亮的红宝石眼睛，可伸缩的细肢忽而完全缩进身体，忽而向外伸到其体长数倍远之处；有的疾速游动时突然抛锚停下，锚居然是其足尖射出的精致的细丝；有的身披透明铠甲一闪而过，铠甲上布满锋利的剑刺，或装饰有突钉和平滑的曲线；一种形似旋花植物的生物附着于一根粗茎，以一种看不见的吸力不停地把川流不息的受害者吸入其喇叭状口中，然后用其深藏于体内的齿颚把它们撕碎。

"在同一根粗茎上，在离那个旋花状怪物不远的地方，有一种像是用薄膜做成的三色堇模样的生物，一个古怪的转动装置绕着那朵三色堇展开的四片花瓣旋转，一长串不知有无生命的小东西呈一条曲线被吸进三色堇后面的一个漩涡。至于它们进入漩涡的命运，我们没法看见，因为那根粗茎绕有一圈管状突出物，突出物由一些金棕色的球状物非常规则地重叠而成。某个小家伙从粗茎旁急速冲过，那朵三色堇眨眼之间便消失在其花萼之中。

"继续下潜，这下我们看见某种果冻状的生物在池底缓缓滑行，随意向其身边伸出不成形的须腕，凭借这些碰运气的肢体活动来俘获猎物，一旦有所猎获，这些家伙便蜷成一团，把食物包裹起来慢慢享用；因为它们没有可行走之足，可攫取之肢，可吞食之嘴，可消化之胃。"

然而，仍有太多的人在大自然中只能感觉到人类"与野草和蠕虫分享的"那些东西，他们像孩童那样喜欢小鸟——换言之，他们喜欢朝小鸟扔石块儿，或者像爱斯基摩人问起手表时揣着"这玩意儿好不好吃"的心思那样，想知道它们是否可口；或者像传说中虔诚的阿夫里迪山民对待先知的后人那样——为了在其墓前祭拜而将他杀死；但慢慢地，世人可能会希望对科学的热爱——对爱默生说的那种"我们在大自然的琴弦上奏出的"音符——变得越来越强烈，就像许多人已经感觉到的那样，变成"人类情感中忠实而神圣的元素"。

科学会召唤我们去霍雷肖·史密斯[①]诗中

[①] 霍雷肖·史密斯（Horatio Smith, 1779—1849），英国诗人及小说家。

那座我们会惊叹其辽阔的教堂，

太阳月亮是其永不熄灭的烛光，

唱诗班的合唱是风声涛声雷声，

教堂高高的穹顶在高高的天上。

　　在未经训练的眼睛只能看到泥泞和污垢的地方，科学往往会有美妙的发现。我们脚下踩踏的泥浆是沙、土、煤灰和水的混合物。然而，若将砂粒分解，或像罗斯金所说——让原子按其天性平和地自动排列——你会得到蛋白石。若将土分解，你会得到适合烧制精美瓷器的白土；如果白土进一步纯化，你还可以得到蓝宝石。煤灰若经过精致处理，可以变成钻石。至于水，经过净化和蒸馏，可以变成露滴，或者变成星星般可爱的晶体。这下再回头看看，只要你愿意，你可以在任何一个浅水池塘看见池底的淤泥，或看见水中倒映的天空。

　　不仅如此，即便我们想象出人世间并不真正存在的美艳和魅力，即便我们的想象大错特错，我们也最好像内史密斯[①]先生那样宽厚一些，将错就错；内史密斯先生曾在他那本令人愉悦的自传中告诉我们——他已经习惯于觉得有位朋友眨眼时显得特别和善，特别迷人，尽管他曾惊讶地发现，他那位朋友有一粒玻璃眼珠。

　　不过，要是我只说科学能让人们的闲暇时光情趣盎然，不乏欢愉，那我可真就错了。远不止于此，科学训练可改善我们的生活行为，其重要性怎么强调也不会过分。

---

① 参见本书第五章《谈交友之幸》相关注释。

1861年，皇家调查委员会的一项报告指出："科学研究可直接刺激并培养人的观察能力（这种能力在许多人的一生中几乎都处于休眠状态），可训练人快速而准确的概括能力，并使人养成讲究方法、有条不紊的心理习惯。科学研究能让年轻人习惯于追因溯果，能让年轻人熟悉一种他们既会感兴趣又能够很快理解的推理方法，这或许能最有效地纠正那些懵懵懂懂的年轻人常有的懒惰恶习，而正是这种懒惰使人不愿去进行任何稍有创造性的努力，如极力调动自己记忆的努力。"

另外，如果我们在思考科学之伟大的同时，能让想象力把我们送回遥远的原始年代，或送往浩瀚的宇宙空间，我们生活中那点小小的悲苦烦忧就可能变得微不足道。赫尔普斯[1]在谈及星空时说："星星不单能引导我们穿越这个星球上的海洋，而且还能引导我们蹚过自己头脑中的污水，从而使我们能更多地领悟它们的意义。"赫尔普斯还告诉我们，"星星会给予我们一些意义非凡的启示，而我们每个人都可以拥有整个半球的星星，只要你愿意仰望星空，向星空求教，与星空为友"。

赫胥黎教授多年前在伦敦工人学院[2]做过一次演讲，其中有段话当时就给了我极深的印象，我觉得他那番话比我自己讲的更有说服力，故将其抄录于此：

他说："假设我们每个人一生的命运都将取决于早晚某天下一盘棋的输赢，而且这个假设完全成立，那你难道不认为我们的首

---

① 参见本书第一章《谈快乐之义务》相关注释。

② 参见本书《第二十版序言》相关注释。

要任务就是起码得记住棋盘上每个棋子的名称，了解这些棋子的行棋规则吗？而如果一个父亲允许自己的儿子还分不清棋盘上的兵和马就已长大成人，或一个国家允许自己的国民还不懂如何下棋就已离开学校，那难道你不觉得我们应该对他们表示不满，对他们嗤之以鼻吗？"但一个非常清楚的基本事实是，我们每个人的生活、命运和幸福，还有那些多少与我们关联之人的生活、命运和幸福，都有赖于我们熟悉一套游戏规则，一套比象棋规则不知艰深多少、复杂多少的规则。这是一种不知进行了多少个时代的游戏，我们每个人，不论男女，都是其中一局棋的棋手之一。一局棋的棋盘就是这个世界，棋子就是人世间的各种现象，博弈规则就是我们所说的自然法则。对局过程中我们看不见棋盘对面的棋手，只知道他始终都会公平，公正，并很有耐心。但我们同时也知道，他决不会放过我们的任何一手昏招，对我们因无知而付出的代价不会有丝毫宽容。高明的棋手会赢得高额奖金，那种无比慷慨的奖赏，那种会表明胜者以自己的高超棋艺为乐的奖赏。而棋艺平庸者则会被将死——被对手从容不迫但毫不留情地将死。

在其他文章中，我也努力证明过科学能起到净化并升华宗教的作用。即便科学真算不上宗教的主要部分，它也一直都有助于破除无知的迷信，肃清对巫术和魔法的崇拜，消除那种不管多有道理但仍然极其残酷的"不容异说"，那种几乎从耶稣门徒尚在世时就开始的让基督教世界深受其苦的"不容异说"。在"不容异说"的残酷迫害中，科学肯定没充当过宗教的帮凶。弗里曼特尔大牧师的说法可谓合理而公正，教会的牧师不仅仅是那些神职人员，科学家也是教会的牧师。

另一方面，对国民进行科学教育也势在必行。我们很容易忘记我们欠了科学多少恩惠，因为科学送给我们的好东西实在太多，多得我们在日常生活中已司空见惯，结果其实用价值倒让我们忽略了其来源。在最近举行的剑桥大学彼得豪斯学院建院六百周年庆典上[①]，当一直进行到午夜之后的晚宴快结束时，弗雷德里克·布拉姆韦尔爵士[②]应邀为应用科学做餐后感恩祷告。他谢绝了当场做长篇演讲的请求，虽说应用科学这个话题几乎可以无所不谈，但在当时那种情况下，他脑子里唯一合适的例证是"用家用安全火柴点卧室蜡烛"。在此我不得不对某位诗人的这种说法感到遗憾，他说：

> 那追超光速的电报，
>
> 所载却空洞无物。[③]

皇家科技教育调查委员会最近发布了一份报告，报告用大量事例说明了科技教育带来的好处。与此同时，报告又指出科技教育不应开始得过早，因为如亚历山大·贝恩[④]所说："依照正确的

---

① 彼得豪斯学院（Peterhouse College）始建于 1280 年，是剑桥大学建立最早的学院。

② 弗雷德里克·布拉姆韦尔爵士（Sir Frederick Bramwell，1818—1903），英国著名土木与机械工程专家，皇家学会会员。

③ 语出爱默生《世界灵魂》（The World-Soul）一诗第 15—16 行，该诗共 112 行，此处引文所在的第 13—18 行是 "……那征服时空的蒸汽 / 却征服不了愚昧；/ 那追超光速的电报，/ 所载却空洞无物。政治肮脏卑劣，/ 文学不会去捧场……"。

④ 亚历山大·贝恩（Alexander Bain，1818—1903），英国哲学家、心理学家，曾致力于改革苏格兰的教育。

科学教育观，要对任何一门科学进行全面而详尽的研究，所有重要科学研究的首要原则和附有精选详例的主要范例都是其固有的基本原则和原理。"的确，用约翰·赫歇尔爵士[①]的话来说，"没有几门学科（或许应该说所有学科）的交叉结合，任何一种自然现象都几乎不可能得到最充分的全面解释，对研究大自然的人来说，这一点无论怎样强调都不算过分。"大自然最重要的秘密往往就藏在人们最想不到的地方。许多有价值的物质就是从工业废料中发现的；而格劳贝尔[②]能想到去研究别人都当垃圾扔掉的废渣，这真是一种幸运。说到未来的繁荣昌盛，也许没有任何一个国家像我们英国这样更依赖于科学。英国目前的人口已逾三千五百万，而且还在急速增长。而即便是目前的人口数量已远远超过了我们国土面积的承受能力。不跟统计学打交道的人很难想到，我们每年从国外购买粮食的钱就不少于一亿四千万英镑。当然，我们主要是靠出口工业制品换取买粮食的钱。眼下贸易不景气的消息不绝于耳，我们与外国的竞争，请容我说明尤其是与美国的竞争，不出几年就会变得更加激烈，特别是在美国还清其债务，从而也减少其征税之后。

让我们再想想一百年后——须知一百年对一个国家的历史来说并不算长。到那时我们的煤炭供应将大大减少。而按照目前的增长率，英国的人口每五十年就会翻上一番，若这个增长率持续

---

① 参见本书第三章《谈读书之乐》相关注释。

② 格劳贝尔（Johann Rudolf Glauber，1604—1668），德意志化学家和药物学家，有多项重要发明和发现，有时被称为"德国的化学之父"。

不变，届时我们每年买粮食的钱就需要四亿英镑。那么这笔钱从何而来呢？我们照例有三条可行之路：其一，控制人口自然增长率，但这意味着痛苦和暴行；其二，保持人口自然增长率，但让国民在贫困中过单调乏味的生活；其三，也是最后一项选择，发展科学教育，增加科技应用，让国民有可能继续过快乐而舒适的生活。事实上，我们必须在科学和受苦之间做出选择。只有聪明地利用科学的赠予，国家才有希望既保持人口众多，又让国民过舒适的生活。但只要我们愿意，科学就会让我们的希望变为现实。科学也许并非救苦救难的仙女，但对热爱她的人，她总会慷慨地赐予。

没有人会怀疑，大自然有数不清的奇珍异宝等待着探寻者去发现。为获得一本下世纪的科学入门指南，我们有什么不愿舍弃的呢？因为，化用一句众所周知的谚语来说，那时候一个种田小伙儿对科学的了解也会比我们今天最睿智的哲人所知的还多。玻意耳曾为他的一篇论文取了一个长长的题目——《论人对自然物质利用的极大无知：或自然界没有一种对人类生活有用的物质被世人完全了解》，如同当初被写下时一样，这个说法迄今仍然真实。为避免有人说我的看法过于乐观，且容我利用约翰·赫歇尔爵士的权威，他说："既然在已被世人所知的物质和物体以及那些终将被科学进步发现的物质和物体中，不可能没有无数极其重要的用途有待去发现，那我们就可以怀有一种有充分根据的希望，不但希望人类的物质资源不断增加，人们的生活状况随之而改善，而且希望我们探索自然奥秘的能力不断增长，最终洞悉大自然的最高法则。"

科学为这个国家带来的好处并不止于物质层面，她会像提升并加强个人品格一样，也提升并加强国家声誉。弥涅瓦当初许诺要送给帕里斯的那份礼物①，如今可以慷慨地送给所有人，因此我们也可以把丁尼生这些高贵的诗行应用于这个国家，应用于这个国家的每个人——

> 自尊、自觉、自律，仅此三自
> 便可赋予生活至高无上的权力，
> 但不为权力，只依照法则生活，
> （权力无需强求，她自己会来），
> 循法则生活，我们就无所畏惧。②

约翰·昆西·亚当斯在辞去哈佛大学教职③前的最后一堂课结束时说："当你心中涌起徒然而愚蠢的狂喜之时，当生活的光明前景让你扬扬自得的时候，沉思的科学女神会召唤你去她神圣的密室享受清醒的快乐。当你因挫败而感到羞愧的时候，她抚慰的声

---

① "那份礼物"指智慧和荣誉。据希腊罗马神话传说，纷争女神厄里斯因未受到一次婚典的邀请，便把一个刻有"送给最美女神"字样的金苹果抛在客人中间，三女神争金苹果，朱庇特让帕里斯裁决，为争最美女神之称号，智慧女神弥涅瓦许以帕里斯智慧和荣誉。不过最后帕里斯把金苹果给了许以他世间最美女人的爱神维纳斯。

② 引自丁尼生根据希腊神话中水泽仙女俄诺涅的故事写成的叙事诗《俄诺涅》（Oenone, 1832）。

③ 美国第六届总统约翰·昆西·亚当斯（John Quincy Adams, 1767—1848）在担任美国参议员期间曾在哈佛大学兼任语法修辞学教授（1806—1809）。

音会响在你耳边，让你恢复平静与安宁。当你在与故去的那些昔日伟人交往的时候，你绝不会有依靠当今这些大人物时所感到的难堪和苦恼。而当你在与世人的竞争中遇到危机的时候，当朋友们觉得躲开你是谨慎之举的时候，当祭司和利未人只是过来看看你，然后就从一旁走开①的时候，我亲爱的朋友啊，那就去寻求庇护吧，相信你一定能找到，因为庇护就在莱利乌斯②与小西庇阿的友谊之中，就在西塞罗、狄摩西尼和伯克的爱国精神中，也在那位其律法即爱、教导我们记住伤害只是为了宽恕伤害的'他'③的言传身教中。"

最后，关于我们从科学领受的恩惠，法勒④教长在利物浦学院的一次演讲中有段生动的描述——考虑到法勒教长的信息来源，这段话可谓更有价值的证明，所以我将其抄录于此：

"就在这座商贸繁荣的大都市里，科学技术的胜利果实随处可见——你们的河流上行驶着巨大的轮船，轮船留下的白色尾迹堪称一个重商民族通往其商业帝国大厦的康庄大道——你们都非常

① 关于祭司和利未人见死不救的记载见于《新约·路加福音》第 10 章第 30—32 节。西方所谓的"祭司与利未人法则"（即哪怕施救无需冒任何危险，人们也没有法律义务去帮助身边的遇险者）就源自于此。

② 莱利乌斯（Gaius Laelius Sapiens，活动时期公元前二世纪），罗马将军及政治家，曾随小西庇阿出征迦太基，作为谈话人之一出现在西塞罗《论友谊》《论国家》等对话录中。

③ 指基督耶稣。

④ 法勒（Frederic William Farrar，1831—1903），英国教士及作家，曾担任坎特伯雷大教堂教长（1895—1903），他描写学校生活的长篇小说《埃里克或一点一点》（*Eric or Little by Little*，1858）在其生前就出了 36 版。

清楚，科学成就中不仅有美和奇迹，而且还有仁慈和力量。科学不仅为我们展示了充满无数物质存在的无限空间、充满无数生命存在的无限时间，以及无数迄今尚不可见但却精美可爱的有机生物，而且还以仁慈天使的身份致力于服务人类。科学与科学的信仰者辛勤劳作，不是为了增加暴君的权力和宫廷的辉煌，而是为了增加芸芸众生的幸福，减少普罗大众的辛劳，消除人世间的痛苦。曾几何时，工人还半裸着身体，眯缝着眼睛，站在火蹿烟腾的淬火炉口搅拌铁水，如今科学已经用坩埚取代了淬火炉，工人也不再重复那种高强度的机械性动作。科学已征召光束为她服务，从而使我们能把亲朋好友的脸庞描绘得栩栩如生，惟妙惟肖[①]。科学已教会矿工如何安全生产，即便是在有瓦斯爆炸危险的矿井。科学用她的麻醉术让患者安睡，让高明医生灵巧的双手有可能对不眨动的眼睛神经圈动手术。科学的指向并非那些可怜的民族用数千年辛劳和汗水筑起的金字塔，而是轮船、铁路、电报和指引航向的灯塔。科学让盲者看见光明，让聋者听见声音。科学可减少危险，延长生命，约束疯狂，消灭疾病。基于以上全部理由，我认为，我们的子孙后代都不应该对科学一无所知就长大成人，因为学习科学能训练智力，激发想象，塑造人的思维模式，为心灵提供丰富的营养。"

---

① 指摄影术的发明与应用。

第十章
漫谈教育

断无任何快事堪比凌真理之绝顶。

——培根

多么迷人啊，神圣的哲学！
不像愚者想的那样艰涩难懂，
而像阿波罗的竖琴一样动听，
它是一场不散的甘美盛宴，
宴会上绝不盛行暴食暴饮。

——弥尔顿

把教育纳入生命之乐，这也许会让人大吃一惊，因为在太多的情况下，教育往往都办得令青少年感到厌恶，而且人们也认为学生一离开学校教育即告终止。但与之相反，若要让教育真正达到理想的效果，它就必须适合受教育者，因此也必须让孩子们感到有趣，而且必须贯穿人的一生。获取知识的过程本身就是一种特权，一种幸运。过去人们常说，求知没有平坦的大道；但更正确的说法应该是，求知的道路条条都是坦途。

杰里米·泰勒① 曾说："看见天空之美的不是眼睛，听见美妙音乐或喜讯佳音的也不是耳朵，而是人的心灵，是心灵在感知感官和智力品尝到的所有美味；心灵越是高贵，越是卓越，它感知的美味就越是可口。若一个孩子看见名贵华丽的服饰、繁星般的钻石、井然有序的世界，或听见一位传道者讲道，而他竟然无动于衷——视而不见或听而不闻，那他就只配享受白痴感到的快乐，只配吃蠢驴爱吃的美味。"

教育的重要性就在于此。我说的是教育并非单纯的授课，因陶冶情操远比灌输知识更重要。授课只是教育的一个部分，真正的老师在蒙哥马利② 的诗中有很好的描述：

> 于是，他用既活泼又柔和的语调，
>
> 回答了孩子的所有问题，也问了
>
> 同样简单但构思巧妙的其他问题，
>
> 以此启发并证明孩子的天生智力；
>
> 仿佛孩子的大脑是件精妙的乐器，
>
> 而他正在屏息摸索，试图要找出
>
> 哪些音栓或琴键能奏出最美音乐。

读书是一种手段，而非目的。培根曾说："读书费时太多者皆

---

① 参见本书第一章《谈快乐之义务》相关注释。

② 蒙哥马利（James Montgomery, 1771—1854），英国诗人，出版有诗集《瑞士漫游者》（*The Wanderer of Switzerland*, 1806）、《格陵兰》（*Greenland*, 1819）和《鹈鹕岛及其他诗》（*The Pelican Island and Other Poems*, 1828）等。

因懒散，寻章摘句过甚者显矫揉造作，全凭书中教条断事者则乃学究书痴。天资之改善须靠读书，而学识之完美须靠实践……讲究实际者鄙薄读书，头脑简单者仰慕读书，唯英明睿智者运用读书。"[1]

另外，虽然约翰·穆勒说"在人类发展进程相对的早期，也就是我们现在生活于其中的这个时期，一个人确实不可能与其他所有人都完全同声相应，同气相求，而这会使其在生活行为总方向上的任何真正的不和谐都不可接受"，但是，教育肯定会在很大程度上让我们产生与同类同声相应、同气相求的情感，并将这种情感根植于我们心中。不管怎么说，倘若不以这种态度读书学习，那我们的全部学识就只能留给我们像浮士德博士那样的软弱和悲哀。

到如今，唉！我已攻读了

哲学、医学，还有法学，

我还不遗余力，满怀热情，

彻头彻尾地钻研过神学，

可我这个满腹学识的傻瓜，

唉！却并不比从前更聪明。[2]

我们的学识也不应该是"一张用来休息的沙发、一条独自散

___

[1] 引自《培根随笔集》第 50 篇《谈读书》。

[2] 语出歌德《浮士德》第 1 部第 1 场《夜》。

步的回廊、一座俯瞰他人的高塔或抵抗他人的要塞，更不应该是一个为了赢利的工场；而应该是一座为了造物主的荣耀和生命的尊严而装满财富的宝库"。[①]

因为用爱比克泰德高尚的言词来说："若你不建造高楼大厦，而是塑造国民的心灵，那你将为国家做出最大贡献，因与其建高楼让卑贱的奴隶居住，不如让高尚的心灵安居小屋。"

那么，眼下最需要考虑的就是：我们目前的教育体制是否是那个最适合实现这些伟大目标的体制？这个体制真能激发出比知识本身更重要的求知热情吗？孩子们花那么多年阅读的经典文学，到底是真赋予了他们任何鉴赏意识，还是像经常发生那样在大学毕业时怀着同拜伦一样的感觉——

永别了，贺拉斯，我所憎恶的贺拉斯！[②]

过分偏好任何学科都是一项大错，尤其是在青少年时期。如果我们愿意顺从自然，就会发现自然本身就象征合理的体系。直觉是可靠的向导，不过也并非万无一失。孩子们不可能从不感兴趣的课程中有什么收益。普林尼曾说"学习之效果在于学习之乐趣"，而我们可从古希腊诗人泰奥格尼斯的《卡德摩斯与哈耳摩尼

---

① 语出培根《学术之进步》第 1 卷第 5 章第 11 节（*The Advancement of Learning*, I.V.11）。此处引文与作者在《生命之用》第 7 章《谈自我教育》中的引文措词略有不同（更为简洁），这应该是所据版本不同之故。

② 语出拜伦《恰尔德·哈罗德游记》第 4 章第 77 节。

亚婚庆颂诗》中受到一点启发，他在该诗中让众缪斯合唱：

> 天地间所有美好事物
>
> 都永远会有我们关心；
>
> 美好一旦承担起义务，
>
> 也就不再归我们操心，
>
> 因义务并非美好事物，
>
> 只是你们不朽的誓词。

　　有些人似乎觉得我国的教育体制已尽可能完美，不足之处仅在于学校还不够多，老师还太少，另外就是学费问题以及民办小学和寄宿学校的关系问题等等。约翰·西蒙兹在其《意大利及希腊见闻札记》一书中说："毋庸置疑，有许多人都认为，我们英国人提倡教育，甚至讨论什么是最好的教育体制，这完全是在白费功夫，因为我们的国民生活得最快活，教养程度也无与伦比，不可能再有什么实质性的提升。但人类学家高尔顿先生却表达了这样一种观点，而且研究过雅典社会状况的人似乎都赞同他的看法，那就是，雅典居民的整体素质比我们英国人更高，就像我们的国民素质高于澳大利亚那些野蛮人一样。"

　　这种看法的确有一定道理，想必研究希腊历史的学者也不会否认。那么，为什么情况会是这样呢？我只能认为我们的教育体系应该对这种现状承担部分责任。

　　科技课程和手工课程怎么说也未必就会妨碍其他课程。尽管人们对科技教育的重要性和手工训练（我更喜欢称其为技能训练）

的价值已谈论得够多，但不幸而可悲的是，在我们从大学到小学的整个教育体系中，这两类教育都被忽略了，学校盛行的是语言教育。

其实这种抱怨由来已久。阿谢姆很久以前就在《教师》一书中哀叹过我们的教育。弥尔顿也在写给塞缪尔·哈特立伯[①]的一封信中控诉说："我们的孩子被莫名其妙地强迫整天学习那些枯燥无味的文法，"他在信中还评述道："语言学家应该为自己懂得通天塔造成的各种语言[②]而感到骄傲，但如果他们只去研究那些语言的字词文法，而不研究语言实际负载的思想内容，那他们同只精通其本国方言的农夫工匠就别无二致，不配被我们尊为学者。"洛克也曾抱怨说："中学教育只是为了让我们考上大学，而不是让我们去适应这个世界。"各种各样的委员会也屡屡对教育表示过同样的不满。那我们现在的情况又怎么样呢？

我注意到有人在不停申辩，说即使改进没能像所希望的那么快，但我们正在取得的进步也相当可观。可事实真是这样吗？我看未必。恐怕现行的教育体制并没有真正训练学生的头脑，并没有真正培养他们的观察能力，甚至没能提供所投入的课时理当提供的足够信息。

---

① 塞缪尔·哈特立伯（Samuel Hartlib，约 1600—1662），英国教育改革家，曾不遗余力地提倡普及全民教育，认为教育必须改革，师资必须专门培训，还说服弥尔顿写成了《教育论》(*Tractate of Education*，1644)。

② 据《旧约·创世记》第 11 章记载，从前天下人都讲一种语言，挪亚的后裔欲建一座通天之塔（巴别塔），上帝为此发怒，变乱了他们的语言，使之不能协作建塔。

格兰特·达夫爵士①表达过这样的看法，我们有理由希望十三四岁的孩子都"能够清楚而悦耳地朗读，清楚而工整地书写，并熟悉算数的一般规则，尤其是复名数加法——这可绝不是一项普通的技艺；能够流利地讲法语，正确地书写法文，对法国文学能略知一二；能够翻译浅显的法文或德文书籍；能够充分掌握地理学的基本知识，并在此基础上理解一些天文学概念（足以激发他们好奇心的概念）；能够了解地质学和历史学最主要的事实，从而起码能以一种既清晰但又足够全面的方式理解他们生活的这个世界为何会呈现出这种种特性，包括自然特性和政治特性。他们应该从幼年时期就训练使用观察能力，学会观察动物、植物、岩石，以及其他自然物体；他们应该大体上熟悉将使其终身受益的英语古典文学中最优秀的部分，还应该掌握一些音乐绘画的基本知识"。

　　毋庸置疑，要实现这些目标就需要勤奋，布朗爵士就曾说："勤奋应该是我们的神谕所，而理智则是我们的阿波罗。"不过勤奋肯定没法不切实际地量化。我们离勤奋还差多远呢？通识文化课往往被轻视，因为有人说一知半解毫无用处。然而，对某个学科的一知半解或无所不知，这之间毕竟又有所不同。我们提倡的是后者——像布鲁厄姆勋爵那句名言所说，力争"通百艺而专一技"。

---

　　① 格兰特·达夫爵士（Sir M. E. Grant Duff，1829—1906），英国官员及作家，著有《1851—1901 年日记评注》（*Notes from a Diary 1851—1901*，1897—1905）和《追忆埃内斯特·勒南》（*Ernest Renan: In Memoriam*，1893）等。

约翰·赫歇尔爵士曾说："没有几门学科（或许应该说所有学科）的交叉结合，任何一种自然现象都几乎不可能得到最充分的全面解释，对研究大自然的人来说，这一点无论怎样强调都不算过分。"

在我们大多数公立中小学和大学，现行教育体系为古典文学和算术牺牲了其他所有学科。古典文学和算术当然是最重要的学科，但不应该排斥科学技术和现代语言。毕竟我们的孩子们大学毕业后既不会讲拉丁语也不会讲希腊语，而且在绝大多数的情况下，他们对古典历史或文学也不会再感兴趣。但孩子们在科学方面没受过任何训练，所以他们有理由抱怨"获取知识的一道门被完全关闭"[①]。

事实上，让学生把那么多精力集中于一两门学科，我们根本达不到自己设定的目标，希望引起学生的兴趣，结果却让他们产生厌恶。

在我看来，我国教育中最大的错误就是崇拜书本知识——把教育和授艺混为一谈，让死记硬背代替陶冶心性。小学生终日疲于机械性书写和枯燥的拼写，被迫去记住一串串年代、日期、地名和一个个国王，而这些记忆并不会在他们大脑中形成明确的概念，跟他们今后的职业和生活需求也并无多大关系。中学的情况同样不幸，学生们也备受枯燥的拉丁语希腊语文法折磨。因此，我们的教育应彻底反其道而行之——尽力为孩子们提供有益健康

---

① 引文化用弥尔顿《失乐园》第3卷第50行"获取智慧的一道门被完全关闭"（And wisdom at one entrance quite shut out）。

且门类齐全的精神食粮，努力培养他们的品味和爱好，而不是用枯燥的事实和数据去填充他们的头脑。教育之重与其是让每个孩子都能上学，不如让每个孩子都产生学习的愿望。学生在校时收获多寡有什么关系？一个上学时收获颇丰但却讨厌那些课程的毕业生，离校后很快会把他学到的知识全都抛到脑后；而一个渴求知识但在校时却收获少一点的学生，毕业后也会凭其自学而很快超过前面那位。孩子们天生就渴求知识，他们总是喜欢问这问那，而这种天性应该受到鼓励。其实，我们在很大程度上都可以相信他们的本能，这样孩子们自己就能够学到很多东西。然而，在绝大多数情况下，知识之获取都是以一种令人厌烦、使人疲惫的形式摆在他们面前，结果求知的欲望被扼杀，求知的热情被浇灭，而我们的学校实际上倒成了阻碍求知的地方，完全违背了我们办学的初衷。简而言之，我们应该教孩子们学会观察和思考，因为这样才能为他们掘开知识之源泉，从而让他们今后在闲暇时可获得最纯粹的享受，在工作生活中能做出最明智的判断。

我斗胆认为我们的教育体系可以被修正的另一点是，现行教育给人这样一种印象——天下万事皆已为人知。

历史书讲巴斯比[①]博士觐见国王查理二世时从来不脱帽，结果孩子们可能会去想象巴斯比博士是多么伟大。但我担心孩子们会不会被那顶帽子给骗了，而且我也很怀疑巴斯比博士那套教育理论。

---

① 巴斯比（Richard Busby，1606—1695），英国圣公会牧师，曾长期担任威斯敏斯特公学校长（1638—1695），以严厉著称，其学生中有许多英国名人（如德莱顿、洛克、弗朗西斯·阿特伯里等）。

曾于1252年担任过莱斯特教区副主教的约翰·贝辛斯托克先生,在访问雅典期间曾师从雅典大主教的女儿康斯坦丁娜学习希腊语。他后来常说,尽管他在巴黎大学时学习勤奋,希腊语也学得不错,但他从一位二十岁的雅典少女那里学到的更多。我们不可能都像他那样有如此令人愉悦的学习机会,不过我在此发现,巴斯比博士教育体系的主要缺陷,就是忽略了人可能有所不知这个重要事实。

学校总给孩子们造成这样的印象,老师们都无所不知。可要是我们反过来让学生深深懂得,较之我们未知的事物,我们已获得的知识可谓沧海一粟,让学生知道牛顿说的"那片浩瀚的真理之海还有待人们去探索",这样他们肯定会获得极大的鼓励,许多人将会豪迈而急切地去延伸人类知识的疆界,拓展人类的知识王国。亚里士多德曾说,哲学肇端于惊奇,因为彩虹女神伊里斯是海神陶玛斯的孩子[1]。

教育不应该因离开学校而终止,但如果在学校有个好的开端,教育将贯穿人的一生。

另外,不管今后从事什么职业或专业,培养些其他兴趣爱好都十分可取。选择一门学科时,每个人都该考虑自己的天分和爱好,在此我并不想提什么具体建议,诸如是学艺术好还是学科学好,是去研究光束中的尘埃,还是去研究天体本身。无论最终选择的是什么学科,只要你一生都对其热爱,它就会给予你足够的

---

① 据希腊神话传说,海神陶玛斯是大地女神该亚的儿子,彩虹女神伊里斯则是天和地的连接者、神与人的中介者、神意的传达者。

（其至比足够还多的）回报。生活之路无疑应该用快乐铺成，但我们都必须想到会有焦虑的时候、痛苦的时候、悲伤的时候；而当这些时候到来时，你的兴趣爱好就会是一种极大的安慰，能多多少少减轻你的焦虑、痛苦或悲伤。

约翰·穆勒曾说："一个有教养的头脑（我不是说哲学家的头脑，而是指任何其知识之泉眼已被凿开、其天赋已受过一定程度训练的头脑），总会从周围的各种事物中发现无穷无尽的兴趣之源，从自然万物中，从艺术成就中，从诗歌想象中，从历史事件中，从人类过去的进程、今日之现状以及未来的前景中。当然，可能有人会对这一切都漠然置之，不会去深入探究其中哪怕很少一部分，但这种情况之发生，只能说明那些人从一开始就对这些事物没有道德感或人情味，他们从中追求的仅仅是好奇心之满足。"

我曾展望过有朝一日我国的主要读者会是工匠和技师，为此我还受到一些善意的嘲笑。不过，认为我国的社会环境容易受到大幅度改进的影响，这肯定不能说不合情理。我们可以希望，随着学校普及，图书廉价和免费图书馆的增多，我们的社会也会更加文明，更加高尚。我相信，这些举措还会在很大程度上减少贫困和痛苦，因为贫困和痛苦多半都该归因于无知，归因于未受教育的无知者对生活缺乏兴趣和向往。就我们的小学教育而言，若不对纯粹的机械性教育进行过度的刺激，连分配国家教育基金都肯定会遇到极大困难。不过在此不适合讨论宗教信仰问题、道德训练问题，也不适合讨论资金分配问题。

只要我们能让受教育者热爱知识，知识自然会随之而来。

因此，我们应该努力培养我们的孩子，争取让他们对每次乡间漫步都感到欣喜，对每个科学发现都兴趣盎然，对我们民族的历史感到真正的骄傲，对我们的诗歌则觉得是精神享受。总之，我们的学校如果想名副其实，想履行其崇高的职责，就必须不再是仅仅灌输枯燥知识的场所；学校必须培养在那里接受教育的孩子，必须让他们有可能鉴赏并享受智慧送来的那些礼物，那些对不分高低贵贱的人都可以而且也应该成为兴趣之源和欢乐之源的礼物。

一种明智的教育起码应该让受教育者知道，人类对这个世界尚知之甚少，还有许多知识需要去探求；它应该让我们明白，那些抱怨生活单调乏味的人只能怪他们自己，因为知识既是力量，也是欢乐。明智的教育应该引导我们都努力与弥尔顿一道"在安静的求知氛围中瞻仰真理之神采"，与培根一道感觉"断无任何快事堪比凌真理之绝顶"。

我们迄今尚不能充分理解"健康、力量和时间所负有的神圣义务"，但到那个时候，我们应该对其有所领会，并真正意识到我们对生命，对这份无法估量其价值的赠品，应该怀有深深的感恩之心。

下　卷

序 言

写成的已然是白纸黑字——
唯愿这些文字更有价值。

——拜伦

用这两行诗作为题记，也算为我下面要谈的问题先下个结论。续写并出版本书下卷，这或许并非明智之举。此书上卷已被读者宽容地接受，而我却要冒险多此一举。

然而，我在上卷序言中表达过这样的愿望，希望那些我自己一直在其中找到最大安慰的思想和诗文兴许会对他人也不无裨益。

就此而言，我那个最乐观的愿望已得以实现。在不到两年时间内，这本书已印行了十三版，而且我收到的许多来信也让我遂意称心。

在那些因关心拙作上卷而向我表示敬意的来信中，有几位写信人提出了两点同样的批评。其一，有人说我生活格外优裕，所以不能对别人指手画脚，说三道四。对此我要申明，我决无站着说话不腰疼之心。我不曾忘却，也希望我不曾辜负，生活赐予我的所有恩惠。但是，即便我一直都受命运恩宠，难道我就该因此而丧失就这个主题写作的资格？再说，我也有过——谁不曾有过——自己的痛苦忧伤。

其二，有人抱怨我书中引征过多，自创太少。我把这种抱怨视为称赞。我本来就没努力要让这本书成为独创。

若果真像许多读者使我确信的那样，这本书被证明能让读者在烦恼时感到快乐，在忧伤时感到安慰，那就是对我最丰厚的奖赏，也是我写此书的最大希望。

约翰·卢伯克

1889 年 4 月

于肯特郡唐镇高榆树庄园

第十一章
论雄心与名誉 ①

名誉乃激励纯洁心灵之长鞭，

（虽亦是高贵心灵最后的弱点）

使之鄙斥逸乐，甘愿露宿风餐。

——弥尔顿

若要说名誉是高贵心灵最后的弱点，那雄心往往就该排弱点之首位，不过只要适当引导，雄心亦可成为德行强劲的助力。

西塞罗曾说过："若非我年轻的头脑从诸多金玉良言中明白了这个真理——立德扬名应该是人生迫切的希图，而且应该说是唯一的希图，而要立德扬名，就得对肉体之痛苦、流放之危险和死亡之威胁都不屑一顾；若非明白了这些，我绝不可能无遮无掩地在众目睽睽之下面对你们的判决，也不可能终日与最凶恶的敌人斗争。不过我得到的回报是，饱读了诗书，聆听了无数智者的教诲，效法了诸多俊哲先贤；若非有科学之光启迪，野蛮之长夜仍

---

① 原著下卷各章序号依次为第1—13章，为避免与上卷各章序号混淆，中译本下卷各章序号依次改为第11—23章。

会笼罩着一切。"

诗人丁尼生告诉我们："一个人的成功后面是许多人的失败。"

但此说几乎不是事实。尽管并非谁想成功就能成功，但凡值得成功者都会如愿。体面的失败胜过卑鄙的胜利，谁也不会因失败就真一蹶不振，除非他自己丧失信心。虽然我们有可能达不到自己的目标，但这不应该作为不去追求的理由。

威廉·莫里斯[①]曾说："我知道高贵的失败也远远胜过卑微的成功。"

而培根则让我们确信："一个人只要睁大眼睛留神张望，他就会看见命运女神；须知这位女神虽蒙着双眼[②]，但她并非无形无踪。"

给自己设立的目标合理，我们就一定能实现自己之所望，然后再尽量利用各种机会。而各种机会之中，时间的利用最为重要。奥立弗·霍姆斯[③]曾问：我们与时间有何关系？不过就是用艰辛与努力将其填满。

拿破仑曾讲述："蒙特贝洛一役，我命令凯勒曼将军率八百骑兵进攻，他率这八百骑兵阻断了六千匈牙利掷弹兵与奥地利骑兵会合的企图，而当时奥地利骑兵离战场不足三公里远，只需十五分钟就能赶到；我已经说过，决定一场战斗的胜负往往就在于那

---

① 参见本书第七章《谈游历之乐》相关注释。

② 在西方绘画作品中，命运女神总是蒙着双眼（表示不偏不倚）、脚踏圆轮（象征祸福无常）。

③ 奥立弗·霍姆斯（Oliver Wendell Holmes，1809—1894），美国诗人及幽默作家。

些十五分钟。"在此我可以补充一句，十五分钟也可决定人生之战的胜负。

我们也决不能以其他方式吝惜自己，因为就像贝奥武甫所说：

> 谁要想赢得不朽的名声，
>
> 就必须将生死置之度外。

较之平时创伤给人造成的剧烈痛感，激烈搏斗中创伤之痛感相对较弱。

但最好是仔细权衡自己的既定目标，认真计算需要付出的代价，尽量减少不必要的风险。

可一旦下定决心，就坚决不能回头，你必须不遗余力，不畏艰险。因为：

> 谁要担心自己时运不济，
>
> 或担心得到的奖赏太少，
>
> 那他就不敢去试试运气，
>
> 去获得全胜或全部输掉。①

埃内斯特·勒南说："毕竟荣耀最有可能不完全成为浪得虚

---

① 语出苏格兰诗人、蒙特罗斯侯爵詹姆斯·格雷厄姆（James Graham, 1st Marquess of Montrose, 1612—1650）的《我所珍视的唯一的爱》（My Dear and Only Love, 1650）一诗第13—16行。这四行诗流传甚广，经常被人引用，而且迄今仍镌刻在蒙特罗斯侯爵塑像（他家乡蒙特罗斯城那尊）的基座上。

名。"可荣耀到底是什么呢?

马可·奥勒留说:"蜘蛛为捉到一只苍蝇而自豪,有人为捕到一只野兔而自豪,有人为网到一条小鱼而自豪,有人为猎杀一头野猪而自豪,有人为杀死一头熊而自豪,而有人则为杀死萨尔马特人而自豪。"但要是从另一个角度看,这段话也说明,虚幻的名誉亦可用具体的事例激励人们,只要目标适当,人人都可以获得成功。

亚历山大大帝的志向几乎可以被认作一种正常的雄心,只是他将其用到了极端。

他一心只想征服,而不想继承王位,秉政治国。据普卢塔克记述,每当得悉父亲腓力二世又攻占某座城邑,又赢得某场战斗时,他非但不感到欣喜,反而常对其同伴说:"我父亲将继续征服,直到你们和我都没有什么特别的事可做。"据说一想到很可能没有一个世界等他去征服,他甚至羞于去数天上的星星。这样的雄心当然注定会以失望而告终。

哲学家论及好高骛远的雄心,通常会以亚历山大的雄心作为不足取的典范,认为那种自我陶醉的观念不仅与自己的幸福快乐无涉,而且连他人的痛苦也不管不顾。

培根曾说:"对于那些有更高追求的人,没完没了地追求财富会耗费太多时间。"实际上他后来还完善了这一看法,并补充说:"仅为私利的成功无论如何都不值得成为人生于世的目标。"

歌德说得好:"所谓人为文化而存在,不是说人能使什么完美,而是说人能够自我完美。"

至于说名誉,我们千万不能把名与实混为一谈。被世人铭记者未必就是为人敬慕者，其中有的人臭名昭著，有的人则万古流芳。可不幸的是，在世人的记忆中，臭名昭著者和万古流芳者几乎一样多，而且英名恶名兼有者也有不少。

谁不宁愿被世人遗忘，也不愿像那些暴君昏君遗臭万年？谁愿意当亚哈或耶洗别①？谁愿意当尼禄、康茂德、梅萨丽娜②、埃拉伽巴卢斯③、约翰王④或理查三世⑤呢？

布朗爵士曾说："多做好事而籍籍无名，也胜过名载史册但遗臭万年。迦南⑥的女人都默默无闻，可她们比臭名昭著的希律王生活得更快活；谁不宁愿当与耶稣一道被钉上十字架的盗贼，也不愿当彼拉多⑦呢？"

---

① 以色列国王亚哈（Ahab）和王后耶洗别（Jezebel）崇拜异神，触怒上帝，终受到惩罚（参见《旧约·列王记上》第16—21章）。

② 梅萨丽娜（Valeria Messalina，又译梅萨利纳、美撒里娜，约17或20—48），罗马皇帝克劳狄的第三任妻子，以淫荡和阴险著称，最终与阴谋篡夺皇位的情夫一道被克劳狄处死。

③ 埃拉伽巴卢斯（Elagabalus，204—222），罗马皇帝，在位时荒淫放荡，臭名昭著，终被禁卫军弑杀。

④ 约翰王（King John，1166—1216，在位期1199—1216），英国历史上最不得人心的国王之一。

⑤ 理查三世（Richard Ⅲ，1452—1485，在位期1483—1485），英国国王，传闻其杀害侄子爱德华五世即位，莎士比亚等剧作家将其刻画为"驼背暴君"。

⑥ 迦南是巴勒斯坦、叙利亚和黎巴嫩等地的古称，是《圣经》中上帝赐予希伯来人的始祖亚伯拉罕及其后裔的土地（《创世记》第12章第7节），土地上自然生长着小麦、大麦、葡萄、石榴、无花果和橄榄树（《申命记》第8章第8节），到处流淌着牛奶和蜂蜜（《出埃及记》第13章第5节）。

⑦ 彼拉多（Pilate）是罗马驻犹太和撒玛利亚地区的总督，判处耶稣死刑的人（参见《新约·马太福音》第27章）。

世人记得那些君王和将军的生，同样也记得他们的死，记得他们的成功凯旋，也记得他们的山穷水尽。温泉关之战的英雄是斯巴达国王莱奥尼达斯，而非波斯王薛西斯一世。亚历山大大帝一死，其帝国随之就分崩离析。拿破仑是位伟大的天才，但却称不上英雄。他那么多的胜利有什么结果呢？不过像战场上的硝烟随风而散。他留下的法兰西比以前更加虚弱，更加贫穷，其版图也比他创建帝国时更小。他那份天赋留下的最持久的成果，并非其赫赫战功，而是那部《拿破仑法典》。

真正荣耀的名誉应归于那些因其公正无私或自我奉献之壮举而被世人铭记的人。莱奥尼达斯之自我牺牲，雷古卢斯之信守诺言[1]，这些才是历史的荣耀。

在某些情况下，一些人在以其出生地或封地之名被人惯称并铭记之后，那些地方反倒被人给忘了。如今我们谈到帕莱斯特里纳、佩鲁吉诺、纳尔逊、威灵顿，或者是牛顿和达尔文时，谁还记得那些城镇和村庄呢？我们只记得那些名人。

歌德一直被称为他所生时代的灵魂。

我们对莎士比亚或柏拉图的生平都知之甚少，但对他们却了解甚多。

政治家和将军们生前都享有盛名，因为他们的一言一行都会被报纸详细报道。但哲学家和诗人的名声则更为持久。

---

[1] 雷古卢斯（Marcus Atilius Regulus，活动时期公元前三世纪），罗马将军及政治家，在第一次布匿战争中被迦太基人俘虏，后随迦太基使者赴罗马议和，议和不成后履行自己事先立下的诺言，重返迦太基被杀。

正是由于这个原因，华兹华斯不赞成为诗人建纪念碑，除非是为某些文豪诗圣。他说，政治家的情况不同，为他们建纪念碑适得其所，不然他们就可能被人遗忘，但诗人将永远活在留给世人的诗中。

毋庸讳言，世界真正的征服者不是将军元帅，而是那些思想家；不是成吉思汗或莫卧儿王朝的阿克巴，也不是拉美西斯或亚历山大，而是孔子、释迦牟尼、亚里士多德、柏拉图和耶稣基督。统治过我们祖先的那些君王大多都已被世人遗忘，而他们之所以被遗忘，是因为没有受尊崇的诗人为他们树碑立传，或是因为他们不像净饭王和彼拉多那样与圣人相关①。

那些思想家和诗人的生命不可能被压缩进任何传记，他们不单生活在自己的时代，也生活在所有时代。我们一说起伊丽莎白时代，想到的会是莎士比亚、培根、雷利爵士②和斯宾塞；至于那些大臣高官，除一两个人例外，差不多已无人记得，培根被世人铭记，不是作为大法官，而是作为哲人。

再则，那些将军和政治家凭什么青史留名呢？他们因其丰功伟绩被人们赞颂，但他们该感谢诗人和历史学家替他们扬名，我们也该感谢诗人和历史学家让我们能缅怀他们的辉煌业绩和英勇典范。

---

① 净饭王（Suddhodana）因有其子释迦牟尼而留名青史，彼拉多因杀耶稣基督而为人所知。

② 雷利爵士（Sir Walter Raleigh，1552—1618），女王伊丽莎白一世的宠臣，遗著有少量诗文。

在阿伽门农之前也不乏勇士，他们之所以不为世人所知，就因为没有大诗人歌颂他们的业绩。蒙特罗斯侯爵恰好集勇士和诗人于一身，他在《我所珍视的唯一的爱》一诗中承诺：

> 我会用笔书写你的荣耀，
> 我会用剑镌刻你的美名。①

值得注意并令人鼓舞的是，有许多伟人都出身低微，都历经过看似无法逾越的险阻后才赢得声誉。而且还不止于此，出身低微本身也可以成为声名远扬之因。因荷马出生地之不确定而引起的争夺实则也为诗人的荣耀增辉，众所周知，声称是荷马出生地的城邑和岛屿就有七座——士麦那②、科洛封③、阿尔戈斯和雅典，以及希俄斯岛、萨拉米斯岛和罗得岛。

仅以科学家为例，植物学家约翰·雷是铁匠的儿子，发明家瓦特的父亲是造船工，富兰克林的父亲是做蜡烛的工匠，化学家约翰·道耳顿的父亲是织布工，物理学家夫琅和费的父亲是个玻璃匠人，天文学家拉普拉斯的父亲是名农夫，博物学家林奈的父亲是个贫穷的助理牧师，物理学家及化学家法拉第的父亲也是铁匠，博物学家拉马克的父亲是银行职员，化学家汉弗莱·戴维的

---

① 语出该诗第 27—28 行（全诗共 32 行）。
② 士麦那（古城名）即今土耳其第三大城市伊兹密尔。
③ 科洛封（Colophon），希腊古城，小亚细亚伊奥尼亚人十二城邦之一，公元前 287 年毁于战争。

父亲是药剂师助理，此外伽利略、开普勒、施普伦格尔、居维叶以及威廉·赫歇尔爵士[①] 都曾是穷人家的孩子。

可另一方面，想到有许多大恩人我们连名字都不知道，这未免令人感到悲哀。是谁发现了生火的技艺？普罗米修斯不过是个神话传说。是谁发明了字母表，卡德摩斯[②] 也只是一个名字。

的确，这些古代发现发明之源头都已消失在历史的迷雾之中，不过即便是近代的文明进步，其过程也是循序渐进，其阶段也是多不胜数，很少有哪些发现或发明能全然归于（甚至主要归于）任何个人。

据说哥伦布发现了美洲，而且此说也不假，不过在他之前已有北欧人到过那里。

我们英国人完全有理由为自己的同胞感到自豪。仅以哲学家和科学家为例，培根、霍布斯、洛克、贝克莱、休谟和汉密尔顿[③]，这些人将永远与人类思想的进步联系在一起；牛顿发现了万有引力，亚当·斯密创立了政治经济学，托马斯·扬复兴了光波理论，赫歇尔发现了天王星并研究了星云，纽科门、特里维西克和瓦特发明并完善了工业用蒸汽机，惠斯通发明了电报机，爱德华·詹纳发明了牛痘接种法，詹姆斯·杨·辛普森首创用氯仿作麻醉剂，达尔文则创建了现代博物学。

---

① 威廉·赫歇尔爵士（Sir William Herschel，1738—1822）是约翰·赫歇尔爵士（1792—1871）的父亲。

② 卡德摩斯（Cadmus），希腊神话传说中忒拜城的建造者，相传是他把腓尼基字母表传入希腊。

③ 指苏格兰哲学家威廉·汉密尔顿（Sir William Hamilton，1788—1856）。

就是这些人，以及诸如此类的一些人，创造了我们的历史，塑造了我们的观念；虽然相对说来，他们活着时在其同乡邻里眼中也许并不那么重要，但他们最终形成了一种不可抗拒的影响，也理所当然地成为了一种辉煌的记忆。

第十二章
论财富

世间相遇的富人穷人，都是上帝创造的子民。

——《旧约·箴言》

雄心往往会以追求财富的形式表现。普天之下，并非人人都向往音乐、诗歌、艺术或科学，但大多数人都得做点什么事以挣钱谋生，于是收入之增加不单本身就合人心意，而且会给人一种获得成功的愉悦感。

人们时常会心生疑窦，会怀疑钱财是否真有任何好处。就我自己而言，我并不相信那些所谓含着银勺子出生的人就一定会比别人幸福。较之安于贫困，财富无疑意味着更多辛劳，当然也意味着更多焦虑。不过我认为也必须承认，不管以什么形式，拥有一份固定收入，而且这收入有时候还会随年逐月增加，这肯定会让生活更加舒适。

毋庸置疑，拥有财富绝不意味着万事无忧。钱财和爱财通常都是相伴而生。正如爱默生所说：所谓穷人，就是希望富有的人；而人钱财越多，往往就越想有更多钱财。就像有时候喝水越喝越渴一样，在很多时候，人们对财富的渴望也会随着财富的增加而增强。

当然，若是有人只为挣钱而挣钱，那么情况就更是如此。另外，较之守住钱财或享受钱财，获取钱财通常都更为容易。守财是一份既枯燥乏味又令人焦虑的苦差。唯恐失去钱财的担忧会像一团乌云笼罩人生。就像塞内加告诉我们的那样，阿皮西斯[①]唯恐自己有朝一日会被饿死，便在挥霍了大部分钱财之后自杀身亡，可实际上他身后还留有二十五万第纳尔。

财富当然不会闲置。再说钱财的价值部分在于懂得如何利用，部分在于获取钱财的方式。

爱比克泰德给我们讲过这样一番道理："你朋友们对你说，去弄点钱吧，这样我们也可以有点钱花。哈，要是我既能弄到钱，又能保持正派、忠信、宽容，保持循道而行，那么我会去弄钱。但如果你们想要属于我自己并为我所珍爱的有益的东西，结果让你们有可能获得无益的东西，那看看你们有多不公平，又多不明智。因为你们到底想要什么？是要金钱，还是要一个既可信又正派的朋友？

"既然已明白这番道理，一个人为什么不能活得高兴一点，轻松一点呢？为什么不能静静地期待将可能发生之事，默默地承受已经发生的事呢？哈！你们想让我受穷？得啦，等你们找到一个像我这样活得自在的穷人时，你就知道什么是受穷了。"

---

① 阿皮西斯（Maucus Gavius Apicius，生活在公元一世纪），罗马一富有的美食家或饕餮之徒，据说因吃光家产而自杀身亡。塞内加关于他的记述见于其《对话录》第12卷第10章第8—11节（Seneca, *Dialogues*, xii.10.8—11）。

我们一定得记住克罗伊斯①向梭伦②炫耀其黄金时得到的回答："陛下，若有他人来犯，且来者的刀剑比你的更锋利，那他就将成为这些黄金的主人。"

点金术的故事也该记住。迈达斯国王祈愿他碰到摸到的东西都能变成金子，而他的愿望果然成真。结果他的酒变成了金子，面包变成了金子，衣服变成了金子，连床也变成了黄灿灿的金子。可是：

> 不管富人穷人，惊于这新生的苦恼，
>
> 都宁愿逃离财富，抛弃得到的黄金。③

迈达斯绝非因黄金太多而苦恼的唯一世人。

我所认为的真实情况是，拥有财富未必就是桩好事，财富是好是坏取决于我们如何利用财富。我们还可以这样说，其他机会和特权亦多是如此，知识、力量、美貌、技艺，都有可能被人滥用；而如果我们忽略或滥用拥有的这些优势，那情况或许比不曾拥有更为糟糕。财富可以让我们拥有其他许许多多好处——可有时间休闲，可有好书阅读，可有艺术品欣赏，可有能力帮助朋友，还可以决定出门旅行的时机和方式。

---

① 克罗伊斯（Croesus）乃小亚细亚古国吕底亚之末代国王（约前560—前546在位），其王国于约公元前546年被波斯国王居鲁士所灭。传说他是古代巨富，其名Croesus已成为"富豪"的同义词。

② 梭伦（Solon，约前630—前560），古雅典政治家及诗人，"古希腊七贤"之一。

③ 语出奥维德《变形记》第11章。

然而，财富的作用往往都容易被夸大。财富的确值得拥有，也值得为之而努力工作，但并不值得为之付出太大的牺牲，不值得像人们通常那样拿命去挣。有句箴言告诉我们，金钱的售价也许太高。如果金钱的价值在于能让人悠闲自得，那么牺牲掉悠闲、拼命去获取金钱就显然是一个错误。再说金钱也的确容易让人精神贫乏。不过话说回来，有什么样的好东西不附带一定风险呢？

欧里庇得斯说金钱能为人找到朋友，还说金钱在人世间最有力量，接着又不无嘲讽地补充说："有权势之人的确都是富人，如果其子嗣不为人知则更是如此。"

波舒哀[①]告诉我们："他并不贪恋财富，但如果生活中仅仅有必需品，他觉得自己会变得狭隘，会丧失其一大半天分。"

雪莱肯定不是贪财之人，可是他曾说过："我渴望金钱，因为我认为自己知道金钱的用途。金钱可支配劳动方式，金钱可给人自由时间；而让那些愿把钱用于传播真理的人拥有自由时间，此可谓最珍贵的礼物，一件可让一人收礼众人获益的礼物。"

想必许多人对佩皮斯[②]那番别致而虔诚的自白都会抱有同感，他说："第一次携妻乘自己的马车在国外旅行，这的确让我心情愉悦，让我由衷地赞美上帝，祈愿上帝保佑，天恩不断。"

这种心满意足的确有点自私。但心满意足的商人倒不必放弃

---

① 波舒哀（Jacques-Bénigne Bossuet，1627—1704），法国天主教教士，演说家，法兰西学院院士，曾担任路易十四的顾问。

② 佩皮斯（Samuel Pepys，1633—1703），英国作家、军人及政治家，当过海军大臣、国会议员，主要以他在十年间（1660—1669）写成、逝世多年后出版的《佩皮斯日记》（*Pepys' Diary*）而闻名于世。

自己的行当，也不必为经商而感到羞耻，只要他们能记住威尼斯圣贾科莫教堂后殿墙上那段铭文："此殿四周，商必守法，秤必足量，约必有信。"①

然而，若仅仅是为了积累财富而拼了命去赚钱，那么这赚钱手段本身就注定了赚钱者无福消受所赚之钱，因为害怕受穷的恐惧已渗入赚钱人的骨髓。守财奴这个词对这种人倒是恰如其分，这种人本来就既可怜又可悲。

爱默生曾讲过这样的情况，为寻找一幅桑普的风景画和一幅萨伏尔多的粉笔素描，有位收藏家搜遍了欧洲所有画店，可《高山显圣》《最后的审判》《圣哲罗姆最后圣餐会》以及诸如此类的超凡杰作就挂在梵蒂冈、卢浮宫或乌菲兹美术馆墙上，每个普通人都可以驻足欣赏；更不用说欣赏每条街的自然画面，日出日落的美丽景象，以及满目皆是的人体雕塑。在伦敦最近一次拍卖会上，有位收藏家花两百英镑买到了一帧莎士比亚的亲笔签名，可一名小学生连一个便士都不用花就可以读到《哈姆雷特》，并且能发觉其中最为重要但尚未公开的秘密。这正应了所罗门言及财富时说的那句话："除了饱饱眼福，财主得何益呢？"②

我们实在是比我们自己以为的更富有。我们时常听到"土地渴望"③这个说法。人们都羡慕大地主，都以为拥有一大片土地肯

---

① 圣贾科莫教堂（Chiesa di San Giacomo di Rialto，又译里亚托圣雅各伯教堂）始建于公元五世纪，教堂周围曾商贾云集，这段铭文镌刻于十二世纪。

② 引自《旧约·传道书》第 5 章第 11 节。

③ 美国社会学家及经济学家萨姆纳（William Graham Sumner，1840—1910）有本文集就叫《土地渴望及其他》（*Earth-Hunger and Other Essays*，1913）。

定就非常快活。可是正如爱默生所说:"你拥有了土地,土地也就拥有了你。"再说,从更令人称心的角度讲,我们每个英国人不都拥有数千英亩自己的土地?公地、公路、人行道、海岸——我们壮丽多彩的海岸,这些都属于我们。而且海岸土地还有两大优势:首先是它在很大程度上不会受到人们的侵扰,其次是它能最具启发性地展示自然的力量。只要能了解土地,我们全都是大片土地的拥有者。所以我们缺的不是土地,而是欣赏土地的能力。

此外,这份巨大的遗产还有一个附加的好处,那就是无需辛劳,无须管理。地主要为其土地操心,可土地上的风景属于每个能欣赏风景的人。所以金斯利把埃沃斯利庄园周围的石楠荒原称为他的"冬季花园",这并非因为那片荒原从法律意义上是他的领地,而是从广义上讲,那片土地上的许多人都可以同时拥有那片土地。

第十三章
论健康

于凡夫俗子，最重要的首先是健康，其次是美貌，
其三是取之有道的钱财，其四是青春友谊之乐。

——西摩尼得斯 [1]

如果说对财富之重要性还有人见仁见智，那么对健康的看法
则可谓众口一词。

西摩尼得斯很久以前就曾说过："于凡夫俗子，最重要的首先
是健康，其次是美貌，其三是取之有道的钱财，其四是青春友谊
之乐。"朗费罗也说："没有健康的生命是个负担，拥有健康生活才
有欢乐。"恩培多克勒 [2] 把沼泽地的水排干，使塞利努斯人民免于
瘟疫，并因此而被人们当作神明崇拜。我们都听说有枚银币就是为
了纪念他而铸造的，纪念那位哲学家做了连太阳神也罢手不做的事。

---

① 西摩尼得斯（Simonides of Ceos，约公元前 556—约前 468），古希腊抒情
诗人。

② 恩培多克勒（Empedocles，约公元前 495—约前 435），古希腊哲学家、政
治家、生理学家及诗人。

我认为，人们简直没意识到自己欠了医生多少恩情。我国的医疗体系看上去那么自然而然，那么平淡无奇，所以我们几乎都不觉有什么新颖之处或特别之处。生病了，叫人去请个医生，医生来诊病开药，我们支付诊费，然后照医嘱服药。可是在一些贫穷落后的国家和地区，病痛往往被归因于邪神恶魔在作祟。他们的医师通常就是祭司，或者说是巫师，与我们真正的医生不同，他们所谓的治病就是作法驱魔。

　　在另一些稍稍开化一点的国家，治病是将一串符咒写在符板上，然后让病人喝下洗符板的水。有些病这符水还不能让病人喝，得由画符的医师自己喝下。但这种疗法通常都不会长存，一方面它肯定会被专业医生制止，另一方面它也无法与一个庞大的医疗体系共存。在医疗费收取方面我们也发现有迥然不同的做法。据说中国的大户人家平时会支付医生例钱，一旦生病而未痊愈则停止支付。我们还被告知，古埃及人的做法是，患者在开初几天得供养医师，其后则由医师向患者付钱，直到把患者的病治好。这种规矩真可谓匪夷所思，不过倒有可能引诱出一些孤注一掷的疗法。

　　从总体上看，英国的医疗规划最为合理，尽管这样的规划不足以鼓励医学研究和医学发现，诸如此前解剖学家约翰·亨特、免疫学之父爱德华·詹纳、产科专家詹姆斯·杨·辛普森和外科专家约瑟夫·李斯特的研究和发现。不过说到每个人自身的健康，我们自己能做的通常都比那些医学大师能为我们做的更多。

　　但要是人人都承认健康是福，就不会有那么多人不肯稍稍花点工夫或做出点牺牲去维护健康。事实上，有许多人故意糟蹋自己的健康，结果要么英年早逝，要么老年遭受病痛。

的确，有些人天生就体弱多病，几乎难以达到健康的标准。蒲柏就曾说他的一生是一场漫长的疾病[1]。当然也有不少人会学着笛卡尔的口气说"我病故我在"。但幸运的是，这种情况并不普遍。只要愿意，我们大多数人都可以保持健康。人生病大多都由于自己的过错。我们总爱做那些不该做的事，而对应该做的事又疏于去做，结果等失去健康才感到诧异。

我们就像乃缦一样，总指望某种神迹能保佑我们的健康[2]，总是忽略那些能保证我们健康的日常预防措施。

我们都知道自己会生病，但也许少有人懂得怎样做才能保持健康。人们的许多苦痛都可谓自讨苦吃。据考古观察，古埃及人一生的主要目标似乎就是死后能得到体面的厚葬。可即便在今天，许多人似乎仍把体面的厚葬视为人生的主要目标。

我时常担心，对健康的研究是否足以给刚开始生活的年轻人留下印象。这并不是说人们值得花时间去无病忧病或小病大养，去研读什么医学书籍，甚至用自己的身体做药物试验。绝非如此，其实越不觉得自己有病，或越不在意小病微恙，兴许我们就越有可能保持健康。

不过，关注自己的基本健康状况则是另一回事。有句众所周

---

① 英国大诗人亚历山大·蒲柏（Alexander Pope，1688—1744）十二岁时患上结核性脊髓炎，造成终身驼背，体弱多病。

② 据《旧约·列王记下》第5章第1—14节记述，亚兰国元帅乃缦因患麻风病前往以色列求医，遵先知以利沙嘱咐在约旦河沐浴七次后得以痊愈。

知的谚语告诉我们，人到四十尚未成白痴，就该成自己的保健医师。可不幸的是，许多人到四十岁时已久病成医。

然而，不可把患病作为自己郁郁不乐的理由。若果真患上了一种病，我们起码还可以庆幸自己逃脱了其他所有更严重的疾病。锡德尼·史密斯[①]凡事都喜欢看到光明的一面，他有次生病卧床，病中写信告诉一位朋友，说他只患有痛风、哮喘和另外七种病，但"其他一切均好"；许多伟大人物都能以这种乐观开朗的精神承受自己的病痛。

据说著名面相师坎帕内拉能将其注意力从肉体痛苦中转移，甚至遭受刑具折磨也几乎不觉疼痛。而任何人具有这种集中注意力和控制意念的能力，都可以摆脱生活中大部分无关紧要的痛苦烦恼。他可能有千般理由心生忧虑，他的肉体也许正在承受痛苦，但他的思想可以保持平静，可以不受影响，因此他可以战胜那些痛苦和忧虑。

但有许多人经历了许多不必要的痛苦，也不乏宝贵的生命丧失于对健康的无知或粗心。我们完全有理由设想，倘若平时对健康稍稍加以关注，许多伟人英才的生命都可以大大延长。

仅以音乐家为例，佩戈莱西二十六岁就英年早逝，舒伯特只活了三十一岁，莫扎特三十五岁，珀塞尔三十七岁，门德尔松也只活了三十八岁。这对世界来说是多大的损失！

---

① 锡德尼·史密斯（Sydney Smith, 1771—1845），英国天主教宣教士，议会改革的鼓吹者，曾协助创办《爱丁堡评论》，长期为该刊专门撰写言辞锋利的批评文章。

在古老的希腊神话中，著名英雄墨勒阿革洛斯的生命与一块木柴的存与灭息息相关，只要他母亲阿尔泰亚精心呵护那块木柴，墨勒阿革洛斯就不会有生命危险。[①] 而令人感到惊奇的是，虽然我们的身体健康与我们的生活幸福也息息相关，我们却没有像阿尔泰亚呵护木柴那样对其精心呵护。

健康的必要条件其实很简单：生活习惯有序，每天坚持锻炼，保持清洁卫生，凡事皆有节制（尤其是节制饮食），做到这些就可以让大多数人保持健康。

饮酒的害处众人皆知，在此我就不必赘述。但人们或许很少意识到，吃得太多会造成生活中的诸多痛苦和不快。比如消化不良，许多人都消化不良，这十之八九都因他们自己的过错，都是因为吃得太多而运动太少。有句老话说得好，要想益寿延年，就得粗茶淡饭。生活简朴加意趣高雅，这将确保我们大多数人的健康，不过相对说来，或许健康人吃什么并不重要，只要他无论吃什么都有节制。

格莱斯顿[②] 先生曾告诉我们，他之所以身体健康，在很大程度上得归因于他很早就听说了一句简单的生理学格言，并一直将其作为准则遵行——每片肉都要咀嚼二十五下。而赫里克的《金苹果园》中则有这样两行诗：

---

① 同样据希腊神话传说，后来阿尔泰亚听说墨勒阿革洛斯杀死了她的两个兄弟（墨勒阿革洛斯的两个舅舅），便将珍藏的那块木柴投入火中燃尽，墨勒阿革洛斯也因此丧生。

② 格莱斯顿（William Ewart Gladstone，1809—1898），英国十九世纪最伟大的政治家，曾四度担任首相，其间多次兼任财政大臣一职。

那你去赴宴吧，但只品美味，

以保证离席时还有三分食欲。

但确凿无疑的事实是，尽管不暴食暴饮的规则在理论上简单易懂，但真要做到却不那么容易。已经有许多"以扫"为了一锅肉汤而出卖了他们与生俱来的健康权①。

另外，较之大快朵颐、举杯豪饮者，饮食节制的人终究会从吃喝中享受更多的乐趣。这听上去显得矛盾，但却是事实。狂饮暴食者压根儿不懂何谓哈默顿②所说的"把没抹奶油的面包吃得有滋有味"。

即便我们只考虑从吃饭喝酒中获得的乐趣，上述规则也仍然有效。一次惬意的远足之后，一顿普通的午餐会比市长大人的晚宴更令人享受。当然，我们不必像美食家阿皮西斯③那样希望自己有一条像鹳那么细的脖子，好让品味晚餐的时间长些。虽说从吃喝中得到的乐趣并无什么美感，但我们决不能因此就对饮食之乐不抱感恩之心。吃喝的确是平常之事，但从早到晚，一日三餐，我们不能因为这只是肉体所需而非精神营养，就认为这不是实实在在的大事。

---

① 亚伯拉罕的长孙以扫以一碗汤而把长子继承权让与孪生弟弟雅各的故事见于《旧约·创世记》第25章第29—34节。

② 哈默顿（Philip Gilbert Hamerton，1834—1894），英国艺术家及散文家，著有《艺术思考》（*Thoughts about Art*，1862）和《智慧人生》（*The Intellectual Life*，1873）等。

③ 参见本书第十二章《论财富》相关注释。

我们的确在谈正常的食欲，因为这是对我们身体状况的一种真正检验；有时候甚至也是对精神状态的一种检验。有句俗话说，"凡夫俗子除了辛劳没什么好事"，这话要是说胃口，倒也特别真实。试想跟朋友一道登山观海后坐下来吃饭，无论那顿饭多么简单，也不可能不吃出一番乐趣。

另外，怀着好心情吃饭不仅本身是件乐事，而且通常都有利于健康。

人们历来都说饥饿是最好的调味品，可多数人更喜欢把席间的谈笑风生当成佐料；有谁不想让人把自己说成罗瑟琳口中的俾隆呢——

> 在我与之谈上一小时的人中
> 没有人比他更会调侃说笑，
> 既把人逗乐又不会使人着恼。[①]

在柏拉图、色诺芬和普卢塔克写的那三篇《宴饮篇》中，都不曾言及席间的食物。

在伦敦兰伯斯区流传着这样一首民谣：

> 谁是真正的乐天汉，
> 叫他把本事显一显，
> 请摆开酒菜待宾客，

[①]　语出莎士比亚喜剧《爱的徒劳》第 2 幕第 1 场第 66—68 行。

没调笑逗乐不成宴，

但若他妻子皱皱眉，

笑翻一桌人也不算。

机智幽默之于会话和文学，不啻食盐之于食物。有位风趣的作家曾在《康希尔杂志》上说："你不可能指望坎普滕的托马斯和希伯来先知会有什么幽默。"不过我们有所罗门的权威说法，那就是笑有笑的时候，哭有哭的时候。[1]

哈兹利特[2]曾说："读一部出色的喜剧，就是与世上最有趣的人相伴，其间众人所言皆佳句妙语，所生之事皆有趣之事。"

谁都会因悟不透一个笑话而心生怨恨，这并非没有道理。

笑似乎是人类独有的特权。对此高等动物已提供了明显的证据，且不论高等动物是否具有高度发达的推理能力，单是说它们能否欣赏笑话，这就非常值得怀疑。

另外，风趣已经解决过许多困难，化解过许多纷争。恰如菲利普·弗朗西斯爵士说：

通情达理无济于事之时，

就是诙谐解决问题之际。

---

① 传道者所罗门说："万事皆有时：生有时，死有时；种有时，收有时；伤有时，治有时；毁有时，建有时；哭有时，笑有时……"（参见《旧约·传道书》第3章第1—4节）

② 哈兹利特（William Hazlitt, 1778—1830），英国作家，著述颇丰，出版有《作品全集》13卷。

霍勒斯·沃波尔①曾说，漫不经心地哼一支小曲，曲中还不时有那么几句俏皮话，这未必就不适合一个君王；不过如今已很难弄明白，詹姆斯一世当年竟然把擅长一语双关作为挑选主教和枢密院顾问的条件。

尚福尔认为："一生中荒废的日子就是那些没开口欢笑的日子。"

笑发自于内心才是笑的价值所在。哈兹利特就说："你不能强迫人家笑，你不能告诉人家为什么该笑；人们要么忍不住要笑，要么压根儿就不笑……如果我们觉得必须忍住不笑，那会使我们越发忍不住大笑。"而且幽默通常都具有传染性。幽默之人可能也会像福斯塔夫说他自己那样说："我不单自己风趣诙谐，还会让别人也风趣诙谐。"②

有人爱阐释对葡萄酒的著名点评，爱说点评中的某句笑话比另一句更好笑；其实任何能令人发笑的点评都是好点评。就像德莱顿所说："管他什么东西，只要能让人发笑的就是好东西；如果一根稻草能把人给挠笑，那它就是一种使人快乐的工具。"而在此我可以补充一句——能使人快乐就能使人健康。

有人提醒我，说我不论及吸烟是忽略了生活中一种真正的乐趣。我自己不吸烟，所以我对此也许不能做出判断。吸烟与否肯定在很大程度上取决于个人性格，对某些敏感的人来说，吸烟似乎确实让他们觉得舒坦。但一般说来，我怀疑吸烟是否真能为生

① 参见本书第三章《谈读书之乐》相关注释。

② 语出莎士比亚历史剧《亨利四世下篇》第1幕第2场第9—10行。福斯塔夫（Falstaff）可谓莎士比亚戏剧中塑造得最为成功的幽默人物。

活增添乐趣。而且吸烟多少都会减弱味觉和嗅觉之敏锐。

在野外度过的时间都不算虚度，城市居民或许都把这当成了一条规则。新鲜空气能使人神清气爽，其效果令人难以置信。古老世家几乎都住在乡下，而非住在城里，所以那些爱荷马、柏拉图和莎士比亚胜过爱野兔、山鹬和狐狸的人必须警觉，自己是否对古典过于陶醉，因而忽略了我们天性中这种必不可少的需求。

不过大多数英国人都喜欢户外活动，而且这种情况或许也是实情，那就是我们多数人都宁愿去看板球或高尔夫球比赛，也不愿欣赏任何一位早期绘画大师的作品。对运动的热爱已深深刻入英国人的性格。据说爱好打猎的威廉二世曾说，他喜欢野鹿，就像他曾是野鹿的父亲似的。

相传一位东方来客观看了我们的一场板球比赛，听说场上许多球手都是富人，他惊讶地问：他们为什么不花钱请穷人代劳。

华兹华斯把每天去野外定为常规，他经常说，因为他外出从不看天气，所以他也从不去看医生。

如果透过窗户看外面下雨，通常看上去雨都比实际上下得更大。冬天在屋里看窗外的景色，即便是站在火炉边往外看，景色往往也显得萧疏而凄迷。可要是去到户外，哪怕是必须冒着风雨，你也会发现情况比你躲在窗户后面看到的要好得多；一旦置身野外，投入大地的怀抱，呼吸新鲜空气，你便会觉得自己精神振奋，充满活力。人就像草木，缺不了空气。

在荒原上纵马之后，在河川上泛舟之后，从海上航行归来之后，从海滨徜徉或林间漫步归来之后，享受过特伦奇诗中描写的"头顶的蓝天、风中的音乐和遍地鲜花"之后，你会觉得自己似乎能与亨利四世一道高喊"*Je me porte comme le Ponte Neuf*"。[①]

古罗马有句谚语说，在孩子学会走路前不要教他们任何知识，这么说无疑过于极端。但我们今天肯定又走了另一个极端——以为孩子们会走路后能学的就只有各项运动。

孩子们热爱运动当然是一种有益于健康的本能，而虽说有些学校做得有点过头，但毋庸置疑的是，板球、足球、曲棍球、划船、游泳等不仅是孩子们最喜欢的运动，也是孩子们预防疾病的良药。

人们不可能永远都保证睡眠。在必须做出重要决策的时候，对正确决策的思虑往往会使人辗转反侧，夜不成寐。然而，能让人安然入睡的特效良药莫过于大量的户外运动。此药的确能使人清晨醒来时神清气爽，使人能欣赏格雷诗中"芬芳四溢的晨风轻轻的召唤"，欣赏

> 松鸡在晨光中梳理乌黑的翅羽，
> 清晨诱红雀把欢乐的歌喉亮开，
> 自然的孩子都听见了春日晨歌，
> 伴随着白天醒来万物也都醒来。

爱比克泰德曾把自己描写成"承载着一副躯体的灵魂"。但在我看来，如此看自己的身体真可谓忘恩负义。人当然应该珍惜自

---

① 这句法语的意思是"我身体非常健康"，字面意思是"我就像巴黎新桥（le Ponte Neuf）一样结实"，而法王亨利四世在新桥落成时（1606年）说这句话则一语双关，还有我的王国像新桥一样坚固的意思。

己的身体，哪怕它只是个脆弱而卑微的侣伴。能欣赏人间之美和天国之荣耀，我们难道不该感谢自己的眼睛？能听见朋友的声音和所有美好的音乐，我们难道不该感谢自己的耳朵？难道双手不是我们最值得信赖且珍贵无比的工具，随时准备心甘情愿地听我们吩咐？就连双脚也毫无怨言地承载着我们，走崎岖坎坷的人生之路。

所以，只要用心呵护，我们大多数人都有希望享受健康。可我们的身体是多么复杂，多么奇妙啊！

上帝的确把我们造得无比奇妙，叹为观止。就像诗人吟唱的那样：

> 真奇妙，这样一柄千弦之琴
> 竟然能拨出如此悠长的琴声！

若考虑到我们身体结构之精巧复杂，可以说我们完全是生活在一个奇迹之中；更奇妙的是，那么多生理器官，那么多运动过程，竟日复一日，年复一年，运转得如此规律，如此和谐，以至于有些时候我们几乎都忘了自己还有一副躯体。

可是在那副躯体中有二百多块骨头，其形状各异、大小不同，而这些骨头若有任何不规则，或受到任何伤害，都肯定会严重妨碍我们的行动。

我们的躯体共有五百多块肌肉①，都靠几乎数不清的血管滋养，由神经调节控制。其中有块肌肉，即我们的心肌，每年大约跳动

---

① 现代解剖学的结论是：人体肌肉共有 639 块。以下数据也不尽然是现代医学科学数据。

三千多万次，而心肌一旦停止跳动，人的整个生命也就结束了。

皮肤中有各种各样极其复杂的器官——例如数量超过两百万的汗腺，汗腺可调节体温，并通过导管沟通皮下组织和表皮，汗腺的总长度大约有十英里。

请想想总长达数英里的动脉、静脉，毛细血管和神经；再想想血液，血液中有难以计数的血细胞，而每个血细胞本身就是一个微观世界。

请想想我们的感觉器官——例如眼睛，从角膜、虹膜、晶状体、玻璃体、房水、脉络膜到视网膜；视网膜比纸还薄，却由内向外分为九层，最内一层由视杆细胞和视锥细胞组成，这两种平行排列的细胞被认为是光波的直接接受器；人眼的每个视网膜估计有三百多万个视锥细胞，视杆细胞则有三千多万个。

人体最重要也最奇妙的器官是大脑。据神经生理学家提供的数据，仅灰质层包含的脑细胞就不少于六亿个，每个细胞由数千个可视化分子构成，每个分子又由数以百万计的原子构成。

然而，人体结构虽说复杂而奇妙，但只要用心呵护，我们大多数人都能够保持其健康，好让它在许多年内都正常运作，不给我们造成痛苦或带来不适；而且我们还可以希望，甚至在终老那天到来之时，也能像朗费罗在《金色传说》中说的那样：

> 时间之手会轻轻放在你心上，
> 这次不是敲击，也不是拨弄，
> 而是像竖琴师那样展开手掌
> 捂住琴身，让琴弦不再振动。

第十四章

论　爱

> 与心爱之人厮守，此生足矣。
>
> ——拉布吕耶尔

爱是生命的烛光和阳光。上帝造人便使之不能充分自乐，亦不能充分独享任何可享之乐，非得与我们所爱之人分享方能乐尽其兴。所以即便我们独处时，也会把自己的欢乐珍藏起来，以期有朝一日与所爱之人分享。

爱会贯穿人的一生，并能适应年龄与环境之变化；少时敬爱父母，婚后心爱伴侣，老时宠爱儿孙，而且终生都会热爱兄弟姊妹和亲眷朋友。友谊的力量当然是众人皆知，在某些时候，朋友之爱被描写成比女性之爱还珍贵的感情，比如大卫王与约拿单的生死之交[1]。不过我已经在本书上卷专章谈论过友谊之珍贵，在此也就不必赘述。

---

[1]　关于大卫王与约拿单生死之交的记述见于《旧约·撒母耳记上》第19—20章，约拿单死后，大卫在为他写的哀歌中说："你对我的爱无比珍贵，远远胜过女人的爱。"（见《撒母耳记下》第1章第26节）

上帝对人类的仁爱常常被比作父母对子女的慈爱。就像意大利诗人菲利卡亚这首十四行诗所言：

> 好似母亲，展露慈爱的笑脸，
> 坐在那里望着她身边的儿女，
> 给这个亲吻，给另一个拥抱，
> 让这个偎脚边，抱那个于膝；
> 只看一眼孩子们的神情举止，
> 就知道他们各自的所欲所思，
> 瞪这个一眼，嘱咐那个一句，
> 无论蹙额或微笑都充满爱意；
> 我们高高在上的永恒的上帝
> 将世人的需求作为他的使命，
> 倾听我们所求，济我们所需，
> 即便有时候似乎在拒绝我们，
> 也是因为想要我们确定所求，
> 或表面上拒绝，其实已给予。

司各特爵士对父爱的描述也入木三分：

> 假若真有一滴世人的泪珠
> 从浑浊的情感中精炼提纯，
> 清得不会弄污仙女的桃腮，
> 纯得不会模糊天使的眼睛，

那必定是一位忠厚的父亲

把泪珠滴洒在孝女的头顶。①

    据说伊巴密浓达②之所以在留克特拉战役胜利后欣喜若狂，其主要原因就是那场胜利会让他父母异常高兴。

    我们也决不能忘了对动物的爱。当读到蒲柏对那个印度人的描述时，读者不可能没有同感，那个印度人相信生命可以永恒，以为自己死后

会被允许进那个众生平等的天堂，

他忠实的狗也将去天堂与他做伴。③

    在印度史诗《摩诃婆罗多》中，当班度家族的英雄们最终到达天堂时，他们在天堂大门外受到欢迎，但却被告知他们的狗不能进天堂。恳求无果，众人转身要离去，说他们决不可能抛下他们忠实的伙伴。不过在最后一刻，守门天使终于大发慈悲，他们的狗也被允许与他们一道进了天堂。

---

    ① 引自司各特叙事长诗《湖上夫人》第 2 章第 22 节。原文只引用了该节第 3—4 行和第 7—8 行，译文补引了其中被略去的第 5—6 行。

    ② 伊巴密浓达（Epaminondas，约公元前 410—前 362），古希腊政治家及将军，曾率领底比斯联军在留克特拉战役（公元前 371）中大败斯巴达人。

    ③ 引自蒲柏由四首书信体诗构成的组诗《人论》（Essay on Man, 1733—1734）之第一首《致博林布鲁克子爵书》（To Henry St. John, Lord Bolingbroke）第 3 节。

但愿有朝一日世人都能意识到：

> 我们人类享受的豪兴欢情
>
> 切不可羼杂其他动物的不幸。①

不过我现在更想谈论把人引向婚姻殿堂的爱。这种爱是人生的音乐，如布朗爵士所说："是美的乐章、爱的音符，比任何乐器奏出的音乐都更甜蜜。"

柏拉图的《会饮篇》对这种爱进行了一番颇为有趣的探讨。

他借斐德若之口说："爱，唯有爱，可使人敢于为自己心爱之人献出生命；不仅男人如此，女人也一样。关于这点，珀利阿斯的女儿阿尔刻提斯就是所有希腊人的杰出典范；她甘愿做其他任何人都不肯做的事——替夫赴死；尽管她丈夫有父有母，但她对丈夫的爱远远超过了父母对儿子的爱，使那对父母显得与自己的亲生儿子形同路人，所谓父母乃徒有虚名。如此高贵的壮举不仅感动了世人，也感动了诸神；即便是那些建立过丰功伟绩的英雄，也少有人享受过死而复生的神恩，但诸神把这种恩惠赐予了阿尔刻提斯，让她从冥国重返人间，以表达诸神对这种忘我之爱、虔敬之爱的敬佩。"②

---

① 语出华兹华斯叙事诗《鹿跳泉》（Hart-Leap Well，1800）。

② 据希腊神话传说，英雄阿德墨托斯死期临近，阿波罗允许他可让父母或妻子中任何一人替他去死，他父母虽已年迈，却不肯因儿子而放弃生命，妻子阿尔刻提斯毅然请求替夫赴死，其壮举感动诸神，让她死而复生。欧里庇得斯以此传说为题材写成悲剧《阿尔刻提斯》。

阿迦通接下来对爱神的一番赞颂比斐德若那番话更为雄辩，更为动人——

他说："爱让人心中充满依恋之情，使之消除其隔阂和不满，使众生都能像我们今天这样举宴相聚。所有祭祀、庆典和舞会都由爱主导——爱增进仁慈，消除凶悍，普施友好，宽恕仇怨；爱令善者欣然，智者感然，诸神愕然；令未识爱之滋味者思爱，已沐浴爱之雨露者惜爱。爱可孕育出精致、华贵、温柔、优雅、爱好和希望；爱对善良关怀备至，对邪恶不屑一顾；在众生的所言、所行、所望、所惧中，爱都是舵手、同伴、助手或救星；爱是诸神和芸芸众生的荣耀，是最优秀聪慧的指挥；爱引导每个人追寻其足迹，歌唱其颂歌，而爱正是用那甜蜜的曲调令诸神和凡尘俗夫都为之陶醉。"

关于爱神有两种说法：一说她是乌拉诺斯的女儿，没有母亲，是更为古老更为聪慧的女神；一说她是宙斯和狄俄涅的女儿，她更为世俗，与世人更亲近。[1]虽然这两种说法都有根有据，但我们倒没必要去细究。马洛礼在《亚瑟王之死》中就告诉我们："桂妮维亚一生都是个称职的爱人，所以她最后有个善终。"[2]

如同对恶之根的探究一样，对爱之源的探讨也让哲人们伤透了脑筋。《会饮篇》继续，柏拉图用一个玩笑把下面这番见解归于

---

[1]　前说之依据是赫西俄德的《神谱》，后说则出于荷马史诗《伊利亚特》。

[2]　桂妮维亚深爱其丈夫亚瑟王，但同时与圆桌骑士兰斯洛特保持着柏拉图式的精神爱恋。

了阿里斯托芬①，不过周伊特②认为阿里斯托芬这番话丝毫没有阿里斯托芬的风格。

根据周伊特对阿里斯托芬那番话的翻译，当初的人与现在的人不同。最初人的身体是男女同体的圆柱形，每人有四只手、四只脚、一个脑袋和两张脸，圆脖子上的两张脸长得一模一样，分别朝向前后。他们能像现在的人这样直立着走路奔跑，随心所欲地向前或向后，但当他们想跑得更快时，他们还可以八只手脚并用，像杂技演员玩空翻那样以极快的速度翻滚前行。他们的力量很大，野心也不小，居然敢向诸神发起攻击，就像荷马史诗中写的俄托斯和厄菲阿尔特斯兄弟俩，居然敢登天，向诸神挑战③。诸神聚会商讨对策，但一时都举棋不定。一方面，若像当初消灭巨人族那样用霹雳将这族人类消灭，那么诸神将再也得不到人类的供奉和崇拜；可另一方面，众神又不能再容忍人类无以复加的傲慢。最后，经过长时间的深思熟虑，宙斯想出了一个办法。他对众神说："我觉得我有个办法，既可以让那些凡人继续存在，又可以打掉他们的傲气，教他们学会循规蹈矩；但我要把他们都劈成两半，这样做有两个好处，一是凡人的力量可减半，二是他们祭神的供奉会增倍。以后他们只能用两条腿直立走路，若是他们继续傲慢，不思消停，我就把他们再劈成两半，让他们用一条腿蹦

①　轮到阿里斯托芬发言时，主持人说了句俏皮话"你已经不打嗝了"，于是引起了与会者关于打嗝和打喷嚏对身体和谐之影响的一番笑谈。

②　周伊特（Benjamin Jowett，1817—1893），英国古典学者，英国圣公会教士，以翻译柏拉图的著作和对《理想国》的阐释而著名。

③　这段故事见《伊利亚特》第五卷。

趽。"宙斯言必有行，把人给劈成了两半，"就像你们用头发丝劈开鸡蛋那样"……人被劈成两半后，每一半都想找到另一半，都渴望相聚在一起……这种彼此需要的渴望是如此古老，已深深植入我们心中，成为我们的原始本性——合二为一，恢复人的完整。当天各一方时，每个人都是另一个人的另一半符节，两人就像两只比目鱼，都在寻找各自的另一半以合目而行。

而当其中一位终于找到其另一半时，他俩都会惊于彼此间的爱慕、友情和亲情，彼此都不愿再有片刻的分离，就像人们常说的一日三秋；彼此都渴望终生厮守，但又说不清渴望从对方得到什么。因为彼此间的强烈渴慕似乎并非情人间交媾的欲望，而是另外某种东西，某种双方心里都明显渴求但又无法言说的东西，某种隐隐约约、含糊不清的预感。

且不管这种预感是怎么回事，只说人内心深处有种本能的悟性，往往能让人瞬间拿定主意，而且这种主意很少会改变，我甚至可以这样说，这种当机立断很少出错。一见钟情听起来似乎有点轻浮，但却几乎是一种天意。那仿佛就像两个人在重新开始一段前世情缘。真是：

> 一看见她就想爱她，
> 一爱她就想爱到永远。[①]

然而，虽说经验证明一见钟情很少有误，但幸运的是，日久

---

① 语出彭斯短诗《美丽的莱斯利》(Bonnie Lesley, 1792)。

生情亦多为真情。最深厚的爱往往都是慢慢成熟。许多温馨的爱情都是靠坚持不懈的奉献而赢得。

蒙田的确曾断言"少有为爱而婚者到头来不后悔",约翰逊博士也坚持认为,由大法官安排的婚姻通常会更幸福;不过我认为蒙田和约翰逊博士都不是什么好法官。正如深爱桂妮维亚的兰斯洛特对阿斯托拉特那位不幸少女所说:"我不喜欢被爱束缚,因为爱必须发自内心,而不能被强迫。"

爱情藐视山阻水隔,不怕风吹雨打;塞斯托斯和阿比多斯虽被海峡分隔,但就像约翰·西蒙兹① 所说:"爱神射出的金箭把两座小城连在一起。"②

爱情即便在天涯海角也可以幸福。拜伦就曾希望:

> 啊!我愿有片荒原做我的家园,
>
> 只需一个美丽的灵魂与我相伴,
>
> 把普天下芸芸众生全都给忘掉,
>
> 谁也不恨,但只把她一人爱恋。③

而且许多人肯定都有过这种感觉:

---

① 参见本书第七章《谈游历之乐》相关注释。

② 塞斯托斯和阿比多斯是隔达达尼尔海峡相望的两座小城。据希腊神话传说,阿比多斯城少年勒安得耳爱上了塞斯托斯城少女赫洛,每夜借助赫洛点燃的灯塔指引泅渡海峡与之相会,一个暴风雨之夜灯塔的灯火被风吹灭,勒安得耳因此溺水而亡,赫洛随后也投海自尽。

③ 引自拜伦《恰尔德·哈罗德游记》第4章第177节。

哦，亲爱的！还管它是什么时间，

当你我在南方的土地上相依相偎，

身边有棕榈树、橄榄树或者松树，

有玉米地、橙橘园，有丛丛芦荟？

爱情的确不受时间和空间的限制。

和平时，爱吹着牧童的芦笛；

疆场上，爱骑着骏马而驰骋；

厅堂间，爱化为艳丽的服饰；

村落里，爱起舞于茵茵草坪。

爱统治着宫廷、营房和森林，

统治着人间凡夫，天上圣人；

因爱就是天堂，天堂是爱情。[①]

　　即便像某些东方民族中发生的情况那样，宗教与哲学沆瀣
一气压抑爱情，爱的真理也会在民谣中发出声音，例如有句土耳其
谚语说："每个女人都完美无瑕，尤其当她爱你的时候。"

　　有位法国女士曾在阿卜杜卡迪尔[②]跟前引用一句波兰谚语：
"女人的一根头发丝也比两头公牛有劲。"阿卜杜卡迪尔微笑着回

---

① 语出司各特叙事长诗《最后一个吟游诗人的歌》第 3 章第 2 节。

② 阿卜杜卡迪尔（Abdel-kader，1808—1883），阿尔及利亚军事将领及政治
领袖，曾领导人民抗击法国的入侵和殖民统治。

答："头发丝都不必用，女人的力量和命运一样强大。"

但人们不愿意把爱看成一种统治力量，而更喜欢将其视为快乐天使，视为因两人"心心相印"而产生的家庭欢乐。

> 那是一种神秘的心灵感应，
>
> 像一缕情丝牵住两颗恋心，
>
> 使之心心相印，亲密无间，
>
> 连接其肉体也连接其灵魂。[①]

培根对友情的描述甚至更适用于爱情："凡与友人分享欢乐者都会感到其乐更甚，而凡是把忧愁告诉朋友者都会觉得忧愁顿减。"[②]

让所爱之人来到身边，你就会体验到特伦奇[③]诗中描写的那种变化：

> 似乎有某种新颖或奇妙的东西
>
> 蓦然间传递到花间树丛和草地；
>
> 某种细微但却莫可名状的变化
>
> 令周围的万事万物都不复过去。

我觉得我们还可以把荷马对命运女神的形容用于爱神：

---

① 语出《最后一个吟游诗人的歌》第 5 章第 13 节。

② 引自《培根随笔集》第 29 篇《论友谊》。

③ 参见本书上卷卷首题记诗之二注释。

> 她纤足娇嫩，因为她从不把脚
>
> 落在地上，而是落在你的头顶。

爱情和理智在生活中缺一不可。我们必须让其各司其职。如果说没有爱情，单凭理智不可能建功立业，那么我们也不能仅仅依靠没有理智的爱情。

古希腊酒神歌诗人摩兰尼庇德斯曾说："爱神在人心中播下收获甜蜜的希望，然后将最甜蜜与最美好融合混杂。"

> 爱是仁慈，是恒久忍受，
>
> 爱是温顺，是心无恶念，
>
> 爱比死亡本身更为强大——
>
> 所以哟，请给予我们爱。①

如今当然已没有人会像《会饮篇》中的斐德若那样抱怨，说什么爱神在诗人中没有崇拜者②。与此相反，爱已经给了诗人们无数甜蜜的灵感，而其中写得更为高贵、更加美妙的或许就是弥尔顿对伊甸园的描绘：

---

① 语出英国教士克里斯托弗·华兹华斯（Christopher Wordsworth，1807—1885，大诗人威廉·华兹华斯的亲侄子）所作赞美诗《仁慈之灵，圣灵》（Gracious Spirit，Holy Ghost）。

② 《会饮篇》之所以用爱与美作为论题，就是因为斐德若此前抱怨说"甚至有诗人为盐写颂歌，却不曾有诗人写诗赞美爱神"。

与你交谈简直都让我忘了时间，

清晨黄昏白天黑夜都叫我流连。

黎明的气息总是那么清新甜蜜，

伴着晨鸟啼鸣令太阳欣然陶然，

太阳把第一抹朝晖倾洒向大地，

让草木鲜花果实开始新的白天，

露珠儿晶莹，肥沃的土地飘香，

阵阵细雨之后，暮色温柔雅淡，

随着鸟声肃穆，又是沉寂夜晚，

月亮升空，星星像宝石般璀璨；

可不管黎明的气息有多么清新，

也不管晨鸟的歌声是怎样撒欢，

不管初升的朝阳如何光照大地，

露珠有多晶莹，空气有多新鲜，

草木有多芬芳，花果有多香甜，

暮色有多温柔，黑夜有多寂然，

月亮有多皎洁，星星有多璀璨，

要是没你，这全都不讨我喜欢。①

　　另外，每个恋人都不能放弃对美好婚姻的希望。虽遗憾的
是各人心中的美好婚姻都不相同，但爱总会竭力使人相爱，所以
只要配得上爱，连最卑微的人也有望得到最幸福的婚姻；其实莎

---

① 引自《失乐园》第4卷第639—656行。这是夏娃对亚当说的一段话。

士比亚关于爱情的每句台词，恰如他通常说的那样，都是在对千百万人而言：

> 她只属于我，拥有她，
> 我富得像拥有了二十四个大海，
> 海水全是甘露，沙子都是珍珠，
> 海底的每一块岩石都是黄金。[①]

实际上，真正的爱既不会奢求也不会苛求。

> 亲爱的，千万别说我无情，
> 竟抛下你贞洁胸怀之温馨，
> 竟离开你娴静心智之温床，
> 竟要披挂上马，奔向战阵。

> 是的，我要追求新的情人——
> 战场上遇见的头一个敌兵，
> 而且还要与之紧紧地拥抱，
> 用我的战马、利剑和坚盾。

> 可是像我这样的移情别恋
> 相信你也会加以赞赏崇敬，

---

① 引自《维洛那二绅士》第 2 幕第 4 场。

> 如果我不更爱自己的名誉，
>
> 亲爱的，我也不能爱你更深。①

但是：

> 唉！多微不足道的一点原因
>
> 就会让相爱的恋人反目相争！
>
> 曾经的共同患难就付诸东流，
>
> 两心在患难之中曾连得更紧，
>
> 面对风狂雨猛时曾休戚与共，
>
> 待到日丽风和时却各奔前程，
>
> 这就像航船曾历经惊涛骇浪，
>
> 当海面风平浪静却触礁下沉。②

因为爱情非常脆弱，任何小吵小闹也别冒险一试，不然就可能像

> 竖琴琴身上一丝小小裂缝
>
> 会慢慢变大，使音调失和，
>
> 不久后会让竖琴完全无声。③

---

① 这首诗名为《出征前告别卢卡丝塔》（To Lucasta, On Going to the Wars, 1648），作者是英国骑士诗人洛夫莱斯（Richard Lovelace，1618—1657）。

② 语出爱尔兰诗人托马斯·穆尔的《闺房之光》（The Light of Harem）一诗。

③ 语出丁尼生短诗《相爱之时》（In Love）第4—6行。

爱情很脆弱，因为"爱情会被不快和暴躁伤害"①，但就像过度演奏的提琴仍能保持音色纯正一样，你也可指望冷却或躲开的爱情能恢复如初。而若能用"爱心善意之所作所为，一些容易被淡忘的零碎琐事"②让冷却的爱重燃，让躲开的爱情回归，那该是怎样一种欢乐！

就像一首被翻译成英语的外国十四行诗所说：

> 你所爱所选的她如今是你的新娘，
>
> 是上天托付让你精心呵护的珍品；
>
> 虽然激情不复，但仍要待她如初，
>
> 虽由你守护，但对她要充分信任。
>
> 当她青春的守护者安慰者和向导，
>
> 让她可以从你的经验中感到安全；
>
> 无论今后的生活是甜美还是严酷，
>
> 你都要与她共享欢乐，同担苦难。
>
> 当她任性执拗时你不可一味迁就，
>
> 但与她论断是非也不可过分自负；
>
> 丈夫不是奴隶，但也不能当暴君。
>
> 这样那种常毁掉幸福婚姻的束缚

---

① 语出丁尼生《磨坊主的女儿》（*The Miller's Daughter*）一诗第 28 行（中国读者熟悉的《英诗金库》第 322 首《磨坊主的女儿》只有该诗前 18 行。）

② 语出华兹华斯抒情诗《丁登寺旁》（Lines Composed a Few Miles above Tintern Abbey, on Revisiting the Banks of the Wye during a Tour, July 13, 1798, 又译《廷腾寺》）。

　　　　就几乎不会被感觉，而你的妻子，

　　　　她心目中的爱人就永远是她丈夫。

任何人都可因真正的爱而变得崇高——

　　　　　　宁肯爱过而最终又失却，

　　　　　　也不愿从来就不曾爱过。①

　　用一句话赞美一个女人，也许最得体的那句话就是斯梯尔谈到伊丽莎白·黑斯廷斯夫人时说的那句"与她相识就是一种人文教育"②；但在自我完善的过程中，每个女人都有可能觉得，她不仅是在为自己贮存幸福，也是在教育并赐福于那个她最希望看见他幸福快乐的人。

　　爱情，真正的爱情，会随着时间成熟，伴着岁月加深。真正步入婚姻殿堂的夫妻将

　　　　　　彼此拥有，直到爱和生命

　　　　　　合为一体。③

　　因为这种爱将直到生命尽头。而母亲的爱则永无止境。骚塞

---

①　语出丁尼生《悼念集》（*In Memoriam A.H.H.*，1850）第 27 首第 15—16 行。

②　这句话最初见于斯梯尔主办的《闲话报》（*The Tatler*，1709—1711）第 49 期。伊丽莎白·黑斯廷斯夫人（Lady Elizabeth Hastings，1682—1739），英国著名慈善家，终生致力于妇女教育和救助穷人。

③　语出雪莱《灵之灵》第 22 节（Epipsychidion，xxii，1821）第 39—40 行。

曾这样描写人类的感情：

有人胡说什么爱情会消失，

会与其他欲望一道随生命而去。

其他所有欲望当然都是虚空，

野心之欲望肯定上不了天堂，

贪婪之欲望也只能下地狱；

这些尘世间生发的世俗热望

在哪儿生发就只能在哪儿消失。

但爱情永远都不可能被毁灭，

爱情的圣火将永远燃烧不息，

因为爱来自天国，将回归天国；

爱通常只是人间不幸的过客，

时而被欺骗，时而遭压迫，

在尘世历经坎坷后得以净化，

终将在天国享受其平静的快乐；

在尘世播下辛勤操劳的种子，

终将在天国得到爱的收获。

在尘世间操劳一生的母亲

在天国与她夭亡的孩子重逢，

她那种喜出望外，欣喜若狂，

难道不是多于她操劳的报偿？

报偿她所有的痛苦恐惧眼泪，

报偿她夜之不眠，日之悲伤。

　　而随着岁月慢慢流逝，夫妻间的恩爱，朋友间的挚爱，以及对孩子的疼爱，都将化为暮年的安慰和喜悦。有人会回首过去，有人会憧憬未来；而由来已久的一种说法可谓真实——我们的生命在孩子身上轮回。

第十五章
论绘画艺术

绘画艺术不在于修饰或美化自然，而在于通过自然寻找"一切可爱而纯洁之美"[1]，在于对这些美之热爱，在于画家尽其才能将这些美的可爱之处表现到极致，凭借动人的技巧，或曰柔和的强调，把观者的思绪引向这些可爱之美。假设对美之爱没丧失任何真之元素（且其他条件均同），艺术与画家表现的对美的热爱成完全正比。

——罗斯金

世上最古老的绘画作品画的都是些动物。那些作品当然很粗糙，但往往都极具特色，引人侧目。在英国、法国和德国的洞穴中发现的古画都是用石块或其他简陋工具在鹿角或兽骨上雕刻而成，画上的那些哺乳动物显然都属于冰川时代末期，其中不仅有现存于欧洲温带地区的鹿和熊等，还有如今已退居北方寒冷地带的驯鹿和麝羊，以及早已灭绝的猛犸象。我想我们可以大胆地希望，今后还会有其他这样的古画被发现，从而为我们提供更丰富

---

[1] 引文原文语出《新约·腓立比书》第4章第8节。

资料，以便我们更多地了解远古祖先的风俗习惯和生活方式。

以年代久远而论，稍晚一些的古画应该是亚述和古埃及残留的陵墓、庙宇和宫殿中那些雕刻和绘画。

这些被视为艺术品的古代遗物，在艺术上肯定都有不少缺点，但其中讲述的故事犹如历史画卷。事实上，国王通常并不比士兵高大，但在那些战斗场面中，他们总是能得以凸现。不过我们得记住，古代战争之大部分战斗，其实主要都是由统帅或主将上阵厮杀决定胜负。荷马史诗在这方面的描述倒是与亚述和古埃及的战斗场面类似。至少我们一眼就能看出谁是国王，谁是将军，看出哪方战败，哪方取胜；伤员的挣扎与痛苦、败军之狼狈逃窜、破城中的避难场景，观者全都能一目了然。而在战争题材的现代绘画中，故事就远没有这么清晰，事实上，未受专门训练的观者往往只能看到鲜血和硝烟。

尽管这些作品缺乏后期艺术的美，但它们确实也自有一种庄严高贵的品质。

在古希腊时期，绘画艺术达到了一种前所未有的完美，而且人们对绘画之赏识也达到了自那之后也许就再也没达到过的程度。

据普林尼记述，马其顿国王德米特里一世围攻罗德斯城期间，普罗托格尼斯正在画他那幅《伊阿利苏斯》①，而这居然阻止了那位国王攻占罗德斯城；因担心那幅画会被烧毁，德米特里放弃了

---

① 据说普罗托格尼斯（Protogenes，活动时期公元前四世纪末）画《伊阿利苏斯》（Ialysus）花了7—10年，该画在罗德斯岛至少保存了二百年才被罗马人掠去存于罗马和平神庙，后毁于火灾。

从该城任何一面火攻夺城的策略，他宁愿保住那幅画也不愿获取本来已唾手可得的胜利。其实普罗托格尼斯当时已经把画室搬到了城外的一座花园，离马其顿人的军营很近，他在那里终日工作，完成他已经开始画的一些作品，从军营传来的嘈杂喧嚷都未能中断他的工作。后来德米特里派人把他叫到跟前，问他为何如此胆大，竟然在敌人眼皮子底下作画。他回答那位国王说："闻陛下挥师南征，剑之所指乃罗德斯岛人，而非区区艺术。"

随着希腊的衰败，绘画艺术也随之衰落，直到十三世纪佛罗伦萨画家乔瓦尼·契马布埃使之在意大利得以复兴，自那时起，绘画艺术之进步可谓喜人。

绘画艺术无疑是人类幸福生活中最纯粹最高雅的一种元素。绘画通过眼睛训练大脑，通过大脑训练眼睛。恰如阳光使鲜花五颜六色，绘画也让生活缤纷多彩。

罗斯金说："在真正的艺术中，人的大脑、双手和心灵会互相配合。但真正的艺术不是娱乐，不能利用业余时间从事，也不能在闲得无聊时追求。"

杰出的艺术品，那些真正归功于苦心孤诣的杰出作品，不仅仅是在东方才被人归因于神灵的魔力。

努力勤奋不可能使每个人都成为艺术家，但没有勤奋努力，谁也不可能在艺术上有所成就。就艺术而言，二加二未必等于四，艺术上没有积少成多之说。

历来都有人说，而且是权威人士说，艺术的目的是取悦他人。但这种说法太以偏概全，因为这不啻说图书馆仅仅是为了取悦于人或装装门面。

艺术具有自然的优势，但因有了人的因素，在某些方面甚至优于自然。柏拉图就曾说："若让一个你认为自然造就的人不加修饰地与一个艺术造就的人相媲美，前者通常会略逊一筹，因为艺术比自然更精密。"

培根在《学术之进步》一书中也曾说："外部世界不如心灵世界，因为较之在事物本质中可能的发现，人之心灵适合于一种更充分的宏大，更精确的仁慈，更完全的多样性。"

古代诗人告诉我们，普罗米修斯为智慧女神弥涅瓦造了一尊美丽的雕像，弥涅瓦异常高兴，愿意送天上的任何一样东西给他，好让他把雕像修饰得更完美。普罗米修斯深谋远虑，请求弥涅瓦带他去天庭，亲自去选那样东西。弥涅瓦答应了他的请求，结果普罗米修斯发现天庭之生机勃勃皆因有火，于是他带回来一点火种，他的作品也因火而栩栩如生。

事实上，模仿乃绘画艺术之手段，而非目的。关于宙克西斯和帕拉修斯①的那个故事固然绝妙，但较之绘画艺术更崇高的功能，能骗住小鸟，甚至骗住人的眼睛，那不过是一种雕虫小技。翻译家杨格博士曾说，模仿《伊利亚特》并不是模仿荷马；而肖像画家雷诺兹爵士则说，艺术家对自然研究得越透，就越接近于真正完美的艺术理念。

---

① 宙克西斯（Zeuxis）和帕拉修斯（Parrhasius）均为生活在公元前五世纪的古希腊著名画家，相传他俩曾比试画技，看谁画的东西更逼真。宙克西斯所绘葡萄引来群鸟争食，得意之余他叫帕拉修斯快拉开遮帘亮出作品，结果发现那道遮帘就是帕拉修斯的画。

雷诺兹爵士还补充道："若遵循这些常规惯例，采用这些防范措施，那等你清楚地明白什么才叫好的色彩构成时，你也就会明白最好的做法莫过于求助于自然本身，而自然始终都在你的画布旁边，较之自然真正的光彩，最艳丽的绘画也会逊色几分。"

当然，艺术必须创造，也必须临摹。维克多·库辛说得好："没有现实，理想会缺乏生活；而没有理想，现实会缺少绝美。理想之美需与现实生活结合，两者需携手结成同盟，这样方能创作出最优秀的作品。因此，美既非一个绝对概念，亦非对并不完美之自然的纯然描摹。"

画面布局当然至关重要。雷诺兹爵士曾用两幅名画为例来说明画中背景和衬托物对人物塑造有多大影响。意大利画家丁托莱托有幅画以米开朗基罗的雕塑《参孙和两个非利士人》为素材，但他把参孙脚下的两个非利士人换成了一只鹰，把他右手高举的驴颚骨换成了雷电，从而把参孙塑造成了朱庇特。第二个例子更惹人注目，提香临摹了西斯廷教堂天顶画中一个天使，即那个代表光明与黑暗之分割的天神，并将其形象用在了他描绘卡多雷之战的一幅画中，结果那个天神就变成了一位正从马背上跌落的将军。

我们必须记住，就观赏者的眼睛而言，艺术家的目标是训练，而不是欺骗，艺术更崇高的功能是触及心灵，而非触及眼睛。毋庸置疑，

> 为纯金镀金，为百合染色，
>
> 把某种香水洒在紫罗兰上，
>
> 为彩虹再添加另一种色彩，

为光溜溜的冰块打磨抛光，

或用烛光去装饰杲杲太阳，

这不仅浪费，且实在荒唐。①

但并非所有闪光的东西都是黄金，也并非所有鲜花都美如百合，所以凡事都还有选择的余地，都还有表现的空间。

库辛说："真善美只是无限之外在形式，那么对于真善美的内在，我们真正爱的是什么呢？我们爱无限本身。对无限本质之爱往往都藏在对其形式之爱下边。在真善美中散发魅力的无限是如此真实的无限，所以其单一的表现形式往往都不够。艺术家对自己最好的作品也会感到不满，因为他们追求更高的目标。"

风景画中不是逼真的自然风景，这种画法有时候的确遭人反对；但我们必须得问，何谓逼真？难道风景在头脑中留下的印象就像是普通物体在头脑中留下的印象？若果真如此，那不妨请某个人根据其记忆中的印象画出一些高山，而那人也许会发现，他记忆中的高山比现实中的更巍峨，更陡峭，他记忆中的山谷也比现实中的更狭窄，更幽深。风景画是要传达与自然本身一样的印象，从这个意义上讲，一幅画传达的印象是准确的，就不可能逼真。

实际上歌德就曾说过，艺术之所以被称为艺术，就因为它不是自然。

找到一处漂亮风景，毫厘不爽地挥笔描摹，这对艺术家来说还远远不够。艺术家绝不能仅仅是个模仿者。某些更高的理想需

---

① 语出莎士比亚历史剧《约翰王》第 4 幕第 2 场第 11—16 行。

要他去追求，某些更微妙的元素需要他去捕捉。他必须创造，或起码应该在摹写时有自己的阐释。

风景画大师透纳就从不满足于仅仅触及风景，哪怕是最美丽的风景。他移动大山，甚至限制高山。

十三世纪西耶纳画家圭多所画的女性肖像美丽可爱，据说有位贵族渴望见到他用的模特，圭多叫他磨研颜料的工匠（一名身材高大的男子）摆出一副姿势，然后画出了一个美丽的抹大拉的玛丽亚。他对那位贵族说："我亲爱的伯爵，美丽纯洁的概念是在心中，与模特是男是女毫无关系。"

据德莱顿记述，在为罗马嘉布遣会教堂画圣迈克尔像时，另一位意大利画家奎多·雷尼曾希望自己"有一对天使的翅膀，能飞到天堂看看那些美丽天使的形体，这样我就可以描摹我那位大天使的模样。但我没法飞得那么高，而要在尘世间找与他相似的形象又纯属徒劳，所以我被迫在自己的头脑中搜寻，搜寻已在我想象形成印象的理想之美"。

在人类能力所允许的有限范围内，科学总试图再现实际存在的某些情况，某些无论多么单调但其本身在任何时间任何场所都在一定程度上真实的情况。要做到这点，科学就必须服从诸多限制；而与之相反，艺术则是在某一特殊方面努力传达对原形的印象，这种印象并非完全不令人困惑，也并非没有严重的缺点。

较之其他任何艺术形式，绘画对某个未知地域的描绘在某些方面会更为清晰，更为生动。在文学作品中，岩石可能就是岩石，但在绘画作品中，岩石必须要么是花岗岩，要么是页岩，而不可能仅仅是统称的岩石。

值得注意的是，虽然美术界早就认可了研究解剖的必要性，而且皇家美术院从一开始就有一名解剖学教授，但不过是到了最近几年，植物学或地质学知识才开始被人认为对绘画有价值，而即便是在今天，这种价值也绝没有得到普遍承认。

许多人撰文著书评说绘画、雕塑和建筑彼此间的优劣长短。我以为，这样评长论短若非一种基本上毫无意义的探究，至少在当下也不合时宜。

建筑不仅给人以强烈的感官愉悦，甚至给人留下空灵超凡的印象。

法国文学家斯塔尔夫人把建筑形容为"凝固的音乐"，而一座大教堂则是"思想在大理石中"的一种光辉典范，其每扇窗户都是艳丽的透明彩墙。

意大利画家卡拉奇则说，诗人用其文字作画，艺术家则用其作品叙事。后者当然有一种巨大的优势，因为较之细腻入微的长段文字描述，绘画和雕塑只消让人看上一眼就能更生动地传达一个概念。

绘画雕刻艺术的另一个优势是能够被所有文明国家的观者理解，尽管每个国家都有一种独特的语言文字。

甚至从物质层面来看，绘画艺术也极为重要。皇家美术院院长弗雷德里克·莱顿爵士 ① 在最近的一次讲话中指出："说到这个

———————————

①　弗雷德里克·莱顿爵士（Frederic Leighton, Baron Leighton of Stretton, 1830—1896），英国学院派画家，1868 年成为皇家美术院院士，1878 年出任院长，1886 年受封爵士，其油画《契马布埃小姐护送的行列通过佛罗伦萨大街》（Cimabue's Madonna Carried in Procession through the Streets of Florence，1855）被维多利亚女王收购。

国家物质繁荣正在衰退的某些方面，美术研究也显得越来越重要。因为我国与其他国家的产业竞争（一种非常激烈、对某些产业来说几乎是生死攸关的竞争）在很多情况下已不再仅仅是，或者说不再主要是材料和工艺方面的竞争，而是精美设计和产品美感的竞争。"

但说到艺术能为人类做出的最大贡献，按照休·哈维斯[①]的说法，即"表达人类的崇高愿望，训导人类的各种感情"；我们现在要关心的就是这项使命，而非任何美学上的完善。

科学和艺术是一对姐妹，或更确切地说，也许更像是一对兄妹。在某些方面，艺术的使命与女性的使命相似。与其说她要为这个世界辛苦操劳，不如说是要为这个世界装饰美的光环，把辛勤劳作变成乐趣。

于科学，人们自然是指望其进步，但人们对艺术的期望却并非如此明确；不过雷诺兹爵士倒是毫不犹豫地表达了其信念，他说将来"绘画艺术会有极大的改进，今天我们能创作出的最佳作品，那时候看起来也会像是孩子们的习作"；我们可以希望，人们对绘画的欣赏水平也能随之而提高。华兹华斯说诗人必须为自己的诗歌创造出品味，而艺术家也必须如此，至少在某种程度上必须如此。

就风景画而论，现代画家取得的进步看起来尤其明显，实际上，我们最应该感谢他们的就是，现在的风景画比以前的更生动，更具观赏性。

---

① 休·哈维斯（Hugh Reginald Haweis，1838—1901），英国作家。

我当然不会自命不凡，以权威自居，但在我看来，即便以透纳之前那些最杰出的大师为例，风景画的成就也远远比不上肖像画。雷诺兹爵士告诉我们，庚斯博罗①曾用碎石、枯草和碎镜片在桌上堆出一个风景模型，然后根据模型画出岩石、树木和湖水；爵士还一本正经地讨论了这种做法的精明之处，说"至于这在多大程度上有启发作用，风景画教授可以做出最好的测定"。不过他本人并不推荐这种做法，他倾向于认为，从总体上看，这种做法可能弊大于利。

艾伦·坎宁安②曾评说，里查德·威尔逊与庚斯博罗一道为我们英国的风景画派奠定了基础，传说在里查德·威尔逊那幅《刻宇克斯和阿尔库俄涅》油画中，巉岩上那座城堡之原型是看门人的茶壶，而那壁巉岩之原型则是一块斯第尔顿奶酪。这传说甚至还有另一个版本，说是那幅画只卖了一把茶壶加一块奶酪的价钱。不过这类传说无助于提升人们对那个时期风景画艺术的欣赏理念。

直到不久之前，人们对山区景色的普遍感觉还像塔西佗当年表述的那样，"若非日耳曼真是其故乡，谁愿意离开亚细亚、阿非利加或意大利去那个鬼地方呢？谁愿意去那个山无山形，地无地

---

① 庚斯博罗（Thomas Gainsborough，1727—1788）既是肖像画家又是风景画家，尤其擅长以风景作背景衬托人物；雷诺兹爵士（Sir Joshua Reynolds，1723—1792）则专攻肖像画。

② 艾伦·坎宁安（Allan Cunningham，1784—1842），苏格兰诗人及作家，著有六卷本《英国最杰出画家、雕塑家和建筑师生平》（Lives of the Most Eminent Painters，Sculptors，and Architects，1829—1833）。

貌，天气恶劣、满目凄迷的鬼地方呢？"①

詹姆斯·贝蒂博士②有篇关于真理、诗歌和音乐的论文读来也引人发噱，那篇写于上世纪末的文章居然还持这种看法："从总体上看，苏格兰高地是一片让人忧郁的土地，广袤的荒原上山峦起伏，石楠丛生，而且经常被迷雾笼罩；狭窄的山谷里人烟稀少，山谷两旁坡陡崖峭，回荡着湍流的涛声；土地崎岖，天气阴沉，大部分地方都既不适合放牧，也不适合耕种；在这片到处是巉岩、洞窟及其回声的荒凉之地，河口湖畔的波涛声听起来都像是悲鸣呜咽，每阵变幻莫测的风声都给人不祥的感觉；月光下，这样一幅景色显得奇形怪状，死气沉沉，让人觉得所有物体都在散发着一种阴郁。"

就连哥尔德斯密斯也认为苏格兰高地的景色阴沉而凄凉。而我们还知道，塞缪尔·约翰逊甚至留下这样一句格言："苏格兰人眼中最壮观的景色就是通往英格兰的那条大道。"——不过正如鲍斯韦尔③所说，这句格言使他的那句名言"巨人堤道④值得一看，但不值得跑路去看"也多遭怀疑。

---

① 当时罗马帝国驻扎在地中海沿岸温暖地带的各军团都不愿被调往苦寒的日耳曼。

② 詹姆斯·贝蒂（James Beattie, 1735—1803），苏格兰诗人及散文家，1773 年在剑桥大学获古典文学博士学位，长期担任马夏尔学院伦理学教授（1760—1797）。

③ 参见本书第三章《谈读书之乐》相关注释。

④ 巨人堤道（Giant's Causeway，音译"贾恩茨考斯韦角"），北爱尔兰安特里姆郡北部沿海由数万根柱形玄武岩构成的海角。

斯塔尔夫人曾宣称，她虽然愿意走两千公里去见个聪明人，却不屑推开窗户看一眼那不勒斯湾。

昔日人们不会欣赏的还不仅仅是自然风景。埃德蒙·伯克[1]在谈及巨石阵时甚至说："无论谈布局还是说装饰，巨石阵都乏善可陈。"

不过在某些时候，丑陋景物对人的身心可能会产生有害的影响。有人就别出机杼地提醒说，真正让堂吉诃德发疯的原因，与其说是因他沉迷于骑士小说，倒不如说是因拉曼却地区的景色过于单调。

人们对自然风景的热爱当然不仅仅归因于绘画艺术。是艺术与科学的有机结合培养了我们对身边之美的感知。

艺术有助于我们领会罗斯金所说的"善思者可令上百人说话，但善察者可教上千人思考。世事洞明乃诗歌、预言和信仰之结合……请始终记住，艺术之高贵皆由两个特质构成——首先是热切探求并透彻领悟这个世界的实情真相，其次是运用人的智力对这些实情真相分类排序，从而使其对所有观赏者来说都最为有用，最难忘怀，最显美丽。因此，高贵的艺术说到底就是一种强大而高贵的生命。因为普通人对世间事一开始就隔雾观花，看不真切，然后又允许自己随波逐流，人云亦云，而对所随之波，所逐之流又事先没有预见，事后也不明白。而高贵者首先把世间万事看得

---

[1] 埃德蒙·伯克（Edmund Burke, 1729—1797），英国政治家及演说家，著有《论崇高与美》（*On the Sublime and Beautiful*, 1757）和《关于法国大革命的思考》（*Reflections on the French Revolution*, 1790）等。

清清楚楚，运用其天赋对其加以探究，然后不慌不忙地使唤其智力，从容不迫地按照其意向，在不知不觉间把自己变成去芜存菁的行为者，变成化腐朽为神奇的艺术大师"。

但愿我们在这个方面也能更进一步，但愿有更多的美被揭示，对美的享受能够被贮存，以便我们的子孙后代能欣赏我们今天还无法欣赏的美，享受我们今天只能隐约感觉的快乐。

其实即便在今天，连村舍小屋里也几乎不会没有几件或多或少都堪称艺术品的装饰——绘画、照片，或小型雕塑；而我们有理由希望，今天也能给生活以极大欢乐的艺术，将来定能给人们以更多地享受。

第十六章

论 诗

而诗人在此为其艺术辩护

也许并非完全徒劳无益；

让一个民族振奋精神的诗

本身就是一项丰功伟绩。

——丁尼生

据普卢塔克记述，西西里人在叙拉古城下大败雅典人后，释放了那些多少能背诵几行欧里庇得斯诗歌的俘虏。

普卢塔克写道："有些雅典人幸免一死应归功于欧里庇得斯。在所有希腊人中，欧里庇得斯是西西里人最热爱的诗人。那些外乡人一登上他们的岛屿，西西里人就开始从他们手里或口中搜集那位诗人的诗行诗句，并兴高采烈地互相传诵。[①] 相传那次有许多雅典人在返家途中专门去拜望欧里庇得斯，对那位诗人千恩万谢，感谢他那支笔的救命之恩；他们中有些为奴者后来因向主人传授

---

① 在伯罗奔尼撒战争中，雅典军队于公元前415年6月登陆西西里岛，于公元前413年9月全军覆灭，在岛上盘踞了两年有余。

自己记得的那些诗而获得了自由，另一些人战后流浪四方，靠吟唱那位诗人的诗换取食物。"

从救命这个意义上讲，今天我们谁也不可能欠诗歌的债；但在另一层意义上，我们中不少人对诗都欠着类似的恩情。曾记否，当因过度操劳而身心疲乏的时候，当心中感到忧愁或焦虑的时候，我们是怎样一遍遍翻开荷马、贺拉斯、莎士比亚和弥尔顿的诗，又怎样一次次觉得乌云渐渐散开，心情慢慢放松，疲乏的身心重新充满力量，灰暗的生活又变得一片光明。

但据周伊特[①]的英译本，"柏拉图要把诗人驱逐出他的'理想国'，因为那些诗人与感觉结盟，怂恿情感，和真理隔着三层。"[②]

关于这个问题及其他一些问题，少有人会承认柏拉图的"理想国"是一个理想的城邦，而多数人会赞同菲利普·锡德尼爵士在《诗辩》一文末尾说的那段话："如果你不能忍受听天籁般的诗乐……那我必须代表所有诗人送你一个诅咒——你活着时绝不会有人喜欢，因为你心中有爱也写不出一首十四行诗；你死后这个世界会很快把你忘记，因为你没有一段自己的墓志铭。"

人们常把诗歌与绘画和雕塑进行比较。西摩尼得斯很久以前就说过：诗乃可言之画，画乃无言之诗。

库辛则说："诗乃诸艺之首，因为诗最可能描述无限。"

---

① 参见本书第十四章《论爱》相关注释。

② "那些诗人"指荷马及古希腊悲剧诗人，柏拉图借苏格拉底之口为他们列的这些罪状可参见《理想国》卷十。另：朱光潜翻译的《理想国》也参照了周伊特的英译本。

库辛还说："虽然诸门艺术在某些方面都独立于一方，但似乎有一种可从八方受益的艺术，这就是诗。诗可用语言绘画，可用文字雕塑，可像建筑师一样修建高楼大厦，还可在某种程度上让诗歌和音乐融为一体。可以这样说，诗乃各门艺术结合之中心。"

一首真正的诗就是一条画廊。

我想人们必须得承认，对我们从未见过的物体或景象，绘画和雕塑为我们传达的概念比其他任何艺术表达都更为直观，更为生动。但与之相反，对我们已经见过的物体或景象，诗却能为我们呈现许多要点，许多我们在表象或本质上多半都不会自己感知到的要点。画家能够把静态物体刻画得栩栩如生，诗人则可以把动态行为描绘得有声有色，空间是绘画的范畴，时间则是诗歌的领域。[1]

以典型的女性之美为例，任何对女性美的描绘都显得矫揉造作，苍白无力。最杰出的诗人都承认这点，比如司各特想让读者了解《湖上夫人》中少女艾伦的美貌，就没有试图去直接描绘形容，而只是对那位少女的姿态稍加轻描淡写，然后就补充道：

希腊的雕塑大师有精湛的技艺，
能雕出宁芙、娜伊得和格蕾丝，[2]
可他们雕不出这般可爱的脸蛋，

---

① 参阅莱辛《拉奥孔》。——原注

② 在希腊神话中，宁芙（Nymph）是居于山林水泽的小仙女，娜伊得（Naiad）是居于河、湖、泉中的仙女，格蕾丝（Grace）是美乐三女神之一。

也塑造不出这般优美的身姿。[①]

真正的诗人肯定会受到神灵启示，因为他肯定具有一种敏锐的美感，具有比一般人更深的感情，同时又能对自己的感情加以控制。马修·阿诺德说："诗人弥尔顿，用他自己华丽的语言来说，是一位虔诚祈求那种永恒神灵的人，而那种永恒的神灵能为语言增色，可为知识添彩，会从其宝座遣出带着神圣火焰的六翼天使，去点拨并净化其所悦者的嘴唇。"如果从一个角度看，诗让我们认识到不同思想之间有难以估量的差异；那么从另一个角度看，诗又让我们懂得天才与贫富贵贱无关。

> 我想到查特顿，那天才少年，
>
> 那个英年早逝的不眠灵魂；
>
> 我还想到彭斯，欢愉而自得，
>
> 正扶犁驱牛在山坡上耕耘。[②]

有人可能是诗人却不写诗，但只能写平庸之诗者绝不是诗人。正如贺拉斯在其《诗艺》中说：

---

① 引自司各特叙事长诗《湖上夫人》第 1 章第 18 节。

② 语出华兹华斯《决心与自立》（Resolution and Independence, 1802）一诗第 7 节。英国天才诗人查特顿（Thomas Chatterton, 1752—1770）十八岁就在穷愁潦倒中自杀，苏格兰杰出诗人彭斯（Robert Burns, 1759—1796）也在三十七岁就死于贫困交迫。

唯独诗人若只能平庸，

人神和书店都难宽容。

诗要有活力才能长存。柯尔律治曾说："诗来之于脑，人之于心。"弥尔顿则说："要想写出不让自己失望、值得世人赞美的诗篇，那诗人自己就应该是一首真正的诗。"

因为柏拉图说："有人心中根本就没有对缪斯的痴迷，他却来到诗歌殿堂门前，以为自己凭着技艺的帮助就能登堂入室——我得说，这样的人和他的诗都不许入内。"

同二流作家一样，二流诗人也将逐渐被人遗忘；但真诗人写出的诗篇将千古流传。

就像培根所说："难道荷马的诗不是流传了两千多年而连一个音节或字母都没佚失？而在此期间，难道不是有无数宫殿、神庙、城堡和城邦灰飞烟灭？不管是居鲁士、亚历山大或凯撒，还是后来的那些帝王和显贵名流，都不可能留下真正的画像或塑像，因为其原作不可能保存至今，而其复制品又不可能不失真。但是，人类智慧和知识的画像或塑像，却能在书中长存，能免于时间的侵蚀，从而能历久弥新。不过，智慧和知识都不适合被称为画像或塑像，因为智慧和知识会静静地结出种子，并将其撒播于世人心中，在后来的岁月里激发出不知凡几的行为，引发出不可悉数的信念。所以，如果巨舶之发明被认为那么伟大，就因为它能把商品财富从一个地方运送到另一个地方，让最偏远地区的人们也能分享；那么书籍不知比船舶伟大多少倍，因为与船相似，书能跨越浩瀚的时间海洋，让遥远时代的人们能分享智慧、启示和发明创造。"

诗人需要具备许多条件。库辛曾自问自答:"是什么描绘了这首诗的构思?是理智。是什么赋予了这首诗生命和魅力?是爱。是什么引导了理智和爱?是意愿。"人人都有点想象力,但

> 坠入爱河的人和诗人
> 则彻头彻尾是由想象造就。
> ············
>
> 诗人眼睛在神奇的狂热中一闪,
> 便能从地看到天,从天看到地,
> 想象可以由虚变实,从无变有,
> 诗人可以让这些虚无具有形体,
> 可让缥缈虚无之人有可居之所,
> 可让虚无缥缈之物有其名字。[①]

诗乃天赋之果实,但没有辛劳也结不出硕果。托马斯·穆尔是最富想象力的诗人,而他却说自己是一个手脚很慢、干得很辛苦的工匠。

那些最杰出诗人的诗作,都是有史以来人类天才共同创作的那部伟大诗篇的插曲。

据说曾有位著名数学家问弥尔顿,《失乐园》到底证明了什么。毋庸置疑,即便不愿像那位数学家一样公开提问,有些人仍

---

① 语出莎士比亚喜剧《仲夏夜之梦》第5幕第1场第7—8行和第12—17行。

然在心中暗问自己，诗歌是否有任何益处，仿佛令人愉悦本身不是于人有益似的。不过真正的功利主义者就不会有这种疑问，因为最大多数人的最大快乐就是功利主义人生观的准则。

巴泰勒米－圣－伊莱尔[1]曾说："评判天才的作品，我们决不能仅凭作品给予读者的快乐，哪怕让读者快乐是那些天才的主要目标。我们还必须考虑天才们预设并运用的才智。"

要充分享受诗带来的乐趣，我们决不可这样限制自己，而必须上升到一个更高的境界。

"的确，"马修·阿诺德说，"经常读诗，我们脑海中会产生一种对最佳的认识，对真正优秀的判断，会感觉到一种力量，一种快感，而这些应该会决定我们对所读之诗的评判。"

西塞罗在为诗人阿基亚斯[2]辩护时问得好："那么，这个人难道没有权利被我热爱，为我所敬仰吗？没有权利适用我为其辩护而采用的一切法律手段吗？所有最伟大最博学的人类先哲都教导我们，教育、规诫和训练都可在其他每一门学科分支产生卓越。但诗人由自然之手塑成，由精神力量鼓舞，由我们所谓的神灵赋予灵感。所以，我们的恩尼乌斯[3]有权给予诗人们这个神圣的称

---

① 巴泰勒米－圣－伊莱尔（Barthélemy-Saint-Hilaire，1805—1895），法国哲学家、政治家、报人及散文家，其最大贡献是将亚里士多德的著作全部翻译成法文（共 35 卷），另著有《佛陀及其宗教》（Le Bouddha et sa religion，1860）。

② 阿基亚斯（Archias，约公元前 120—？），古希腊诗人，公元前 62 年在罗马被控冒用罗马公民权。西塞罗曾为之辩护并作《为阿基亚斯辩》。

③ 恩尼乌斯（Quintus Ennius，公元前 239—前 169），叙事诗人、剧作家兼讽刺作家，公认为罗马文学之父。

号①，因为可以这样说，诗人是诸神出于其慷慨借给人类的。"

雪莱在其《诗辩》中说："诗可让心灵包容许许多多尚未被理解的思想，从而将心灵唤醒，并使之恢廓。诗可揭开掩住世界之美的那层面纱，从而使平凡之事物看上去仿佛并不平凡。诗可再现其想象的一切，而沐浴其欢乐之光的典型事物从此便会留在那些曾对其有所思考的人们心中，宛若一件件纪念品，其温馨而崇高的含义会自然而然地扩展至与之共存的所有思想和行为之中。"

他接着还说："所有崇高的诗都诗意无限，因为那就像第一枚橡果，其中包含了所有潜在的橡树。包裹物可能会被一层层揭开，可潜藏在最深处的意义之美永远也不会裸露。一首好诗就是一股喷泉，会永远喷出智慧和欢乐之水。"

或者就像诗人雪莱《云雀颂》一诗中的那幅自画像：

高些，飞得再高些，

　　你从大地振翅直上，

宛若一团燃烧的云，

　　飞向那片深邃的碧蓝，

一边唱一边飞翔，一边飞一边歌唱。

犹如一位隐居的诗人，

　　隐在思想的光芒之中，

高唱即兴而作的颂歌，

---

① 柏拉图称诗人为神子和神谕的阐释者。——原注

唱得普天下芸芸大众，

都感觉到不曾感觉到的忧虑和憧憬。

好似一只金色萤火虫，

飞在凝露的山谷之中，

飞在谷底的花间草丛，

但却透过草叶的遮掩

将其梦幻般的荧光向四下里传送。①

我们今天把诗人称为创造者或创作者，因为英语 poet（诗人）
一词来源于古希腊语 ποιητης；而英语 bard（吟游诗人）一词的词
源似乎仍不确定。

希伯来人把他们的诗人称为"先知者"，因为那些诗人不仅比
别人感知得更多更远，而且还帮助别人领悟他们很可能会茫然不知
的事理。而 ἀοιδὸς 这个词在古希腊语中的意思是吟唱诗人或歌手。

诗为我们揭开遮掩世界之美的那层面纱，把想象的光辉光环
投射于我们最熟悉不过的寻常事物。爱诗之人几乎不可能不从大
自然获得极大的欢愉，因为对热爱诗歌的人来说，大自然的一切
都堪称悦目之美，悦耳之乐。

然而，正如锡德尼在其《诗辩》中所说："大自然决不会像诗
人这样把大地装扮得如此多彩，让河水流得这般欢畅，让枝头时

① 这三节诗分别是《云雀颂》（Ode to a Skylark，1820）第 2 节、第 8 节和第
10 节。

时都挂满硕果，让鲜花如此四季飘香；总之，大自然不会像诗人这样想方设法让本已足够可爱的大地变得更加可爱。"

即便身居烟雾弥漫的城市，诗人也会像魔术师一样把我们送到新鲜空气中，送到灿烂阳光下，去听森林低语，树叶窸窣，流水潺潺，去看海水漫过沙滩的波纹，使我们恍若在愉悦的梦中，暂时抛开生活中的苦恼和烦忧。

的确，诗人肯定比一般人具有更高的天赋，拥有更多的学识，不仅洞悉人之天性，而且对大自然也心有灵犀。

克拉布·鲁宾逊[①]告诉我们，曾经有个陌生人到华兹华斯家，要求看看他的书房，女仆对陌生人说："这是我家主人的藏书室，不过他爱在野外读书。"难怪有人说大自然会回报诗人的爱。

> 那诗人的一生也并非虚幻，
>
> 人们并没有误传当他死时，
>
> 无声的自然也为之而哀悼，
>
> 为她的崇拜者举行了葬礼。[②]

斯温伯恩[③]评论过威廉·布莱克，我觉得自己完全同意他的看

---

① 克拉布·鲁宾逊（Henry Crabb Robinson，1775—1867），英国文人，华兹华斯、柯尔律治和兰姆等人的朋友，主要因其日记、阅读书目和书信（1869年结集出版）而为人铭记，其多卷本日记提供了关于早期浪漫主义文学的珍贵资料。

② 语出司各特叙事长诗《最后一个吟游诗人的歌》第5章第1节。"那诗人"指长诗上文（第4章第34—35节）讲述的"那个年轻快乐的歌手"，即古代苏格兰深受大众喜爱的吟游诗人威利（Willie）。

③ 斯温伯恩（Algernon Charles Swinburne，1837—1909），英国诗人，文学评论家。

法，不过我的表达也许会有所不同，他说："无论是天之清朗、叶之清馨、草之清秀、水之清冽，还是鸟兽和孩子们辉煌光亮的生命，可以说都因某种庄严的忠诚和神秘的爱而保持新颖生动，都因艺术家手上和心中的良知和意志而寓意明晰，生机勃勃。春天如此犹火焰般的爆发，草木如此猛烈的反叛，天真的力量和喜悦如此炙热的骚动，这些画面在布莱克之前从不曾出现在任何诗人或画家的笔下；有这般光泽的绿叶、有这般活力的肢体、被点燃的云彩、如此炽热的羊毛，这些在布莱克之前也不曾被人诉之于言辞或图像。"[①]

欣赏诗歌不可匆匆浏览或一目十行，亦不可仅为谈诗或评诗而展开诗卷。读诗需要一种平和的心境。当然，出于自身原因，有人会在焦虑不安或悲愁烦闷时读诗，但这种情况与本文主旨无关。

另外，诗歌这座极其珍贵的宝库向所有人都敞开大门。实际上最好的书售价都很便宜。只消花一杯啤酒或两斗烟草的价钱，人们便可以买到莎士比亚或弥尔顿的诗集；而一个人若用一年的收入买书，那所购之书几乎会多得让他读一辈子。

思及诗歌于人之裨益，我们决不可局限于诗对过去和现在的影响。关于诗之未来，马修·阿诺德自信无人比他更有资格说话。他说："诗之未来可谓无限，因为，如果诗配得上其崇高的天命，那么随着时间的推移，我们这个民族将会在诗中找到一个越来越确定的位置。但对诗歌而言，最重要的是思想，其余便是大

---

① 布莱克（William Blake，1757—1827）不仅是诗人，而且还是画家，他的诗大多配有其亲手绘制的彩色插图。

量的幻觉，大量神圣的幻觉。诗将其情感附着于思想，因为思想乃真实存在。我们今日所持信仰之最强部分就是其无意识的诗意。我们应怀崇尚之心体验诗歌，这种崇尚应该比一直以来习惯性的崇尚更甚。我们应该想到，诗可能有更高的价值、更崇高的使命，比一般人迄今为止赋予它的使命更崇高的使命。”

诗历来被恰当地称为“最快乐最高尚的心灵对最美好最快乐时刻的记录”。诗乃生命之光，是“以其永恒真理表现的生命形象”。诗可让世间最美好的一切永存，“可从我们内心清除那层使我们看不清生命存在之奇迹的薄翳”；“诗乃知识之圆心和圆周”，而诗人则是“映出未来投于今朝之巨大映像的明镜”。[①]

实际上，诗可延长生命，因若把时间看作思想之延续，而非那些分分秒秒，诗就会为我们创造时间。“诗乃一切知识的元气和菁华。”[②]诗既不受时间束缚也不受空间限制，只存在于人们心中。对生命之最高赞誉，莫过于说生命是付诸行为的诗。

[①] 本段引语均出自雪莱《诗辩》。

[②] 语出华兹华斯《〈抒情歌谣集〉1800年版序言》。

第十七章
论音乐

音乐是一种道德法则。它赋予宇宙灵魂，赐予心灵翅翼，使想象能够高飞，让悲伤也具有魅力，令万物拥有欢乐和生机。音乐乃秩序之要素，是世间一切真善美之诱因。音乐无影无形，但仍是一种光彩夺目、充满热情且永远存在的形式。

——柏拉图

从某种意义上说，音乐远比人类古老，那种声音从人类存在之初起就是悦耳音调之源；不过说到乐器，打击乐器很可能最先出现，随之出现的是管乐器，最后才有了弦乐器；具体来说，最先有鼓，其次有笛，最后有琴。但不幸的是，早期音乐的来历笼罩在迷雾之中。文字之使用早在音符发明之前，而关于音乐的传说能告诉我们的也少之又少。

希腊神话中传说的玛耳绪阿斯同阿波罗的那场比赛，被有些人认为是长笛与竖琴一争高下的典型；玛耳绪阿斯代表古老的芦笛，阿波罗则是竖琴之象征。阿波罗当然是获胜一方，而他获胜的法宝就是边弹边唱，就像莫里斯 ① 在诗中所说：

> 较之只用手指拨出的音调，
> 发自人类气息的音乐之声
> 更能直达心底，触及灵魂。

解释音乐起源的传说不一而足。有则希腊神话传说的大意是，在有缪斯女神之前的一个世界，蚱蜢本身也曾是人类，而缪斯出现后蚱蜢欣喜若狂，于是兴高采烈地歌唱，唱得忘了吃喝，最后竟然因热爱歌唱而死去，死后也把世间有人崇敬缪斯的消息带到了天上。

古典作家和注解者告诉我们，有天毕达哥拉斯正在思考要制订某种规则来引导耳朵，就像一直来帮助其他感官的那些规则一样，这时他碰巧经过一家铁匠铺，并注意到四柄铁锤发出的声音非常和谐，他让人称了那四柄铁锤的重量，发现它们的比例是 4∶8∶9∶12。于是他挂起长短粗细相同的四根弦，按上述比例在每根弦末端系上重物，结果发现它们发出的声音与铁锤敲出的声音一样，即四度音程、五度音程、八度音程和最低音程。不管这传说是真是假，但最初的竖琴似乎只有四根琴弦，据说后来泰尔潘德罗斯 ② 为它添了三根，第八根弦是再后来被添上的。

---

① 参见本书第七章《谈游历之乐》相关注释。

② 泰尔潘德罗斯（Terpander，活动时期约公元前 647 年前后），古希腊诗人及音乐家，相传基萨拉琴（kithara，一种希腊七弦琴）即由他发明。另：上文中"竖琴"原文是 lyre（里尔琴，又称小竖琴，也称七弦琴）。

令人遗憾的是，关于古希腊古罗马的音乐，甚至关于早期基督教音乐，我们都缺乏可资考证的材料。据罗博特姆[①]的《音乐史》介绍，古代中国人用文字宫、商、角、徵、羽表示五音，"宫"音为五音之主，五音之君，统领众音，第以及羽；故有"宫为君，商为臣，角为民，徵为事，羽为物；五者不乱，则无怗懘之音矣"之说。古希腊人给每个音符也取了一个名称。所谓的格里高利音符是在那位罗马教皇死后六百年才发明的。瑞士圣加尔修道院藏有一部年代久远的《格里高利圣咏集》，该集大约是在公元780年由一名唱诗班指挥编写，当时他被罗马派到北方的法兰克王国，帮助查理曼大帝改良教仪和圣咏。在那部圣咏集中，音符用"纽玛"[②]表示（我们今天用的音符即由此发展而来），而且起初基本上都排列在一条谱线上[③]，其他谱线是后来逐渐添加。不过我肯定没法详谈这个有趣的话题。

英国人在音乐方面肯定有功于世。据韦克菲尔德[④]考证，甚至早在1185年，圣大卫教堂主教吉拉尔德斯·坎布伦西斯就说过："不列颠人不爱像其他国家的人那样用同度音一起唱歌，而是爱用

---

① 罗博特姆（John Frederick Rowbotham，1859—1925），英国艺术评论家，所著《音乐史》（*A History of Music*）出版于1885年。

② 纽玛（neuma 或 pneum，希腊语意即"呼吸"），音乐术语，中世纪音乐理论家用以说明调式的特点和音域的旋律乐句。

③ 格里高利圣咏的歌词主要来自圣经和诗篇，由于其宗教性质和以便教众唱吟，故旋律音调较平缓，音域常控制在比较狭窄的范围（以级进和三度进行为主，偶尔四、五度上行跳进后又反向缓慢下移）。

④ 韦克菲尔德（Gilbert Wakefield，1756—1801），英国古典学者，圣公会执事。

不同声部。所以当一群歌手聚在一起唱歌时，就会像我们经常在这个国家听到的一样，有多少歌手就会听到多少不同的声部。"

目前所知的最古老的多声部歌曲是一首英国男声四声部歌曲，歌名为《夏天来了》[①]，研究者认为这首歌曲至少创作于1240年以前，其乐谱手稿现存大英博物馆。

亨利八世年代，威尼斯驻英使节在谈及我们英国的教堂音乐时说："唱弥撒曲的是陛下的唱诗班，可他们的声音与其说来自人世，不如说来自天国，因为他们歌唱时不像是一帮凡人，而像是一群天使。"

谈及珀塞尔[②]的圣歌《宽恕我吧，上帝》时，查尔斯·伯尼[③]说："真令人钦佩。甚至在我看来，天下最美的音乐也莫过于这首圣歌开始那段，其中'我要赞美上帝'那一小节和最后那节C大调还原音，无论在旋律、和声还是转调上，都堪称真正的圣乐。"

伯尼博士还说："作为英国人的骄傲，珀塞尔之于音乐，不啻莎士比亚之于戏剧，弥尔顿之于史诗，洛克之于形而上学，牛顿之于哲学和数学。"但遗憾的是，如今人们对珀塞尔的音乐已知之甚少，就像麦克法伦[④]教授所说："这是我们的重大损失。"

---

① 《夏天来了》实为六声部歌曲，四个声部唱旋律，另有两个声部加基础低音。

② 珀塞尔（Henry Purcell，又译普塞尔，1659—1695），十七世纪后期最具独创性、最有才华的英国作曲家。

③ 查尔斯·伯尼（Charles Burney，又译勃尔尼，1726—1814），英国作曲家、音乐史家，著有四卷本《音乐通史》（General History of Music，1776—1789）。

④ 麦克法伦（Sir George Alexander Macfarren，1813—1887），英国作曲家，曾任剑桥大学音乐教授，伦敦皇家音乐学院院长。

一些最优美歌曲的作者，甚至一些相对较近时期的曲作者，都不为我们所知。例如《请用你的秋波为我干杯》这支优美的歌，大家都知道其歌词是本·琼生的《致西丽娅》一诗，而且还知道本·琼生写这首诗借鉴了古希腊诡辩家菲洛斯特拉托斯的一封情书，但到底是何人为此歌作曲，我们却不知晓，而这首歌的曲调一直被认为是所有爱情歌曲中最优美的一曲。

《天佑女王》的曲调至少已被六个国家采用[1]，可作曲者的身份迄今仍不确定，有人认为是约翰·布尔[2]博士，有人则认为是亨利·凯里[3]。人们清楚的只是，此曲第一次公开演唱是在伦敦康希尔街一家酒馆。

据说著名歌曲《死神哟，请摇我入梦乡》的词曲都出自亨利八世第二任王后安妮·博林之手。《留下吧，科里登》和《可爱的采蜜之蜂》则出自"最佳情歌作曲家"约翰·威尔比之手笔。最初于1740年在克利夫顿上演的假面剧《阿尔弗雷德》中出现的歌曲《统治吧，不列颠》之原谱是由托马斯·阿恩作曲。说到阿恩，我们还应该感谢他为《蜜蜂采蜜的地方》重新谱写了曲调[4]。《见风

---

① 《天佑女王》曾被澳大利亚、加拿大、新西兰、牙买加、巴哈马等英联邦成员国作为国歌，列支敦士登国歌《在年轻的莱茵河上》至今还使用《天佑女王》的曲调。

② 约翰·布尔（John Bull，1562—1628），英国作曲家及键盘乐演奏家，在牛津与剑桥两所大学获音乐博士学位，曾任皇家礼拜堂管风琴手，伦敦格雷舍姆学院第一位音乐教授。

③ 亨利·凯里（Henry Carey，1687—1743），英国诗人、戏剧家、音乐家。

④ 《蜜蜂采蜜的地方》是莎士比亚浪漫戏剧《暴风雨》第5幕第1场中爱丽尔唱的一支歌。1740至1746年间，阿恩（Thomas Arne，1710—1778）曾为重新上演的莎士比亚《皆大欢喜》《第十二夜》《威尼斯商人》《暴风雨》等多部剧中的歌曲重新谱写曲调。

使舵的人》用的是当初为人熟知的《乡村花园》的曲调。《请来这金色沙滩》得感谢珀塞尔的曲子，《别再叹息了，姑娘们》之曲调得感谢史蒂文斯，而那首《家，可爱的家》则需感谢亨利·毕晓普为之谱曲。[①]

一般使用小调的民族乐曲听上去都会有一丝忧郁。其实原始部族的乐曲通常也是如此。另外，原始部族的歌谣中似乎没有恋歌。

希罗多德告诉我们，他在埃及期间只听到过一首歌曲，而那是一首忧伤的歌。我自己在埃及也有过同样的经历。某种忧郁倾向似乎真是音乐的固有属性，并非杰西卡[②]一人独有这样的感觉：

> 听见甜美的音乐我从不会快活。

音乐家们的墓志铭有时候很能说明这个问题。比如下面这段：

> 菲利普斯，其旋律能安抚失恋、
> 其和声能驱除罪恶的菲利普斯
> 在此安息，不再为贫穷而忧心，

---

① 《请来这金色沙滩》是莎士比亚《暴风雨》第 1 幕第 2 场中爱丽尔唱的一支歌；《别再叹息了，姑娘们》是莎士比亚《无事生非》第 2 幕第 3 场中阿拉贡亲王的仆人鲍尔萨泽唱的一支歌；《家，可爱的家》是美国剧作家约翰·佩恩（John Howard Payne，1791—1852）的歌剧《米兰少女克拉丽》中的一首歌曲，英国作曲家亨利·罗利·毕晓普（Henry Rowley Bishop，1786—1855）为之谱曲使这首歌广泛流传。

② 杰西卡是莎士比亚《威尼斯商人》中的人物（夏洛克之女），下句引文是该剧第 5 幕第 1 场第 69 行。

在此找到你曾常给予人的平静；

安息吧，在这平静安宁的神殿，

直到天使用你的音符把你唤醒！

珀塞尔之英年早逝乃英国音乐不可挽回的损失，其墓志铭所言也恰如其分——

这里躺着亨利·珀塞尔，他抛下今生，去往天国，

唯有在那受祝福的地方，他的和声才可能被超越。

音乐史中有许多奇闻轶事，从中可知晓一些音乐作品的创作详情。

罗西尼告诉我们，他于《贼鹊》①首演的当天才在斯卡拉歌剧院的阁楼上完成了该剧的序曲乐谱。当时剧团老板把他关在阁楼上，由四名换景师负责看守，而他每写完一页就把乐谱从窗口抛给誊抄员去誊写。据说塔尔蒂尼的《魔鬼的颤音》②是受梦境的启发而写成，而该曲被认为是他最好的作品。谈及其《摩西在埃及》③中那首名为《从你的星椅上》的 G 小调变奏曲时，罗西尼告

---

① 《贼鹊》（*La Gazza Ladra*）是由意大利作曲家罗西尼（Gioacchino Antonio Rossini，1792—1868）谱曲的两幕歌剧，于 1817 年在米兰首演，该剧主要以其序曲而闻名。

② 《魔鬼的颤音》（*Trillo del Diavolo*）是意大利作曲家塔尔蒂尼（Giuseppe Tartini，1692—1770）所作《G 小调小提琴奏鸣曲》的别名。

③ 《摩西在埃及》（*Mosè in Egitto*）是罗西尼谱曲的三幕歌剧，于 1818 年在那不勒斯首演。

诉我们："在谱写那段叠歌时，我突然把本该插入墨水瓶的笔插入了药瓶，结果在乐谱上滴了点污渍；而当我用小沙袋去吸干污渍时，却发现那个污点呈现出一个本位音音符的形状，这立刻就让我想到了从 G 小调变到 G 大调会产生什么效果，而那个污点就是后来的全部效果，如果有效果的话。"当然，这些奇事只会偶然发生。

世间还有其他形式的"音乐"，虽说均未被冠以音乐之名，但却能让人感觉到强烈的愉悦。在猎人耳中，有什么音乐能比猎犬的吠声美妙？人们常说"鸟啼"之音，其实乌鸦的声音并不好听，但却能让人产生愉快的联想。

不过自然界有一种真正的"音乐"——禽鸟之啼鸣啁啾、树叶之窸簌萧瑟、沙滩之水波溅溅，还有风之呼啸和大海的怒号。

古人还有这样一种印象：天体不仅会发光，还会演奏音乐。"宇宙音乐"[①]可谓知者甚众。

> 你所见天体，哪怕最小的星星，
>
> 在运行时也会像天使一样歌吟，
>
> 会永远应和着小天使们的合唱；
>
> 不朽的灵魂中本来就有这和声，
>
> 但自从这身臭皮囊包裹住灵魂
>
> 我们就再也听不见那天籁之音。[②]

---

① 波伊提乌（参见本书第二章《谈履责之乐》题记注释）在早期著作《音乐纲要》（*De institutione musica*）中就把音乐分为宇宙之音乐、人之音乐、乐器之音乐三类。

② 语出莎士比亚《威尼斯商人》第 5 幕第 1 场。

的确，音乐常常会显得似乎并不属于这个物质世界，而像是斯温伯恩①说的那种

> 远离我们的某个世界的一种乐音，
>
> 在那里，音乐、月光和感情合一。

不仅歌曲的旋律中有音乐，而且说话的语调中也有音乐。音乐不仅存在于爱人的声音和友谊的魅力中，而且还存在于所有悦耳的声调中；就像弥尔顿形容的那样：

> 天使已经把话说完，可亚当觉得
>
> 那迷人的声音犹在耳边，他觉得
>
> 那天使还在说话，自己还在聆听。②

值得注意的是，无论是唱歌还是说话，让声音悦耳都无需煞费苦心，因为

> 哪一番肮脏龌龊的辩解
>
> 不可用优雅的声音装饰，
>
> 从而使其邪恶不为人知。③

---

① 参见本书第十六章《论诗》相关注释。

② 引自《失乐园》第8卷第1—3行。

③ 语出莎士比亚《威尼斯商人》第3幕第2场第75—77行。

一般来说，下面这种说法应该不谬——

> 一个人若是自己没有音乐才华，
>
> 对和谐美妙的声音又无动于衷，
>
> 就很容易背信弃义，藏奸耍滑。[①]

但凡事皆有例外，塞缪尔·约翰逊博士就不喜欢音乐。有次听人说某段乐曲很难理解，他对此表示遗憾，说这种事并非不可能发生。

像人们可能期待的那样，诗人们爱用最甜美的诗行来赞美音乐，而且他们的欣赏角度往往与常人不同。

弥尔顿把听音乐视为奢侈的享受——

> 而为了驱散那揪心的忧思，
>
> 请让我听听吕底亚式歌曲[②]，
>
> 歌词要配代代传诵的诗文，
>
> 好让歌声能深深触动灵魂；
>
> 乐句要有抑扬，柔和婉转，
>
> 让串串美妙音符余音不散；
>
> 唯琴技娴熟，舒缓谐灵通，

[①]　语出莎士比亚《威尼斯商人》第5幕第1场第83—85行。

[②]　类似中国古代的"郑声""秦声""楚声"等，古希腊音乐也按流行地区分为四类，其中"吕底亚式"音乐节奏柔缓。

　　　　歌声方能循曲径穿透迷宫，

　　　　解开束缚心灵的全部枷锁，

　　　　让幽闭的灵魂闻和谐音乐。①

　有时候音乐被视为一种诱惑，如斯宾塞笔下菲德丽娅②的歌
声——

　　　　她的歌声比任何鸟的啁啾动听，

　　　　而她也时常在枝头众鸟中藏身，

　　　　亮开她的歌喉把森林音乐传送，

　　　　因为她的确有勾魂摄魄的嗓音。③

　或像柯珀那样把音乐视为欣然陶然之要素——

　　　　灵魂对悦耳之声有种天然应合，

　　　　每当雄壮、轻快或庄严的曲调

　　　　让大脑凝神倾听，让耳朵快活，

　　　　某种和声便与我们之所闻唱和，

　　　　于是我们感动，心儿荡起欢波。

---

　①　引自弥尔顿《快乐的人》（L'Allegro，1645）第135—144 行。

　②　菲德丽娅（Phaedria）是斯宾塞在长诗《仙国女王》（*Faerie Queene*）第 2
卷第 6 章中虚构的一个妖艳女郎，在诗中被称为"空闲湖夫人"（the Lady of the Idle
Lake），象征轻浮作乐。

　③　引自《仙国女王》第 2 卷第 6 章第 25 节。

那些乡间教堂钟声是多么柔和，

那音乐声此起彼伏，抑扬顿挫，

钟声的音乐听上去是那么悦耳，

忽而渐渐消失，忽而隐约可闻，

忽而又清晰洪亮，像阵风吹过。[①]

或像塞缪尔·罗杰斯[②]那样认为音乐能拨动人的心弦——

音乐之灵魂在躯壳中沉睡，

直到主人用咒语将其唤醒；

敏感之心，只需轻轻拨动，

便会泻出无数新颖的妙音。

或像雪莱那样将其视为一种教育——

我已经把书和乐谱送往那座小岛，

连同所有高雅之士都喜欢的乐器，

他们会从这些音乐之源呼唤未来，

从坟墓中召回过去，从而使现在

存于会沉睡但不会消亡的乐思中，

---

① 引自柯珀长诗《任务》（*The Task*）第 6 章《冬日午时漫步》（The Winter Walk at Noon）第 1—10 行。

② 塞缪尔·罗杰斯（Samuel Rogers，1763—1855），英国诗人，出版有诗集《回忆的乐趣》（*The Pleasures of Memory*，1792）。

让思想和欢乐交叠于自身之永恒。①

或像德莱顿那样认为音乐有助于信仰——

仿佛因神圣乐曲的力量
宇宙间众天体开始移动，
朝着所有受祝福的灵魂
齐声歌唱把造物主赞颂，

于是当可怕的末日来临，
这场虚幻盛会将被吞噬，
那时天上的喇叭会吹响，
死者会复活，生者会死，
音乐将使宇宙重归混沌。②

或者像这样的信仰——

听！听音乐如何飘下，如何消散，
宛若黄昏时远方钟声飘散在湖面。
万籁俱寂中，它听上去越发清晰，

---

① 引自雪莱《灵之灵》第22节（Epipsychidion, xxii, 1821）第8—13行。
② 引自德莱顿《为一六八七年圣塞西莉亚日而歌》（Song for Saint Cecilia's Day, 1687）曲末"合唱"（第55—63行）。

就像唱诗班在把挽歌合唱曲练习，

众声融合，每个渐渐消沉的音调

都像退潮浪声在教堂屋顶上回响。

啊！我陶然于空中，灵魂在飞翔，

飞越过天宇，把星星都抛在身后，

瞧！众天使引领我到幸福的彼岸，

缥缈的柔风中荡漾着如潮的欢歌。

别了，俗世！我的灵魂已获自由。①

用诗歌描写音乐对人类感情的影响，写得最妙的莫过于德莱顿那首《亚历山大的宴会》，不过该诗所描写的特定事件使之未能涉及音乐在其最崇高方面的影响。②

诗人们总爱把一种甚至超越自然之力的力量归因于音乐——而有谁会想去否认这点呢？——莎士比亚就说流星划过天际是因为音乐的吸引：

歌声让汹涌的大海也变得平和，

有些星星狂热地脱离了轨道

来听那位鱼美人唱歌。③

---

① 引文出处不详。

② 此诗全名为《〈亚历山大的宴会〉，或〈音乐的力量〉》（Alexander's Feast; or, the Power of Music）。原诗尚有一副标题：《为庆祝一六九七年圣塞西莉亚日而歌》（A Song in Honour of St. Cecilia's day，1697）。该诗描写一个音乐大师在亚历山大大帝的宴会上演奏所产生的奇异效果。

③ 引自莎士比亚《仲夏夜之梦》第2幕第1场第152—154行。

作家们也因从音乐获得灵感而文思飞扬。柏拉图说:"音乐是一种道德法则。它赋予宇宙灵魂,赐予心灵翅翼,使想象能够高飞,让悲伤也具有魅力,令万物拥有欢乐和生机。音乐乃秩序之要素,是世间一切真善美之诱因。音乐无影无形,但仍是一种光彩夺目、充满热情且永远存在的形式。"马丁·路德说:"音乐是上天赐予我们的一件美妙的礼物,我无论如何也不会放弃我该享有的那一小份。"阿莱维[①]说:"音乐是上帝送给世人的一门艺术,有了音乐,操不同语言的民族可用同一种和谐的节奏祈祷。"而卡莱尔则说:"音乐是一种难以言喻、深不可测的语言,可引领我们到苍穹之边际,让我们朝天外窥上一眼。"

纽曼[②]曾说:"音阶中只有七个音,可即便翻上一番,对于如此浩大的音乐工程,这点材料也少得可怜!哪门科学能以如此之少创造如此之多?哪位大师能用这么一丁点元素在自己的领域创造新的世界?我们难道能说这非凡的创造纯然是一种智巧或戏法,像时下流行的某种游戏一样并不真实,毫无意义?⋯⋯音符编排之万千变化,旋律演绎之无穷无尽,如此丰富又如此简单,如此复杂又如此规范,如此纷繁又如此庄重,这一切难道可能只是一种声音,一种会飘荡然后会消逝的声音?心灵莫可名状的骚动,心底涌起的强烈感情,我们不知为何物的新奇向往,我们不知从何而来的敬畏感和虔敬心,这一切难道可能是由自来自去、自始

[①] 阿莱维(Jacques François Halévy,1799—1862),法国籍犹太作曲家,曾任巴黎音乐学院教授。

[②] 参见本书第二章《谈履责之乐》相关注释。

自终的虚幻缥缈在我们心中造成？事实并非如此，也不可能如此。因为这些音符是从上界逃逸而出，是以创造之音为媒介的永恒和谐之洋溢，是从我们的'家园'传来的回声，是天使的吟唱，或圣人的颂歌，是上界的生存法则，或者说是神的属性；这种属性是我们凡夫俗子既不能理解也不能发出的狂喜极乐之声，不过有些凡人，少数在其他方面也许并不比其同类杰出的凡人，具有诱发这种声音的天赋。"

让我也抄录一段德国科学家亥姆霍兹的话，这位现代科学最深刻的阐释者在其《论音调的感觉》一书中说："就像在波涛汹涌的大海中，这种不断重复但又永远在变化的律动会吸引我们，催促我们。不过在大海中，使波涛涌动的是无法控制的自然力量，所以留在观涛者心目中的最后印象不过是孤独——而在音乐作品中，这种律动追随着艺术家心中溢出的感情，忽而舒缓，忽而轻快，忽而雄浑，忽而激越，或者说随时都在奋力抗衡激情之自然表达；这种流淌的乐声朴实无华又生机勃勃，把艺术家无意间从自己内心偷听到的无法想象的心境送进聆听者心中，最后使其升华至并憩息于那种永恒之美，那种上帝只允许其少数宠儿有资格传递的永恒之美。"

诗与音乐之结合即为歌。从遥远的年代开始，歌就一直是劳作的亲密伙伴，河上船工有粗犷的号子，山上牧童有悠扬的牧歌，挤奶姑娘爱哼哼小曲，耕耘农夫会唱唱民谣。各行各业，三教九流，生命的每个阶段，生活的每个范畴，自古以来都有其独特的音乐。去婚礼的新娘、赶班点的劳工，甚至连垂暮老者，每个人都有与其相称的古老音乐。

音乐一直被恰如其分地形容为同情心之源泉、宗教信仰的侍女，而正如查理六世①对法里内利②所说的那样，音乐的目的不单要悦人之耳，而且还要动人之心，如若不然，其作用就不会得到充分发挥。

有许多人认为我们现在的生活平淡无味，唯利是图。我非常怀疑这是否属实，但假若情况果真如此，那我们就更有必要求助于音乐。

虽然音乐已经为人类带来了许多欢乐和安慰，但我们仍可期待将来会从音乐中获得更多。

况且，欣赏音乐是一种人人都能享受的乐趣。欣赏科学或绘画艺术需要一定的训练，而毫无疑问，受过训练的耳朵也会越来越多地欣赏到音乐之美。尽管有个别人，甚至有个别民族，几乎不喜欢任何音乐也过得很快活，但那毕竟是少之又少的例外。

再则，欣赏音乐并不需要任何太多的花费，即便是在今天，音乐也并非只是富人的奢侈品。所以我们可以期望，随着时间的推移，音乐会给予穷人越来越多的快乐和安慰。

---

① 指神圣罗马帝国皇帝查理六世（Charles Ⅵ，在位期 1711—1740）。
② 法里内利（Farinelli，1705—1782），意大利著名歌唱家。

第十八章
论自然之美

与大地交谈，大地会给予你教诲。

——《旧约·约伯记》

这就是我们的生活，虽远离尘嚣，

但可以听树木说话，陪溪流念书，

听顽石论道，在万物中找到善益。

——莎士比亚

《旧约·创世记》第一章告诉我们，在第六天结束的时候，"上帝见他所造的一切都甚好，的确，一切都甚好。"注意不仅仅是"好"，而是"甚好"。然而，世间有几多人真正欣赏我们生活于其中的这个美丽世界！

在前面某些章里，我附带谈及过自然之美，但只是一笔带过；而要想描绘生活之幸福，不管这种幸福有多不完美，我们都必须专门说说这个美丽世界本身，古希腊人恰好把世界称作 χόσμος，意思就是"美"。

哈默顿①在他那部迷人的《风景画印象》中说："我相信，任何描绘都不可能让我们对四种新体验有充分的心理准备。这四种体验是：第一次看见大海，第一次穿越沙漠，目睹流动的岩浆，双脚漫步于冰川之上。在这四种经历中，我们都会觉得眼前的奇异景象纯属自然，与我们熟悉的英格兰荒野一样自然，但同时又会觉得异乎寻常，恍若自己正置身于另一个星球。"不过我认为，与那些完全无法用语言形容的景致相比，更容易介绍的是一些用语言描述就可以使其大致符合人们心理期待的自然奇观。

然而，我们中有许多人像幻影一般穿行于这个世界，仿佛置身其中，又好像超然物外。我们往往会"有眼不看，有耳不闻"②。其实观看比视而不见更不容易，而能够看清自己之所看，这可是一种非凡的才能。罗斯金就坚持认为："一个人在世间最了不起的作为就是看见了一点什么，并用简洁的语言将其所见讲述清楚。"我并不认为罗斯金的视力比我们的更好，但他那双眼睛看见的不知比我们之所见多出多少！

要想看见点什么，首先就必须得看。爱默生在其《论自然》中说："在善于观察的眼睛中，一年中每个时辰都自有其美；哪怕是看同一片田野，每个时辰都可以看到一种此前不曾见过、今后也不会再现的景色。天光每时每刻都在变化，地上万物也会随之而变得或灿烂或阴郁。"

热爱自然乃人之天性，如果这种热爱遭到压抑，性格就几乎

---

① 参见本书第十三章《论健康》相关注释。
② 语出《旧约·耶利米书》第5章第21节。

不可能不受到影响。当然，我不会说不爱自然者就必定是坏人，热爱自然者就必定是好人，不过对大多数人来说，自然之美都大有裨益。如科布①小姐所说，许多人都通过一扇名为"美"的大门而进入圣殿。

世上肯定有这样一些人，他们看不见旭日东升之辉煌或落日余晖之灿烂，看不见有时风平浪静有时波涛汹涌的浩瀚大海之壮丽，看不见被暴风掀起林涛或荡漾着百鸟啼鸣的森林，也看不见茫茫冰川，巍巍山脉——总之，这些宏伟壮阔的景观肯定不可能打动他们，就像詹姆斯·贝蒂②所说："天地之辉煌可以日复一日地流逝，有些心灵却不会因之而被触动，有些思想也不会因之而得到升华。"

这样的人当然非常可怜。但幸亏这种人只是例外。如果说现在还不是所有人都能充分欣赏自然之美，我们也正在开始越来越多地获取这种享受。

对大多数英国人来说，初夏有一种独特的魅力。生活在初夏本身就是奢侈。空气中充满了香味、声音和阳光，处处可闻林鸟啾啾，草虫唧唧；草地上开满了毛茛小黄花，仿佛你可以看到青草在长高，花蕾在绽放；蜜蜂欢快地嗡嗡飞舞，空气中弥漫着各种香味，其中最好闻的也许就是新割牧草的芳香。

---

① 指弗朗西丝·科布（Frances Power Cobbe，1822—1904），英国伦理学家、慈善家及作家，维多利亚时代的著名人物，著有《直觉伦理学理论》（*The Theory of Intuitive Morals*，1855—1857）和《伦理学中的进化论》（*Darwinism in Morals*，1871）等。

② 参见本书第十五章《论绘画艺术》相关注释。

对乡间夏日欢乐美丽的景象，也许从不曾有人比杰弗里斯[①]在其《夏日盛会》中描绘得更为真实，因此也更为美丽。他如此写道："我信步徜徉，在深深的草丛间，在繁茂的枝叶间，在空气传来的鸟鸣声中。我觉得自己仿佛能感觉到所有生机勃勃的生命，所有由阳光赐予、南风唤醒的生命。望不到边的青草，看不到头的绿叶，橡树展枝的巨大力量，燕雀和乌鸫真正的欢乐，都让我略有所悟……虽然鸟鸣叶舞属于其自身，但乌鸫悦耳的音调中有我的一个音符，树影婆娑的迷宫中有我的一点疑惑；千姿百态的鲜花已接受过黎明的亲吻。与自然万物产生同感，我至少会感到其生命之充实。但我永远也感受不够，因为我置身于其间的时间永远都不够……心灵陶醉于美的时光是我们真正生活的时光，所以在自然之美中待的时间越久，我们从悠悠岁月中攫取的时光就越多……这些才是未被虚度的最好时光，是让心灵充溢美、让灵魂陶醉的时光。这才是真正的生活，其余的时候都是虚幻，或者说只是在忍受生活。美丽、平静，而无精神上的担忧，这就是大自然的完美。纵然没法获得这种完美，我至少也可以对其有所期冀。"

写了这么多，我还未能涉及时令之对比、四季之变化，其实每个季节都有其独有的魅力和趣味，就像丁尼生在诗中所说：

年份的四个女儿

会在光明中起舞，在黑暗中消逝。

---

① 杰弗里斯（Richard J. Jefferies，1848—1887），英国小说家及散文家，其传世之作《我心之述》（*The Story of My Heart*，1883）描写了他对自然万物的心醉神迷，表达了他欲与"实实在在的宇宙"和谐共处的愿望。

我们的同胞爱从狩猎捕鱼中获取乐趣，这样既可呼吸新鲜空气，又可锻炼体魄，同时还可能观赏各种各样美丽的景致。但也许不久后人们就会意识到，即便只考虑人类自身，猎杀动物也不是从动物身上获取乐趣的最佳方式。试想人类如果能善待其他动物，使它们能大胆接近人类，让我们能持续观察其可爱的模样形态，那么每次乡野远足将会增添多少乐趣！动物的起源、历史、组织、习性、感官、智力，都会为我们提供无穷的趣味和惊叹。

生命之丰富多样真令人惊叹。任何人只需在草地上静静坐上一会儿，稍稍观察一下，就肯定会惊于生物的数量之多、种类之繁，而每一种生物都有自己特殊的来历，都会提出无数令人颇感兴趣的问题。

坎普滕的托马斯说："若是你心地善良，那任何生灵对你而言都是一面生命之镜，一本圣律之书。"

博物学研究有个特别的好处，就是会把我们引到乡村和野外。

不过城市也同样美丽。城市有浓浓的人情味，会引起人们对历史的遐想。

华兹华斯可谓酷爱大自然，可难道他没用每个伦敦人都会感激的诗行告诉我们，他不知自然界还有什么美丽与宁静堪与伦敦的黎明媲美？

> 世界没法展露更美的容颜：
>
> 谁若是看不见这壮丽美景，
>
> 那他的灵魂定是呆滞愚钝；
>
> 城市此刻披着美丽的晨衫，

披晨衫的城市质朴而恬然，

　　船舶、剧院、教堂、圆顶，

　　袒卧在大地，衬映着苍昊，

在明净的空气中辉煌灿烂。

朝阳从未曾这般美妙无比，

　　照耀着溪谷、岩石和山丘；

我未曾感受过如此的静寂！

河水正随心所欲缓慢而流：

　　我的主啊！万家都在安息，

　　那巨大的心脏也睡梦未休！　①

弥尔顿也在诗中这样赞美伦敦：

普天之下最幸福最快乐的地方，

我们没见过的美丽都在你怀中。

　　我们的城市街道的确是一道道美景，但在城里待上一段时间后，人们便会觉得对乡野有一种渴望。

那山谷之中最卑微的小花，

---

① 引文是华兹华斯最著名的一首十四行诗《写于威斯敏斯特桥上》（Upon Westminster Bridge，1802）。

　　　　阵风发出的最简单的音符，

　　　　寻常的阳光、空气和蓝天，

　　　　对他来说都是敞开的乐园。[①]

　　格雷在此恰如其分地把花放在首位，因为无论我们身居哪座城市，只要一想到乡村，最先浮现在脑际的似乎就是花。

　　罗斯金就说："花之存在似乎是为了抚慰芸芸众生。孩子们爱花是因其温和、娇嫩、自得其所；普通人爱花喜欢看着花生长；有钱而任性的人则喜欢采集的花束。花是乡间农舍的艺术珍品，而在拥挤的城市里，在那些希冀安宁的工匠人家窗台上，点点小花则像彩虹的点点碎片。"不过在我看来，至少那些挤在街边的花，甚至生长在园林式花园里的花，似乎都一直在渴望生活在自由的树林和原野，都渴望在那里随心所欲地生长。

　　几乎在任何季节，在任何地方，人们都能看到鲜花。春天夏天秋天自不待言，即便在严冬季节，也能随处看到花的踪影。它们绽放在田野里，绽放在森林中，绽放在树篱旁，绽放在海边，绽放在湖畔，甚至绽放在峰顶终年积雪的山坡上。

　　花卉真是种类繁多，千姿百态。

　　　　水仙花，那不待燕子归来就敢绽开、

　　　　就敢用其美艳撩拨三月风的水仙花；

---

　　① 引自托马斯·格雷《人生沉浮中的欢乐颂》（Ode on the Pleasure Arising from Vicissitude，1754）一诗末节。

紫罗兰，色泽暗淡却美过天后眉眼、

比维纳斯的呼吸更加芳香的紫罗兰；

樱草花，其面色苍白、命薄如红颜、

强烈阳光对她就像少女易患的疾病、

等不及阿波罗亲吻就枯萎的樱草花；

还有牛唇花、贝母花和各种百合花，

美丽的鸢尾花也是其中之一。①

　　鲜花不仅爽心悦目，而且还充满了神秘感和暗示，一朵朵娇花宛如一个个被施了魔法的公主，等待着某位王子去营救。华兹华斯就曾这样形容：

最贱的小花飘落时也能勾我思绪——

时常深邃得令我无泪以对的思绪。②

　　花之缤纷色彩，万千形态，都自有其效用，自有其意义。

　　不过，花虽可爱，但更能为自然之美添彩的却是绿叶。我们北纬地区的树木很少会开出硕大的花；当然也有一些显著的例外，比如七叶树，但即便有此类开花乔木，其花期也只有短短几天，而树叶则可以繁茂数月。

---

　　①　语出莎士比亚《冬天的故事》第 4 幕第 4 场（河滨版第 118—127 行，皇家版第 136—145 行）。

　　②　引自华兹华斯《永生颂——童年忆事抒怀》（Ode on Intimations of Immortality from Recollections of Early Childhood, 1807）最末两行（第 202—203 行）。

的确，每棵树本身都是一幅图画：树皮粗糙、枝节多瘤的橡树，我们皇家海军的象征和精神源泉，因对德鲁伊特教团的记忆而神圣①，此树可谓力量之典范，堪称不列颠百树之王；栗树树干高大，树形美丽，尖长的叶片翠绿而有光泽，栗子可食且可口，木质异常坚硬，我们威斯敏斯特教堂宏大拱顶之历史悠久主要就归功于栗树的坚韧。

桦树堪称树中女王，其羽状叶片春天刚冒出时几乎很难看见，但到秋天却满树金黄，下垂的枝条略呈紫色，银色的树干上布满黑白相间的斑纹。

榆树树冠绿荫浓密，到秋天则会变成美丽的金色；而黑杨一般比森林中其他树都高，其枝叶朝天竖立，风一吹过就瑟瑟战栗，沙沙作响。

山毛榉以其春天嫩绿、夏季墨绿、秋日则金灿灿或黄澄澄的树叶为大地平添生机，其优雅的灰色树干把树叶的色彩衬托得更加明丽；另外，山毛榉树叶之繁茂，不仅在秋日里也足以包裹住树干，还有足够的落叶覆盖树下的草地。

如果说山毛榉之美多得益于它优雅的灰色树干，那么与其绿叶形成对照的欧洲赤松暗红色树干则显得更美，因为其树干袒露挺立，而不是被其树叶掩映。常绿的冷杉犹如一座座绿色尖塔，可为冬日的森林保留一丝暖意。

我当然不会忽视那些矮小一点的草木：紫杉四季常绿，枝叶

---

① 德鲁伊特教团（the Druids），指古代凯尔特人中一批有学问的人（祭司、教师和法官等），史料中多有他们来往于橡树林的记载。

葳蕤；野生荚蒾在秋季会用其半透明的红色浆果和斑斓的叶片把树林映亮；还有泻根藤、石楠丛、葡萄叶铁线莲，以及其他许多草木，这些植物也许更为平凡，但一草一木都自有其独特的美丽和优雅，所以置身于森林中，我们都会感到心中充满了喜悦和感激之情，仿佛森林中充满了音乐——就像丁尼生在诗中所说：

> 森林就这样被歌声充满，
> 似乎已容不下任何邪念。

从总体上看，冬日森林因树叶稀少而褪去了几分美色，但树叶浓密时看不见的枝条却袒露出来，而枝条之纵横交错也别具一番精致之美，尤其是随处可见枝条上凝着白银般的冰霜或白雪，恍若森林被某种魔法映亮，正准备迎接一场仙女们的喜庆。

我也有杰弗里斯在《夏日盛会》中那种感觉："无论是白天还是夜晚，不管是夏天还是冬日，只要置身林间，心就会感觉到浩茫天宇所象征的生命之深邃。只有在理想而纯洁的美中才能找到的心之宁静此时会降临，因为此时你似乎可以思接千载，神通万里。"

就总体印象而论，热带地区的雨林肯定与我们北纬地区的森林大不相同。金斯利将其描述为令人感到无助、困惑、敬畏，甚至几乎恐惧的森林。那些树的树干又高又直，直冲云霄而不横生枝节，所以雨林给人的第一印象是林间空地似乎相当宽阔。例如在巴西雨林中，树木都拼命往上长，树冠在大约三四十米的高处形成一个密不透风的天篷。实际上在那儿，才是雨林真实生活之所在。似乎所有动植物都朝着阳光向上攀援。四足动物往上爬，各种禽鸟往上飞，爬行动物往上蹿，而攀援植物的种类之多则远远超出了我们的想象。

许多未开化部族把树奉若神明，而我倒真这么认为，若有朝一日我独自在森林，某棵树突然开口对我说话，我的第一反应不会是惊讶，而会是喜悦和饶有兴趣。即使在白天，森林也总会给人一种神秘的感觉，到了夜晚则更是如此。

水与树木好像有着必然的联系。没有水风景就不完美，我们头顶的云霞也让天空更加美丽。清泉、小溪、河流、湖泊，似乎给了大自然生机，而我们的祖先也的确把水视为生命之存在。水美，美在清晨的薄雾间，美在浩渺的湖泊里，美在蜿蜒的河川上，美在辽阔的大海中；水有不同形态，而千姿万态都呈现着美。水滋润树木花草，为低地披上绿装，为高山铺上白雪。水可以雕刻巉岩，掘凿谷壑，不过英格兰更坚硬的悬崖峭壁是由远古时代的冰凿凿就。

水能让大地焕发生机，同样也能使人恢复精神。长时间劳作之后，能坐在河边、湖畔或海滨，像特伦奇诗中说的那样"让涛声在耳边呢哝，任细浪在脚下嬉戏"，那该是多么惬意的享受。

英国人都喜欢看见大海，都觉得海洋是我们的第二家园。大海似乎使空气格外清新，所以海风就像谚语所说是一种补品，会让热血在我们体内奔涌。与天空相比，大海更能让人感觉到自由和高贵。人们爱传说一位从曼彻斯特被带到海边的可怜女人如何表达她第一次看见大海时的欢欣，而能有几分那样的欢欣，对我们每个人来说都可谓足矣。海边永远都趣味无穷。当我们对着断崖横切面发思古之幽情时，富于海生动植物的海岸却自顾自地在等待着潮水归来，或者说被更深的海水从更远的海域抛向岸边。听着海鸟奇异的叫声，我们会产生一种愉快的感觉，觉得自己的每次呼吸都在贮存新的活力、健康和能量。我们对大海欠下的债，怎么高估都不会过分。

　　而且大海总是变幻莫测。今年我和家人曾去多塞特郡海滨小城莱姆里吉斯度假。在此就让我试着描述我们在一天之内从住所窗口所看到的变化。我们的起居室朝向一小块草坪，草坪尽头陡然向大海倾斜，越过约两英里宽的海面就是多塞特郡山峦起伏的海岸——金冠海岸，我们能望见明晃晃的黄沙冠顶和布莱克温那线深蓝色的青垩悬崖。当我一大早下楼时，太阳正从对岸冉冉升起，阳光越过海面射进房间，形成一条林荫道般的光柱；渐渐地，随着太阳升高，整个海面被镀上了一层金色，山峦则笼罩在紫罗兰色的薄雾之中。到早餐的时候，金色和紫色都已消褪，此时海面像一条银带在灰蒙蒙的两岸穿行；天空碧蓝，点缀着几团羊毛似的白云；对岸较平缓的山坡上，开始慢慢显露出田野、树林、采石场，连岩石的层理也依稀可辨，不过那些悬崖依然朦朦胧胧，更远处那些岬角还只是一串幻影，向远方望去，幻影一个比一个更缥缈。随着上午时分的推移，大海变成了蓝色，对岸黑乎乎的森林、绿茵茵的草地和金灿灿的麦田都越发清晰，悬崖的细部渐渐能看清，扬着黑帆的渔船也开始出现。

　　太阳渐渐升得更高，对岸悬崖脚下露出了一线黄色的海岸，而此时大海也变了颜色，呈现出其本来的色彩，较浅的海域呈蓝绿相间但几乎更像绿色的土耳其玉色，较深的海域则是紫蓝色。

这番景象没持续多久，一场暴风雨随即袭来。风在头顶上呼啸，雨拍打着树叶，对面的海岸看上去在收缩，仿佛想逃离这场风雨。此时大海变得阴沉而粗野，海面上涌起阵阵白浪。

但风暴很快结束。云散雨停，太阳再次露面，对岸的山坡也重新映入眼帘，这时山坡不仅被分成了田野和树林，而且还分成了阳光地带和阴影地带。天空格外明朗，当太阳开始偏西时，大海呈现出一片清澈而均匀的碧蓝，但随之近处又变成了淡蓝色，远方则变成了深紫色；而当天上的云团又开始积聚时，海水又变成了遍布岛屿的那种海面的色彩，浅水处呈蔚蓝，深水处呈靛蓝。随着太阳继续西移，对岸的山色又有了变化，看上去几乎不再是原来那片土地。先前阳光灿烂的地方成了阴影地带，先前的阴影地带此时却沐浴着阳光。海水又变成了一片均匀的碧蓝，只是有些地方因阵风吹过而波光粼粼。日近黄昏，夕阳西沉，大海的颜色变得黯淡，这时沐浴着余晖的悬崖失去了原有的深蓝色，有些地方看上去几乎与白垩崖壁一样白，而当日落的时候，悬崖又被一片金光映亮了片刻，与此同时，大海变成了一片浅灰色。很快，对岸的山峦也变得黯淡，金冠海岸的黄沙冠顶勇敢地坚持到最后，但暮色终于笼罩了悬崖、树林、麦田和草地。

这些变化还只是一天当中的一部分，而且是很小的一部分。几乎没有任何两天的景象会完全相同。有时候海上的大雾会笼罩一切。今天风平浪静的大海到明天也许就会波涛汹涌，而实实在在的莱姆湾即可证明大海的狂暴。

夜晚也和白天一样变化无常。有时会被漆黑的天蓬包裹，有时会被满天繁星辉映，有时则沐浴在皎洁的月光之中，而连续两晚挥洒的月色也绝不会雷同。

湖泊虽不比大海壮观，但在某些方面却比大海美丽。海边相对说来树木都很稀少，而湖畔则往往被茂密的植被覆盖，蓊郁的树林有时会延伸至水边，甚至会有枝叶垂悬于水面。湖上通常还点缀有草木葱茏的岛屿，有些湖岸镶饰着绿茵茵的草地，有些湖面则被从深水耸出的巉岩峭壁环绕，明净的湖面时常会荡起图案精致的涟漪，有时则平静如镜，把湖边的美丽风景倒映在湖中。

我们还应该把彩虹这种奇观归功于水。"上帝的云中之虹"的确是上天的信使 ①，它与世间万物都迥然不同，看上去几乎不属于这个世界。

许多东西都是被涂染上颜色，但彩虹本身似乎就是色彩，就像汤姆逊 ② 诗中所描绘：

> 首先是红，燃烧之红，
>
> 赤艳艳的红，其次是粲粲橙色，
>
> 随之是怡人的柠檬黄，
>
> 紧靠着柔和而清新的翠绿；
>
> 然后是蓝，让秋日天空

① 此说源于《圣经》。《旧约·创世记》第 9 章第 8—14 云："上帝晓谕挪亚父子说：'我与你们及你们的后代立约……我置彩虹于云中，作为我与地上众生立约的标记。我让云遮大地时，必有彩虹显现在云中。'"

② 詹姆斯·汤姆逊（James Thomson，1700—1748），生于苏格兰的英国诗人，其代表作有长诗《四季》（*The Seasons*，1730）和《自由》（*Liberty*，1736）。

天高云淡的蔚蓝；再然后

色调变深，深沉的靛青

宛若带霜垂下的夜幕的裙边；

而折射光彩最微弱的一线

消失在越来越暗的紫色之中。

我以为，对色彩这种上天的恩惠，世人尚未充分意识到其玄妙。有可能，甚至是很有可能，光之所以能让我们看见物体，仅仅是因为光能使物体呈现明暗和形状。至于我们如何感知到颜色，这实在令人非常难以理解，可我们一旦说到美，自然而然地就会想到色彩鲜艳或明丽的鸟雀、蝴蝶、鲜花、贝壳、宝石、蓝天，以及天上的彩虹。

我们的大脑也许就是这样被构造。我们可以有能力去理解最崇高的真理，但若非头上有个小小的听觉器官，声音的世界就可能与我们绝缘，我们就可能听不见自然之天籁、音乐之美妙和朋友的谈话，就可能陷入永恒的沉寂；同样，若稍稍改一下我们的视网膜，动一动这比纸还薄、比指甲还小的视网膜，我们就可能看不见这个世界壮丽的奇观，看不见千姿百态的形状，看不见辉煌鲜亮的色彩，看不见森罗万象的风景，看不见森林与原野，看不见湖泊与丘阜，看不见大海与高山，也看不见白天黑夜都同样辉煌的天空。

罗斯金曾说："山似乎是刻意为人类而造。作为人类的学校和教堂，山为学者准备了宝贵的彩色手稿，为工匠准备了简单的野外作业，为思想家准备了幽静的隐居所，为崇拜者准备了庄严的圣殿。这些自然中的大教堂，有巉岩筑大门，有云霞铺过道，有溪流顽石组成的唱诗班，有皑皑白雪垒起的祭坛，还有满天繁星装饰的华丽穹顶。"

所有这些美——鲜花、草木、河流、山脉、城邑——都包含在丁尼生长诗《俄诺涅》开篇对伊达山间幽谷的精致描述中。

> 在伊达山脉中有一条深谷，
>
> 比爱奥尼亚所有山谷都美，
>
> 谷间云烟袅袅，霞雾依依，
>
> 在松林间舒臂，缭绕萦回，
>
> 逶迤而下；在幽谷之两壁
>
> 满眼茵茵绿草，奇花异卉，
>
> 谷底有细长清溪奔腾流淌，
>
> 越过一道道瀑布流向海洋。
>
> 在山谷后面，伽甘汝斯峰①
>
> 巍然屹立迎接每一轮朝阳，
>
> 谷口豁然洞开，举目遥望，
>
> 可见特洛伊和伊利昂城邑，
>
> 特洛阿斯这片土地的荣光。

当我们抬头仰望时，有谁不曾偶尔感觉到"柔和蓝天的魔

———————————

① 伽甘汝斯峰（Mount Gargarus）是伊达山脉（Ida Mountains，土耳其西北部埃德雷米特湾北岸一山脉）之主峰，最高海拔 1757 米。

力"①？有谁不曾见一片云扶摇而上，仿佛是要飘向天国？或者像雪莱那样觉得：

> 我高悬天空，像不透阳光的穹顶
>
> 巍巍高山就是穹顶的柱石。②

然而，罗斯金曾直言："假若人们百无聊赖，没话找话，最后只好谈谈天气，那该谈谈什么样的天气呢？有人会说天气潮湿，有人会说天在刮风，有人会说天很暖和。可在这些谈天者中，有谁能告诉我昨天中午天边那一线白山的悬崖是什么模样？有谁看见自南边射来的一束阳光流连在山顶，最后渐渐消失在一帘蓝幽幽的雨中？有谁看见昨晚余晖散尽、西风骤起时，残云像落叶一样在空中飘舞？美景已逝，无人为之惋惜，因为谁也没看见；而即或真有人并非无动于衷，甚至只是片刻间摆脱了冷漠，那也仅仅是因为那些景象之粗狂与特别，而并非有感于自然力量宏阔而强劲的展示，也并非因为冰雹之碰撞或旋风之激扬使其高尚的品格和崇高的思想得到了升华。"

白云飘浮不定、背景一片湛蓝的午时天空当然格外美丽，但正如罗斯金所说，"还有一种美，一种眼睛总会带着对美更深的感情去寻求的美，那就是夕阳的余晖或黎明的霞光，那一片片在黛

---

① 语出华兹华斯长诗《彼得·贝尔》（Peter Bell，1819）第265行"The witchery of the soft blue sky"。

② 引自雪莱短诗《云》（The Cloud，1820）第5节。

色的地平线天空像营火一样燃烧的红云。"

暮色的确消失得很快，但随着夜幕降临，

> 宝石镶嵌的夜空多么璀璨！
> 最明亮的长庚星一马当先，
> 率领星斗队伍依天图列阵，
> 直到云彩拥簇的月亮登殿，
> 威威女王展开其烛烛斗篷，
> 洒皓皓银辉遮住沉沉黑暗。[1]

谈夜色之美，我们通常会谈及夜晚沉寂，夜空清朗，谈及头顶上繁星闪烁；其实大自然的狂暴也是一种壮阔之美。多壮观啊！当闪电劈在黑暗与辉煌之间，当霹雳像斯温伯恩[2]描述的那样

> 从一座山峰滚到另一座山峰，
> 在摇摇欲坠的峭壁间炸响。

或用莪相[3]的话来形容，雷电就像是

---

[1] 语出弥尔顿《失乐园》第4卷第604—610行。

[2] 参见本书第十六章《论诗》相关注释。

[3] 莪相（Ossian），相传是公元三世纪一位用盖尔语创作的爱尔兰或苏格兰说唱诗人，如今流传的莪相诗歌实际上是由苏格兰诗人及翻译家麦克菲森（James Macpherson，1736—1796）根据盖尔语歌谣自己用英语创作的作品。

在今宵暴风雨中飘荡的幽灵，

轰鸣声在阵风之间格外动听，

仿佛来自另一个世界的声音。

　　天空虽然美丽，然其美并不止于白云蓝天。凝视苍穹天体，我们会感悟到"崇高之永恒存在"①。那些天体如此巨大，如此遥远，然而如约翰·西蒙兹②所说，在柔和的夏夜，"它们似乎会俯下身来对着我们的灵魂耳语呢喃。"

　　塞内加曾说："人不可能遥望苍穹而不感到惊讶和崇拜，看见那些不可计数的耀眼天体，观察到那些天体的旋转运行，人不可能不对宇宙万物的共同命运肃然起敬。"

　　对但丁从地狱之游重返地面时的那种感受，有谁不会抱有同感呢？

在我们视野之中，美丽的天光

从那个洞穴上方一个圆孔射下，

从那时起，我们又能看见星辰。③

　　夜望星空，星星看上去都恒定不移，使人几乎意识不到它们任何时候都在以远超人类想象的速度沿各自的轨道运行。

---

① 语出爱默生《论自然》第 1 章首段。

② 参见本书第七章《谈游历之乐》相关注释。

③ 引自但丁《神曲·地狱篇》第 34 歌第 131—133 行。

就像用恒河沙数来形容数量多一样，多如天上星斗也一直是人们爱用的比喻。迄今人们已知大约有一亿颗恒星，而其中许多无疑还有自己的行星。但这还绝非全部。天幕上不仅"镶满金灿灿的圣餐碟"[1]，还布满了许多因能量耗尽而变暗的恒星，从前那些恒星也许像我们的太阳一般灿烂，但现在已经死亡，已经冷却，而我们的太阳就像亥姆霍兹所说的那样，也会在一千七百万年后死亡并冷却。除了恒星和行星，宇宙中还有彗星，虽说我们能看见的彗星少之又少，但其数量甚至比恒星还多；此外宇宙中还有星云，还有无数在太空穿梭的小天体，以及我们偶尔可见的流星。

天体不仅数量之多令人惊叹，其体积之大、距离之遥也几乎会令人心生敬畏。海洋之深之阔几乎难以测算，对人类的想象力来说真可谓浩瀚无垠。但若与天空相比，海洋算得了什么？较之巨大的木星和土星，我们的地球小得可怜，可要与太阳相比，木星和土星又微不足道。而在浩渺的太阳系中，太阳本身的体积也微乎其微。据测算，天狼星比太阳大一千倍，离地球的距离则是太阳离地球的距离之一百万倍。[2] 太阳系本身在星系与星系之间的浩瀚太空运行，被其他许多与它同样庞大同样复杂的星系环绕[3]；而我们知道，即便如此我们也尚不知晓宇宙的极限。

有些恒星离地球非常遥远，它们的光即便以每秒三十万公里

---

① 　语出莎士比亚《威尼斯商人》第 5 幕第 1 场。

② 　此文提供的天文学数据并不准确。以此处为例，更科学的说法是：天狼星（大犬座 α 星 A）体积略大于太阳，半径约为太阳的 1.7 倍；天狼星距地球的距离大约为 8.6 光年，而若以光年计算，太阳距地球的距离大约是 0.0000158 光年。

③ 　当时以赫歇尔为代表的一批科学家以为太阳系是银河系的中心。

的速度传播，也需要数年才能到达地球；而在这些恒星之外还有其他离我们更远的恒星系统，那些恒星不可能被单独观测到，即便在倍率最大的天文望远镜中，它们也只会以微小的星云形态或星系形态显露。

实际上，说科学可为我们揭示无限，这只是对真相的一种相对表达，因为无限大或无限小之概念，都完全超越了人类的想象能力，从而不仅成了人类欢乐和兴趣永不枯竭的源泉，似乎还可以让我们超然物外，摆脱生活中微不足道的痛苦和烦忧。

第十九章
论人生之苦忧

把无论是重是轻的种种痛苦
都尊为上帝为你派来的信使，
…………

因为悲伤就应该像欢乐一样，
需庄重，平和，镇定，安详，
能使自由升华，纯净而坚强，
坚强得足以把小灾小难消弭，
足以赞美崇高而永恒的思想。

——奥布雷·德韦尔①

　　人生不乏痛苦和烦忧，而且痛苦烦忧有多种多样。有些苦忧可谓实实在在，尤其是那些我们自己招致的苦忧；但另一些苦忧，而且绝不在少数，却仅仅是幻觉心魔，我们只要敢于正视。就会发现那只是庸人自扰，只是自己病态想象的产物，而如今还真有

---

　　① 奥布雷·德韦尔（Aubrey Thomas de Vere，1814—1902），爱尔兰诗人。

人像大卫王说的那样"在幻影中忧虑不安"①。

的确，有些虚幻的烦忧会造成不幸，但有些真正的悲苦却无害于人。

波伊提乌②在《哲学的慰藉》中说："人心若被这尘世间的祸福搅扰，就可能陷入深不可测的深渊。人心若像今天这样忘记了自己内在的永恒欢乐之光，贸然陷入外界忧患重重之黑暗，那它所能感知的就唯有忧伤与苦闷。"

爱比克泰德曾说："雅典是个令人惬意的城邦，但更令人惬意的是自得其乐——没有大喜大悲，没有忧愁烦恼。"

我们都应该尽力让自己保持

> 那种如沐天恩的心境，
>
> 有此心境，莫名其妙的重负，
>
> 沉重得令人难以承受的负担，
>
> 这个荒唐世界里所有的重压，
>
> 都会减轻。③

这样我们会像普卢塔克所言："既不怕像阿里斯提得斯那样被放逐，也不怕像安那克萨哥拉那样被囚禁，既不怕像苏格拉底那样生活清苦，也不怕像福基翁那样被反对派处决，而是在那样的

---

① 语出《旧约·诗篇》第 39 篇第 6 节。

② 参见本书第二章《谈履责之乐》题记注释。

③ 语出华兹华斯抒情诗《丁登寺旁》第 37—41 行。

磨难中也始终想到值得我们去热爱的美德。"所以在很多时候，我们都可以超然物外，不染俗尘，因为

> 石墙巍巍乎未必是监狱，
>
> 铁栅森森然未必是囚笼，
>
> 清白无辜且宁静的心灵
>
> 权把此地当隐居的小屋；
>
> 只要能尽情爱我之所爱，
>
> 我这颗灵魂就无拘无束；
>
> 唯有飞翔在云霄的天使，
>
> 才可能享受这样的自由。[1]

用莎士比亚睿智的语言来说：

> 凡是有日月星辰照临的地方
>
> 对智者来说都是安身的乐土。[2]

的确，快乐与否主要取决于我们的内心，而非取决于外部世界。当哈姆雷特说"世界是一座大监狱，里面有许多囚室、监房和地牢，而丹麦是其中最糟的一间"时，朝臣罗森格兰茨表示不

---

[1] 语出洛夫莱斯（Richard Lovelace，1618—1657）名诗《狱中寄阿尔希娅》（To Althea from Prison，1642）第25—32行。

[2] 引自莎士比亚《理查二世》第1幕第3场。

能认同，于是哈姆雷特聪明地回应道："啊，那么丹麦对你们来说并非监狱，因为天下之事本无所谓好坏，但思想令其有了好坏之分，因此对我来说，丹麦就是座监狱。"[1]

马可·奥勒留曾说："凡事都取决于我们的看法。不会让人变得更坏之事怎么能让生活变得更糟呢？……不过能肯定的是，死亡与生存、尊荣与耻辱、痛苦与欢乐，所有这些事都没有善恶是非之分，对好人坏人都一视同仁，这些事本身既不会让我们变得更好，也不会让我们变得更糟。"

杰里米·泰勒曾说："极恶来自我们的内心，因此我们也必须从自己内心寻找至善。"

弥尔顿也说：

> 心乃自己的领域，在自己心中
>
> 天堂可变地狱，地狱可变天堂。[2]

确乎，眇目的弥尔顿所见之美丽景象，失聪的贝多芬所闻之天籁之音，都远远多于我们大多数人所能期冀。

当不知何事会发生时，我们都易于陷入恐慌，都怕会大祸临头。而当明确知晓了威胁之所在，恐惧也就消除了一半。因此，人们怕鬼魂甚于怕强盗，这不仅莫名其妙，而且违情悖理，因即便鬼魂真的存在，又能把我们怎么样呢？谈神说鬼之人，甚至包

---

① 以上引文出自莎士比亚《哈姆雷特》第 2 幕第 2 场。

② 引自《失乐园》第 1 卷第 254—255 行。

括那些说亲眼见过鬼魂的人，也几乎没人公开承认或亲口承认自己接触过鬼魂。

谈及死神时，弥尔顿曾详细描绘过其莫可名状的模样：

> 另一个模样，
> 如果真称得上模样，更无法辨认，
> 分不清楚什么躯干、关节或四肢；
> 说是个实体，可看上去又像影子，
> 说影子又像实体；黑黢黢像夜晚，
> 可怕像地狱，凶如十个复仇女神，
> 挥着一柄可怖的标枪，头上似乎
> 戴着一顶形状很像是王冠的冠冕。[1]

说到黑暗和夜晚会加强恐惧效果，《约伯记》中有一段较详细的描述——

> 在想到黑夜里幻象的时候，
> 在世人都沉沉入睡的时候，
> 恐惧悄然降临到我的头上，
> 令我心惊肉跳，浑身战栗。
> 这时一个幽灵飘过我跟前，
> 我更不寒而栗，毛骨悚然。

---

[1]　引自《失乐园》第 2 卷第 666—673 行。

我呆若木鸡，面对那幽灵。

寂静中我听见一个声音问：

难道凡人会比上帝更公正？ [①]

这样的恐惧不啻为我们上了一课，关于仁慈和安慰的一课。

我们总爱夸大自己遇到的麻烦、所处的困境，整天为之忧心忡忡，结果使其显得比实际情况更加严重。

培根告诉我们："看上去不足惧的危险往往并非不足为惧，令人虚惊一场的危险历来都多于迫在眉睫的危险。不仅如此，对某些危险最好是不等其逼近就迎头出击，而不能过久地监视其逼近，因若监视时间太长，监视者很有可能会放松警惕。"[②]

深谋远虑固然明智，但总担心天会塌下来却很愚蠢，因为想入非非起码也好过忧心忡忡。

毋庸置疑，我们有些麻烦足够实在，但这也并非坏事。

令人遗憾的是，每每有人因在有意无意之间错走一步，结果偏离正道，误入歧途。那么我们能迷途知返吗？能弥补已经造成的损失吗？答案是完全有可能。以为像麦克唐纳[③]说的那样"一次叹息或接吻的时间太长，生活中就会被迷雾阴雨笼罩，这个世界就会不复从前"，这种想法未免过于悲观。

苏格拉底有两句名言，一是与其承受恶果，不如避免作恶；

---

① 引自《旧约·约伯记》第 4 章第 13—17 节。

② 引自《培根随笔集》第 21 篇《说时机》。

③ 麦克唐纳（George Macdonald，1824—1905），苏格兰作家及诗人。

二是一个人若是已经作恶，最好是让他受到惩罚，而不是给予他宽恕。

我们常把利己说成一种缺点，以为利己就非得妨碍他人幸福。但这种说法可谓大错特错。不幸的是有许多人是愚蠢的利己者，因为他们的所作所为往往既损人又不利己。

歌德曾说："每个人都应该从自己做起，首先让自己快乐幸福，如果人人都快乐幸福，芸芸众生自然也会因此而幸福快乐。"我并不完全同意这种说法，但这番话难道没几分道理？当然，有人很容易指出这话说得太满，很容易指出不幸福不快乐之例外。但是，若人人都能有所节制，都能关照自己的健康，保持愉悦的心情；若人人都能让自家生活幸福，不因鸡毛蒜皮的小事破坏家庭和睦；若人人都能合理持家，保持收支平衡，管好自家的事；用一句虽不甚高尚但却不无道理的中国谚语说，若人人都真能做到"各扫自家门前雪，休管他人瓦上霜"，那么，对包括其家人及朋友在内的芸芸众生来说，这将会多么美好！但遗憾的是——

> 环顾这个可安居乐业的世界，有几人知晓
>
> 自己利益之所在，或知晓利益该如何追求？[①]

凭为非作歹并不能增加自己的幸福，能知晓这点可谓善莫大

[①] 语出古罗马讽刺诗人尤维纳利斯（Decimus Junius Juvenalis，约60—127）之《讽刺诗》第10首，卢伯克此处引用的是德莱顿（John Dryden，1631—1700）的英译文。

焉。以教育孩子为例，实际上我们都意识到，姑息孩子的恶习并非良策，更好的做法是一开始就对其恶性施以惩戒，如此方能使其避免在今后的人生路上吃更大的苦头。

谁都想有个守护天使，这是个很好的愿望，也是个能够实现的愿望，因为良心随时都在守护着我们，随时都准备着向我们发出危险警告。

我们总爱怨天尤人，而这实在是忘恩负义：

> 因为，虽然充满痛苦，
>
> 可有谁愿意失去这种理性存在，
>
> 失去那些穿越古今的永恒思想，
>
> 而宁愿归于毁灭，宁愿被淹没，
>
> 被淹没于冥冥黑夜巨大的子宫？ ①

但也许有人会说，我们的今生是为了来世，我们被送到这个世界是要为另一个更美好的世界做准备。那么，好吧，既然是为来世的幸福做准备，那你还有什么可抱怨的呢？

我们都应该

> 把无论是重是轻的种种痛苦
>
> 都尊为上帝为你派来的信使，

---

① 语出弥尔顿《失乐园》第 2 卷第 146—151 行。引文末行中的"黑夜"即弥尔顿原文中的 Night，卢伯克误引为 thought（思想），译文改正。

而在信使跨进你家大门之前，

你应该起身鞠躬，以礼相迎；

先求他允许你洗洗那双圣脚，

然后把全部家当摆在他跟前，

你脸上不能有丝毫愁云惨雾，

你心中不能有丝毫焦虑不安，

要让灵魂像大理石一般冷静，

因为悲伤就应该像欢乐一样，

需庄重，平和，镇定，安详，

能使自由升华，纯净而坚强，

坚强得足以把小灾小难消弭，

足以赞美崇高而永恒的思想。[1]

就像必士大池水需搅动后方能生效[2]，有些人需要被折腾一番后才会积德。

普卢塔克曾说："若设想我们所享有的这些恩惠并不存在，并时时想到缠绵病榻者是多么渴望健康，经历战乱者是多么渴望和平，大城邦的异乡人是多么渴望获得身份和朋友，时时想到一个人被剥夺曾经拥有的这一切后该多么痛苦，那我们对现在享有的所有这些恩惠就会更加满足。因为只有这样想，我们拥有这些恩

---

① 引文是爱尔兰诗人奥布雷·德韦尔的十四行诗《悲伤》（Sorrow）。

② 必士大池（Bethesda）是耶路撒冷一个据说可治病的水池，但池水需在沐浴前经天使搅动方能生效（参见《约翰福音》第 5 章第 2—4 节）。

惠中的任何一种时才不会觉得它没有什么价值，才不会等它失去后才感到其珍贵……多关心自己的家人，多留心自己的健康，要不就看看那些家境不如自己的人家的情况，而切莫像某些人那样老爱与富贵人家攀比，这样人就会感到心满意足……但你会发现有另一种人，如希俄斯人、加拉西亚人，或比希尼亚人①，他们并不满足于在其同胞中已经享有的荣耀和权力，他们会因未能进入元老院而伤心落泪，进了元老院又会因没当上罗马司法官而捶胸顿足，当了司法官又会遗憾没当上执政官，而当上执政官后还会在意宣布时自己排名第二，而非第一②……所以，当你羡慕那些坐轿子的达官贵人时，你最好降低目光看看那些抬轿子的轿夫。"普卢塔克还说："我很喜欢第欧根尼在斯巴达对一位身着盛装赴宴的陌生人说的那句话，'作为一个好人，难道不该把每天都视为一场盛筵？'……把生命视为这所有一切之肇端，那生活就应该全然轻松而快乐；而若是能充分懂得这点，我们就能够毫无怨言地接受现在，心存感激地回首过去，并满怀希望、没有疑惧、高高兴兴地迎接未来。"

---

① 普卢塔克在此以其出身地影射某几位罗马政治家。

② 执政官（Consul）是古罗马共和时期通过选举产生的最高领导人。罗马执政官共两名（可相互制约），一年一选，可连选连任；两名执政官权力基本相当，但宣布当选时排名有先后，如公元前44年当选的两名执政官凯撒排名在前，安东尼排名在后。

第二十章
论工作与休息

凭劳作获得休息，凭战斗获得胜利。

——坎普滕的托马斯 [1]

说到生活中的痛苦和烦忧，我当然不会把必要的劳作计算在内。

实际上，劳作，甚至是辛勤劳作，只要强度适中，其本身就是快乐的主要源泉。我们都知道，在正常工作的时候时间过得有多快，而在无所事事的时候日子有多难熬。工作可驱散生活中的烦忧，可消解所有微不足道的苦痛。忙碌之人可没有工夫感时抚事，伤春悲秋。因为如格雷诗中所说：

> 他要从辛劳中获得轻松的心境，
> 从忙碌的白天赢得安宁的夜晚，
> 让对财富的追求本身就是富足，
> 因天国的珍宝就是健康与平安。

这种心境尤其适合农夫工匠。种田做工虽然平凡，但只要不

---

① 参见本书第十八章《论自然之美》相关注释。

被虚名所迷惑，这种劳作不但能给人以成就感和满足感，还能给人以千金难买的健康。正如爱默生提醒刚踏入生活的年轻人时所说："与他们生活在一起的那些天使，为他们青春的头顶编织生活桂冠的天使，就是辛劳、真诚和共同的信念。"

古人说得好，劳动是诸神为我们值得拥有的一切而索要的代价。我们都承认锲而不舍的神奇力量，虽然很多时候我们会忘记这点，但从大自然的持之以恒到布鲁斯那只蜘蛛[①]，一直都在为我们加深这一课的印象。

有种说法由来已久，说是作家写得越辛苦，读者就会读得越轻松。据说柏拉图把他的《理想国》开篇部分重写了十三遍，而意大利画家卡洛·马拉蒂为创作《安提诺乌斯》曾画了三百多幅头像素描，最后才创作出了令自己满意的作品。

谚曰"与其闲死，不如忙死"。杰弗里斯[②]则说"壁架不掸会蒙灰，脑子不用会生锈"。

然而，虽说工作劳动于人有益，但不幸的是有很多时候，人们往往劳累过度。于是不少人疲惫不堪地自问：

啊，为什么，

为什么人生竟然全是劳累？[③]

---

① 相传屡战屡败的苏格兰国王罗伯特·布鲁斯（Robert I, the Bruce, 1274—1329）从一只锲而不舍、终结成蛛网的蜘蛛受到启发并获得勇气，最后带领苏格兰军民战胜了入侵的英格兰军队。

② 参见本书第十八章《论自然之美》相关注释。

③ 语出丁尼生《食忘忧果者》（The Lotos-Eaters）第 86—87 行。

传道者所罗门说"万事皆有时"①，工作有其时，游玩也有其时，因此我们最好能合理地劳逸结合，毕竟工作的一项回报就是确保有闲暇时间。

有志者事竟成，这是句不错的格言；但是，有志向固然很好，但志向绝不可能代替工作。

任何人从事任何职业，履行其职责都必须主要靠自己。别人可以施以援手，但我们必须自立自强。没人能比你更了解自己。要发挥自己的长处去获取成就，你必须学会利用自己。须知心灵之灯有遮光装置，它只能照亮自己的路，别人却没法借光。

可以毫不夸张地说，诚实的劳动永远不会过时。哪怕最终没找到想象中的财宝，至少也会使自己的葡萄园丰收。

爱默生告诉我们："大自然对世人说，无论有无报酬都要不停地工作，只要工作就免不了有回报。不管你做的是精工还是粗活，不管你是种地还是写诗，只要是诚实的劳动，只要你自己做得满意，就一定会赢得感官上和精神上的回报；不管失败多少次，你都注定会获得成功。对干得不错的奖赏就是把活儿干完。"

做任何工作，无论多么持之以恒，无论取得多大成功，或无论多么超然绝伦，都不可能用完生命的奖赏。

连最勤奋、最成功的人也必须认识到，正如威廉·莫里斯②在诗中所说：

---

① 引自《旧约·传道书》第3章第1节。
② 参见本书第七章《谈游历之乐》相关注释。

还有那么多甚至没开始做的事情，

还有那么多我们无法看见的希望，

还有那么多成功需要我们去获取。

就现状而论，也许还有某些不尽如人意的地方，但我们已取到了前人未曾取得的成果，具有了前人不曾具有的优势。我们今天的生活要安全得多，我们的劳动果实再不会轻易被他人强行掠夺。

过去要读书求知远比今天更困难。那时候书籍既昂贵又笨重，甚至很多时候书居然用铁链与书桌锁在一起。那时候的学者往往都很清贫。伊拉斯谟曾经常借月光读书，因为他买不起蜡烛；而柯尔律治则说他"向人讨一个便士，并非喜欢别人行善施舍，而是为了买书"。

缺少时间不能作为懒惰的借口。杰里米·泰勒[①]曾说："人生太短，不足以让帝王人君实现其野心，不足以让叛臣逆贼篡权夺位，不足以让贪婪者积累巨额财富，不足以让自负的白痴满足其虚荣，也不足以让我们消灭所有正当利益或非正当利益的敌人；然而，若是为了行善积德，若是为了知书达理，若是为了追求信仰，即便除去不堪用的幼年和暮岁，只算堪用的青壮年时期，上帝给我们的时间也足够充裕。"

工作之于生存是如此必要，所以我们要考虑的问题不是要不要工作，而是如何工作。有则古老的谚语告诉我们，魔鬼专为无

---

① 参见本书第一章《谈快乐之义务》相关注释。

事可做者找事做。

如果说作为一个民族的英国人已经取得了成功，那在很大程度上应归因于我们努力工作这个事实。我们不仅自己努力工作，而且还引导自然力量为我们工作。爱默生在《英国特色》一书中谈及不列颠民族的能力时就说："蒸汽都几乎成了个英国人。"

工作努力在英格兰那些伟人身上表现得尤为突出。威廉·塞西尔①谈及雷利爵士②时就说他"工作起来可以不要命"。

绝大多数英国人都为自己属于这个有史以来最伟大的帝国而沾沾自喜。华兹华斯在一首十四行诗中也许就道出了我们所处的真实境况：

> 这世界可真叫人难以忍受，我们
>
> 获取并消耗，迟早会耗尽所有力量。③

可世界怎么了？无论我们喜欢与否，这世界都肯定会与我们共存。不过我们会有一个什么样的世界，这将主要取决于我们自己。

我们常常被教导，要祈祷自己不厌恶这个世界，但要远离这

---

① 威廉·塞西尔（William Cecil，1520—1598），英国政治家，曾担任伊丽莎白女王的秘书和顾问。

② 参见本书第十一章《论雄心与名誉》相关注释。

③ 引文为该诗前两行。该诗发表于1807年，原诗无题，后来各选本均以第一行《这世界可真叫人难以忍受》（The world is too much with us）作为诗名。诗人在该诗中表达了对英国第一次工业革命导致的唯物质主义之厌恶，表达了对昔日生态自然的向往。

个世界的邪恶。

工作节奏因人而异。快手快脚固然好，但往往欲速则不达。应像歌德所说：

> 像天上星斗
>
> 不慌不忙
>
> 不停不止
>
> 循各自轨道
>
> 各司其职。

据说牛顿曾描述过自己的工作模式，"我把要解决的问题始终摆在眼前，观察第一缕曙光初现，看曙光一点一点地慢慢变亮，直到眼前一片光明。"

爱默生说："天才的秘诀就在于不允许任何虚假存在；在于了解人类所知道的一切；在于在艺术、科学、书籍，人以及现代生活之高尚等各个方面都必求真实，必求真诚，并必须有一个目标；在于从头至尾、自始至终、永无止息地通过运用真理而为每一个真理增光。"

最后我要说的是，休息是工作可靠而丰厚的回报。我们必须休息才能把工作做好，也只有做好了工作才能享受休息。

罗斯金曾提醒人们："我们必须当心，别让休息像山岩那样巍然不动，须知山岩也是经激流长期冲刷，经雷电多次闪劈才保持其巍然；若无溪流冲刷，若无雷电闪劈，岩石会慢慢长满苔藓，渐渐被荒草淹没，最终被犁铧撬开，化为尘土……高贵的休息属于在岩床上喘气的羚羊，而不属于在畜栏里吃草的耕牛。"

待到已经竭尽所能，我们便可心安理得地歇下来静观结果。

爱比克泰德曾说："既然已明白这番道理，一个人为什么不能活得高兴一点，轻松一点呢？为什么不能静静地期待将可能发生之事，默默地承受已经发生的事呢？哈！你们想让我受穷？得啦，等你们找到一个像我这样活得自在的穷人时，你就知道什么是受穷了。哈！你们想让我拥有权力？得啦，让我拥有权力，也让我拥有权力带来的麻烦。好吧，流放？把我流放到哪里，哪里就是我逍遥快活的地方。"[①]

罗斯金曾说："我们总抱怨缺这缺那。我们缺选票，我们缺自由，我们缺娱乐，我们缺金钱。可我们中有谁觉得自己或认为自己缺少安宁呢？若你想要安宁，有两种可行之法。第一种完全在你的能力之内，那就是为自己筑一个舒适的思想之巢……由于年轻时没受过这方面的教育，我们当中迄今还无人知晓，我们可以用美丽的思想建造一座座什么样的圣殿，一座座可以抵御所有灾难的圣殿，这种非用手建造的圣殿可供灵魂安居，寄寓美好想象、温馨回忆、金玉良言、恢宏历史；这种珍贵而安宁的思想宝库，不会因烦忧而骚乱，不会因痛苦而阴沉，也不会因贫穷而离开我们。"

佛教徒相信其业报有多种形式，但德行的最高回报是涅槃——最终而永远的安息。

古西顿国王阿什曼尼泽渴望死后安息的遗愿可谓感人，其遗

[①] 可在本书第十二章《论财富》第7段读到本节引文的上文。

愿被雕刻在现存巴黎的一具西顿石棺上①。据格兰特·达夫爵士②的《叙利亚之冬》一书记载，石棺上雕刻的铭文如下：

"西顿人的王塔布伊特之子、西顿王阿什曼尼泽一世，于在位十四年之赫舍汪月③立下此言：'我——挪亚之后裔，寿限未到而悄然弃世。昔日豪杰沉寂，诸神之子已死。我安息于此陵，安息于此墓，安息于这个我亲手建立的居所。我恳求后来诸王和芸芸众生，切莫开启这安息之所，切莫来此墓寻并不存在的珍宝，切莫夺走或挪动我安息之榻，以免惊扰此安息之所众安息之灵……凡开启此墓者，凡挪动此榻者，凡惊扰我安眠者，必将不得与逝者同眠，必将死无葬身之地，必将从此断子绝孙……他们将下无根，上无果，活在阳光之下的时日也绝无尊荣。'"

游手好闲者不知何谓休息。辛勤工作不仅能让我们享受恢复体力的休息，更重要的是能让我们的心灵得到安宁。我们若已尽力做该做的事，就可以心境坦然地休息。

但丁曾说："世人的安宁乃主之意愿。"在这样的安宁中，心灵会发现最真实的快乐，因为有谚曰："忧虑沉睡时，心灵会苏醒。"

青春年少时，奋发向上之理想不仅非常正确，而且令人鼓舞，

---

① 西顿（Sidon）是黎巴嫩地中海沿岸一古城，为最古老的腓尼基城邦之一，曾出土大量石棺，包括腓尼基时代两位西顿国王的石棺和著名的亚历山大石棺（后者因侧面刻有亚历山大大帝与波斯人激战场面的浮雕而得名，现存伊斯坦布尔考古博物馆）。

② 参见本书第十章《漫谈教育》相关注释。

③ 赫舍汪月（Bul 或 Heshvan）即古希伯来历法的八月（在公历的 10—11 月之间，共 29 天或 30 天）。

令人欢欣；但随着岁月流逝，人们对宁静的渴望、对休息的向往会慢慢变得越来越强烈，正如约翰·西蒙兹[1]所说：

> 当暮年那些黎明也显得灰暗，
>
> 当人生的辛劳悠闲成为过去，
>
> 是那些辛劳者，而非悠闲者，
>
> 才知晓永恒的安眠是否甜蜜。

---

[1] 参见本书第七章《谈游历之乐》相关注释。

第二十一章
论宗教信仰

> 上帝要我们做什么呢？不过是行事公正，有仁爱之心，谦恭地与上帝同行。
>
> ——《旧约·弥迦书》
>
> 人若有未被污染的纯洁信仰，就会去关照患难中的孤儿寡母，就能洁身自爱，不染尘俗。
>
> ——《新约·雅各书》
>
> 搬教义条文会致人死亡，弘教义精神可赐予生命。
>
> ——《新约·哥林多后书》

在这本谈快乐的书中谈论任何神学问题，或宣扬任何值得提倡的教理，可以说都相当不妥。然而，我不能不谈谈能让最大多数人在忧伤痛苦时得到安慰和助益的信仰，谈谈最纯粹快乐的一个源泉。

不管程度如何，我们通常在宗教信仰这个名号下都集合了两种不同的信仰，即感性的信仰和理性的信仰。感性的信仰涉及人的行为和义务，理性的信仰则涉及超自然事物的本质和灵魂的未来，这种信仰实际上是门学问。

信仰应该是一种力量、一种指南、一种安慰，而不应该是一种心智焦虑之源，或一种激烈纷争之根。以宗教之名迫害异己，这意味着所信仰的是一个好嫉妒、不公正的残暴之神。如果我们已为获知真理而竭尽全力，那么还为结果而苦恼就是怀疑上帝的仁慈，用培根的话说，"就是要把象征圣灵的鸽子变成兀鹰或渡鸦"①。须知"搬教义条文会致人死亡，弘教义精神可赐予生命"②，基督教的首要使命就是让上帝在人们心中尽可能崇高。

然而，有许许多多人，尤其是许多女人，往往因圣经文本中的疑难问题而使自己的生活陷入痛苦。其实，经文十之八九都不是在说我们该做些什么，而是在说我们该想些什么。至于该做什么，良心通常就是现成的向导，而凭良心做事才是真正的难事。从另一方面来说，神学是一门最深奥的学问，但只要我们真诚地希望获知真理，就不必害怕自己会因非故意的误解而受到惩罚。因为正如先知弥迦所说："上帝要我们做什么呢？不过是行事公正，有仁爱之心，谦恭地与上帝同行。"③在"登山宝训"④中，甚至在福音书的任何章节中，都很少有深奥的神学，所以造成我们纷争的根源与其说是教会，不如说是对经文的解读。宗教信仰是为了给人世带来和平，给世人带来友善；因此，任何倾向于仇恨和迫害

---

① 引自《培根随笔集》第3篇《论宗教之统一》。"象征圣灵的鸽子"出自《新约·路加福音》第3章第22节"圣灵犹如鸽子降到他（耶稣）身上"。

② 语出《新约·哥林多后书》第3章第6节。

③ 引自《旧约·弥迦书》第6章第8节。

④ "登山宝训"指耶稣在加利利山上对门徒的训话，见于《新约·马太福音》第5章。

的言辞，无论其字面上多么头头是道，在精神上都肯定是大错而特错。

倘若基督徒都遵循了"登山宝训"，欧洲就不会遭受那么多苦难了！

据说西亚古城布哈拉有过三百多所学院，全都是神学院，学生只研习神学，对其他一切都闭目塞听，该城兴许可谓这世间最偏执之城，最无情之城。"知识叫人狂妄，唯爱心启人心迪。"①

我们可千万别忘了：

> 唯兼爱大小万物者，
>
> 他的祈祷方可灵验；②

神学家们往往也会赞同

> 某种无形的力量，虽然看不见，
>
> 其威严的影子却飘在我们中间。③

要是希腊神话中没有主神朱庇特和战神玛尔斯，只有那些居

---

① 语出《新约·哥林多前书》第8章第1节。此处"知识"仅指祭祀神灵的知识。

② 语出柯尔律治《古舟子吟》（The Rime of the Ancient Mariner）第614—615行，引文之前两行是"唯兼爱人类及鸟兽者，/ 他的祈祷方可灵验"，后两行是"因为上帝普爱众生，/ 爱他亲手创造的万物"。

③ 语出雪莱《赞智力之美》（Hymn to Intellectual Beauty）第1—2行。

于水泽林间海洋的仙女和神女，再加上命运女神，那么肯定有许多生活在中世纪异端审判时代的人们会向往希腊人那种天真烂漫的快乐宗教。

所谓教派，皆由宗教偏执者造成。正如卡莱尔所说，真正伟大的信仰导师决不会意图创建新的教派。

有一段波斯箴言说"崇拜不同神祇把人类分成了七十二个种族"。从波斯人的所有教条中，我选了一条——"神圣的爱"，还有就是"用生命之线串起仁爱之珠和思想之珠者，不再需要其他任何念珠"。

有些异教哲学家比基督教神学家还更具有基督教精神，比如苏格拉底、马可·奥勒留、爱比克泰德和普卢塔克。

苏格拉底曾对前去劝说他放弃所谓危险言论的卡里克勒说："卡里克勒，我现在已相信这些事的真相，我会考虑当那一天到来时，我将如何在法官跟前呈现我完整而未被玷污的灵魂。我只想知晓真理，只想尽可能活下去，待大限一到，我就死去。而且我会竭力劝诫其他所有人也这样去做。作为对你这番劝说的回报，我劝你也参加这场战斗，这是生命之战，比尘世间其他任何争斗都更重要。"

爱比克泰德曾说："至于对神的虔诚，你必须知晓此乃首要之事，对众神要有适当的见解，要认识到神的存在，相信诸神会公正地管理好天下万事；你必须坚持这个原则（固守这项责任），对所有发生之事都遵从神的意志，将其视为最高智慧所为而心甘情愿地遵从。"

马可·奥勒留曾说："行事待人千万别像自己要活上一万年似

的。死亡随时都有可能降临，所以趁你还活着，趁你还有能力，就好好做人……"

马可·奥勒留还说："既然你随时都有可能离开这人世，那就请相应调整你的每一次行动、每一个念头。不过只要有神存在，离开这人世也并不可怕，因为神不会让你陷入灾祸；但要是诸神都真不存在，或他们根本不管凡人的事，那我活在这个既没天神又没天意的世界还有什么意义呢？然而，神之存在确凿无疑，而且众神都关照凡人之事，他们已想方设法让人类有能力使自己不致陷入真正的灾祸。至于其他方面，若还有任何麻烦，想必众神亦有所准备，总之会让人有能力不致陷入其中。"

普卢塔克则说："神之所以为神，神之所以万能，并非因其拥有金银和雷电，而是因其拥有知识和智慧。"

要准确领悟东方伦理学家的教理无疑会非常艰难，但其精神贯穿于东方文学作品。例如在古典梵语戏剧《小泥车》中，当那位邪恶的国舅要维陀去谋杀女主人公，并说谁也不会看见他杀人时，维陀回答说："世间万物都会看见这桩罪恶——林中精灵会看见，明月清风会看见，朗朗青天会看见，茫茫大地会看见，掌控生死的阎王会看见，有良知的灵魂都会看见。"

当然，罗马道德家中也肯定有一种悲观怀疑的声调，比如罗马皇帝哈德良临终时写给他灵魂的那首诗：

可爱的漂泊的小小灵魂，

我躯体的客人和终身侣伴，

如今你就要去某个地方；

> 苍白，僵直，一丝不挂，
>
> 再也不会同我一起说笑。

威斯敏斯特教堂中白金汉公爵墓碑上的铭文也表露了同样的意味——

> 我怀疑自己并不完美，
>
> 担心死后会不得安宁；
>
> 世人无知易误入歧途，
>
> 相信全能而仁慈的主
>
> 会可怜宽恕我的灵魂。

普卢塔克还有一种不同的看法，一种堪称最极端的看法。他说："认为没有神灵的人难道不是罪人吗？认为信奉神灵是迷信的人难道不是心中充满万般恶念的人吗？就我自己而言，我宁愿世人说从来就不曾有过普卢塔克这个人，也不愿人家说普卢塔克是个不忠不义之人、反复无常之人、动辄发怒之人、睚眦必报之人，甚至禅絮沾泥之人。"

有许多东西一直被误认为是信仰，尤其是自私自利，也包括恐惧与希望，还有对音乐、艺术和虚荣的爱慕；良心不安往往取代仁爱的位置，而天国的荣耀有时竟然取决于金银珠宝。正如经文一语道破的那样，许多人追随耶稣不是为了看到神迹，而是为了吃到面包。①

---

① 参阅《新约·约翰福音》第 6 章第 26 节。

在很多时候，信仰差异主要都是因语言不通所致。有个东方故事讲四个人商定共进晚餐，其中有一个阿拉伯人、一个波斯人、一个土耳其人和一个希腊人，他们在餐桌前坐下后却为餐前水果争执起来。土耳其人建议要"阿苏玛"，阿拉伯人却要"阿那巴"，波斯人要"昂古尔"，希腊人则坚持要"斯塔皮利翁"。正当四人争论不休时，

> 一园丁赶驴从旁边经过，
>
> 驴背上驮着两筐葡萄。
>
> 四人都急切地跳起身来，
>
> 伸手指着那些紫色果实。
>
> 土耳其人说："瞧，阿苏玛。"
>
> 波斯人说："看，昂古尔。"
>
> 阿拉伯人急得大声嚷道：
>
> "不，这是阿那巴，阿那巴，
>
> 还有什么比阿那巴更好！"
>
> 这时希腊人说："那就是
>
> 我的斯塔皮利翁。"于是
>
> 四人心平气和地买了葡萄。
>
> 你们也该因此而受教。[①]

---

① 语出英国诗人埃德温·阿诺德（Edwin Arnold，1832—1904）的叙事诗《信仰之珠》（*Pearls of the Faith*）。

据说斯坦利牧师[1]有次向比肯斯菲尔德伯爵[2]解释自己的神学观点，后者听后回答说："啊！大牧师先生，所言极是，不过你务必记住——没有教义就没有大牧师。"失去斯坦利这样的大牧师的确是一大不幸，但这种事还会发生吗？宗教信仰远不是真正建立在教义之上，反倒是经常受到清规戒律压制，甚至压垮。谁也不会怀疑斯坦利大牧师为加强英格兰教会所做出的巨大贡献。

我们也许不会完全赞同斯宾诺莎的神学理念，但他这段话却完全在理："神圣法则的第一戒律，实际上即该法则的要点和主旨，就是要把上帝视为至善，从而无条件地热爱上帝。请注意，这种爱是无条件的，而不是出于对其他任何事物的偏好或恐惧。"他还说：宗教信仰的本质就是笃信"一个乐于正义和仁慈的至高存在，一个想要被拯救者都必须服从的至高存在，而对这个至高存在的崇仰就体现在我们施以邻居的正义和仁慈之中"。

周伊特[3]在翻译柏拉图后有这样一番感言："神学充斥着许多尚未定义的术语，许多长期以来一直使人困惑的术语。人们推论过这些术语的意思，但却未能切中要义；人们得出过一些结论，但却无法肯定结论的前提，因为他们宣称的前提并不能验证那些术语的意思。可就是这些谁也无法解释、没有确切意义的词语把各宗教派别的热情鼓动到了极致。"

---

①　参见本书第七章《谈游历之乐》相关注释。

②　即英国政治家及作家本杰明·迪斯累里，第一代比肯斯菲尔德伯爵（Benjamin Disraeli，1st Earl of Beaconsfield，1804—1881）。

③　参见本书第十四章《论爱》相关注释。

怀疑分为两类，一类是明智的悬搁判断，另一类是软弱的犹豫不决，但人们往往把两类怀疑混为一谈。没有充分理由而做出判断，这显然不合逻辑；然而，在必须采取行动时，我们又不得不依据可利用的最有效根据做出判断，不管这些根据有多不充分。而常识判断的重要性就在于此，将军们的直觉和政治家的精明亦在于此。公认的怀疑论鼻祖、古希腊哲学家皮浪就曾经非常明智地坚持悬搁其判断，不管迟迟不行动显得有多愚蠢，也不管哲学辩论据理力争后被一条愤怒的狗①赶下台时还向人家道歉有多么傻气。

我们干吗要指望宗教去解决关于宇宙起源及其命运的问题呢？既然我们并没指望有详尽的论述为我们解释电和热的起源，也并不指望博物学为我们揭示生命之起源。难道生物学曾声称要解释万物之存在？

叙拉古王希伦一世曾在锡拉库萨问西摩尼得斯②，神是谁，或神是什么。当时西摩尼得斯请求给他一天时间来思考这个问题。但在随后的几天中，他一再请求延长思考的时间。最后希伦问他迟迟不答的原因，他回答说思考这个问题的时间越长，其答案就越显模糊。

《吠陀经》曰："光在日中，真谛在光中，神在真谛中。"神性一直被描述为一个其圆心无处不在、其圆周到处都无的圆，不过

---

① 喻某位犬儒学派哲学家，该学派代表人物第欧根尼曾宣称他"决意像一条狗那样生活"。

② 参见本书第十三章《论健康》题记注释。

圣约翰所说的"上帝即爱"更合世人的心意。

因为"爱坚忍不拔，以仁慈为本；爱不嫉妒他人，不自吹自擂；爱不盛气凌人，不张狂无礼；爱不自私自利，不轻易动怒，不怀怨记恨；爱没有不公，只尊崇真理；爱承受一切，信任一切，期待一切，并包容一切。爱永恒不息。而先知先觉者之口若悬河终将流尽，伶牙俐齿者之喙长三尺终有其端，连世人拥有的全部知识也将化为乌有……长存者唯有信仰、希望和爱，而此三者之首就是爱"。[1]

教堂并非学习或思考的场所。几乎没人会同情欧仁妮·德盖兰[2]对科兹那座小教堂的温情，她在其《日记及书信集》中告诉我们，她在那儿留下了"这么多痛苦"。

怀疑并非把信仰排斥在外，

> 信仰迷茫，但行为纯洁，
>
> 他终会奏出自己的音乐。
>
> 真实的怀疑中更有信仰，
>
> 相信我，比教义中还多。[3]

---

[1]　语出《新约·哥林多前书》第13章第4—13节。作者在《生命之用》第十六章也引用了这段经文，但所据英文版本不同，此处引文中的"爱"（Love）在《生命之用》的引文中均作"博爱"（Charity）。

[2]　欧仁妮·德盖兰（Eugénie de Guérin，1805—1848），法国女作家，因将其私人日记和信件结集出版而知名。

[3]　语出丁尼生《悼念集》第96首第1—4行。

不幸的是，许多人试图通过纯洁信仰这种枉费心机的努力来减少人生之邪恶。殊不知行义向善才是通往天国的可靠天梯，不过真正的信仰会有助于我们找到那架天梯并帮助我们向上攀登。

> 始终爱至高无上才是我的义务，
> 早知道这点我肯定会获益匪浅，
> 早看清这点我也许会一直快乐。①

但是，虽然宗教原理绝不可能证明人生来就应该受苦受难，但它确实值得大量的思考和研究。

如果我们坚持承认，关于人生的起点和终点问题，还有许多疑点隐晦不清，而且这种隐晦不清将长期持续，同时我们也坚持对这些疑点进行多方面的思考，那么我们也许会得到宽恕。

> 我们诞生只是一次睡眠和遗忘。
> 伴随躯体的灵魂，我们的命星
> 　　原本在异域栖息，
> 　　此刻从远方而来；
> 　　并未把异域完全遗忘，
> 　　亦非赤条条全无记忆，

---

① 语出丁尼生大型组诗《国王叙事诗》(*Idylls of the King*)第十一卷《桂妮维亚》(Guinevere)，引文是桂妮维亚王后意识到是自己的不忠导致了战争和亚瑟王之死后的怨悔和哀叹。

我们来时身后拖曳有五彩祥云，

我们来自天国，那里才是家园。①

　　我希望不会有人以为我是要贬低为探求真理而付出的真实努力，或以为我是要低估那些为其信仰而牺牲者的奉献精神。但是，把殉教视为一种功德肯定是一种错误，因为从殉教者自身的角度来看，殉教实际上是一种特殊的荣幸。应该让人人都打自己心底相信乔叟的这句名言：

　　真理是人可拥有的最珍贵的东西。

　　对于柏拉图说的那种"灵魂所拥有的热爱真理、为获真理而万死不辞的力量"，我们怎样高估都不为过。要获得真理，我们就应当不辞艰辛，不遗余力，但绝不可以给其他任何人招致痛苦。

　　我们可以肯定，教派纷争绝不会促进宗教信仰，而异端迫害也绝不可能让所谓的异教徒皈依。毋庸置疑，从逻辑上讲，那些认为凡不赞同其教义者都该永远受折磨的人，自己也理应遭受迫害，甚至被迫害致死。若这种你死我活的纷争持续不停，终有某个教派会被消灭，而如果这个假设成立，在世间造成的任何痛苦与地狱之苦相比都微不足道。不过我们必须承认，这样的宗教观与任何对上帝仁慈的信仰都水火不相容，而且似乎也完全违背了基督的教诲。

────────────

　　①　语出华兹华斯《永生颂——童年忆事抒怀》第58—65行。

况且，即便从其自己的观点来看，宗教裁判所通常也被证明是一种失败。殉教者的鲜血就是教派的种子。

托马斯·富勒[1]在其《不列颠教会史》中告诉我们："遵照康斯坦茨会议[2]于1415年发布的一道命令，威克利夫的遗体被掘出并当众焚毁，其骨灰随之被抛入墓地附近的一条小河——斯威夫特河，于是斯威夫特河把骨灰送入埃文河，埃文河又将其送入塞文河，塞文河注入布里斯托尔海湾，最后汇入大洋。就这样，威克利夫的骨灰成了他宗教学说的象征，如今已传遍世界各地。"

据《塔木德》讲，有个人曾去请沙马伊为他上一堂律法课，结果沙马伊勃然大怒，将他赶走。于是他又去找希勒尔[3]请教。希勒尔告诉他说："按你要他人待你的方式待人。这就是全部律法，其他律法条文都是对这条律法的解释。"

从《圣经》采集耶稣认为其信徒必读的经文，就会发现其中很少有教条。如"只要你们彼此相爱，世人便知晓你们是我的信徒"[4]；又如"让孩子们到我这儿来"[5]。让孩子们靠近耶稣这一训诫

---

① 参见本书第三章《谈读书之乐》相关注释。

② 康斯坦茨会议（Council of Constance），天主教会为结束分裂并消除异端，于1414—1418年在德国南部康斯坦茨城召开的宗教会议，会议把英格兰宗教改革先驱威克利夫（John Wycliffe，1330—1384）和捷克宗教改革家胡斯（Jan Hus，有说1369—1415）斥为异端，后者被处以火刑，前者则被掘墓焚尸。

③ 《塔木德》（Talmud）是犹太教口传律法之书面汇编。沙马伊（Shammai）和希勒尔（Hillel）均为活动于公元一世纪初的犹太教贤哲，前者主张严格依照词义解释律法，后者则主张不拘泥于词义，着重解释律法的精神要旨。

④ 语出《新约·约翰福音》第13章第35节。

⑤ 语出《新约·马太福音》第19章第14节。

无疑是教导我们，宗教信仰还有感性上的信仰，而不单单是理性上的信仰。圣雅各将耶稣的这些教诲概括成"人若有未被污染的纯洁信仰，就会去关照患难中的孤儿寡母，就能洁身自爱，不染尘俗"。[①]

未开化民族的宗教几乎都令人恐惧。他们敬奉的神都是些妒忌之神、仇恨之神，凶残，无情，自私，可憎，而且还很幼稚。那些神祇需要丰厚的祭品祭祀才不会发怒，甚至经常要用活人献祭。他们不但要求苛刻，而且还反复无常，有时连最虔诚的祭祀也不能确保能取悦他们。术士女巫从这些邪神获得来自地狱的魔力。那里的民众人人自危，谁也不知道危险潜藏在哪里。看似最细微的举动可能会招来弥天大祸，因为看似最无害的东西就有可能会要人性命。

在很多地方，人们甚至相信有罪恶之神、灾祸之神、疾病之神。这些掌管邪恶的神祇当然要抑善扬恶。我有位精力充沛的朋友被派往印度一个天花流行的地区，那儿居然有一座专门供奉天花女神的寺庙。我那位朋友不顾有人反对，坚持为当地人接种了天花疫苗，那种疾病也随之消失，让当地人感到大为惊讶。不过天花女神庙的僧侣并不吃惊，他们只是拆除了天花女神的偶像，但同时却向我那位朋友讨一件能象征他的标记，以便庙里用来替换那位让僧侣们感到难堪的女神。

我们有幸生活在这个相对文明的世纪，几乎意识不到我们的祖先是如何因相信有神秘莫测的邪恶之神而遭受痛苦，也难以了

① 引自《新约·雅各书》第 1 章第 27 节。

解他们的生活是怎样因被那些可怕的忧惧笼罩而苦不堪言。

然而，随着人类文明的兴起，他们的宗教信仰也随之提升。人们对超凡力量的概念也渐渐变得更加崇高，更加纯洁。

我们正开始意识到，一位充满爱心的仁慈天父不会因我们诚实的过错而生气，说不定甚至不会怪罪我们把人世间可恶的不平事归咎于他。但还有什么能比基督关于这点的教诲更清楚呢？他一再要求其信徒铭记："搬教义条文会致人死亡，弘教义精神可赐予生命。"[①]

罗斯金曾说："如果我们对世人的恶习不总是嘲笑或斥责，而是每次都对他们的心灵提出一点要求；如果我们不总是说上帝要求他们怎样怎样，而是一次次展示上帝对他们的仁慈；如果我们不是挨个儿向他们发出死亡警告，而是让他们都能看到永生不朽的承诺和证明；总之，如果能不让他们想到一个可怕的上帝，一个他们不能不服从、不敢不服从、但总是不愿去理解（有时是不能够理解）的上帝，而是为他们显示一个可亲可近、可信可靠且非常仁慈的上帝，一个其存在可让人间变成天堂的上帝；我想，如果真做到这样，集市上就不会再有那么多对什么都充耳不闻的孩子了。"

然而，虽有人怀疑人类语言是否能表达这世界的终极真理，即或能表达，也怀疑这真理是否能为世人所领悟，但我们决不能认为这些怀疑者小看了宗教研究的价值。恰恰相反，这些人之所以怀疑，并非源于其自负，而是源于其谦卑，不是因为他们领会

[①] 语出《新约·哥林多后书》第3章第6节。

不了神圣真理，反而是因为他们怀疑我们是否能充分领会，尤其是怀疑无限能否被缩减为有限。

我们可以确信，无论宗教信仰多么正确，为信仰而争吵都肯定是错。圣奥古斯丁①曾说："让别人去争吵吧，我只想去知道。"

因此，那些悬搁其判断者并非怀疑论者，而反倒是那些自以为无所不知的人往往会疑虑重重、忧心忡忡。

须知写出如下诗行的人可是华兹华斯。

> ……上帝啊，我宁愿当一名异教徒，
>
> 一名由古老教义信条哺育的异教徒，
>
> 那样我站在这宜人的草地放眼望时，
>
> 就会觉得少几分凄凉，少几分孤独。②

犹如孩子害怕黑夜，对宗教产生恐惧也是因为愚昧无知，而光明与仁爱可驱除恐惧。

展望未来，我们完全可以同罗斯金一道满怀希望："越来越多的和平慈善机构正在为同一个基督教会铺平道路，这个教会的延续将不会再依赖无知，其进步也不会再凭借纷争，而是将同时沐浴在光明与仁爱之中。"

---

① 参见本书第四章《谈书之选择》相关注释。

② 引自《这世界可真叫人难以忍受》（The world is too much with us）第9—12行。

第二十二章
论进步之希望

当一种科学探索精神即将传遍那些其作为明显先兆的文明进步实际上已开始并进展顺利的广袤地区时，我们还有什么不能展望的呢？在这个与人类历史上任何时期都大不相同的时代，在一片其版图比迄今为止产生了人类智力全部成果的地域还广阔许多的疆域内，在强大的人类智力正在充分发挥的时候，我们还有什么不能期待的呢？

——约翰·赫歇尔[1]

对于未来，我们可以满怀信心地期待在两个方向（如果不能在更多方向）有所进步。首先，进一步了解自然，了解物质特性，了解我们周围的各种现象，这可以为我们的子孙后代带来更大的利益，甚至能让他们享受到我们今天享受不到的好处。其次，扩大教育规模，改进教学质量，让科学、艺术、诗歌、音乐、文学和宗教发挥更大影响——我们可以有充分的理由希望，所有这些

----

[1] 参见本书第三章《谈读书之乐》相关注释。

向善的动力将使人得以升华，使之更能成为自己的主人，更重视自己的有利条件并享受其中的乐趣，更深刻地体悟到那句意大利谚语的真谛——哪里有光明，哪里就有欢乐。

有个极易阻碍进步的因素值得注意，那就是人们一直都有种飘浮不定的观念，认为试图改善上帝的安排多少有点忘恩负义，甚至大逆不道。相传普罗米修斯之所以招致朱庇特的惩罚，就是因为盗天火给凡人使用；而其他改进之所以逃脱了相似的惩罚，是因为有些机灵的祭司将其归功于某位掌管该事物的天神。这种观念迄今尚未完全消失。我甚至记得氯仿麻醉剂刚开始使用的时候，许多杰出人士也持审慎或反对的态度，因为他们认为，在某些情况下疼痛也是上天注定。

史书告诉我们，在撒克逊时代早期，诺森伯里亚①国王曾召集贵族和祭司开会，商议是否接待一名传教士。国王对此疑虑重重。最后一名老臣起身说："哦，陛下，你可知道，冬日夜晚，陛下在众人陪同下在大厅用餐，厅内灯火通明，窗外漆黑阴郁；厅内温暖如春，外面雨雪交加，这时候碰巧会有只麻雀从黑暗中飞进大厅，穿过明亮的灯火，然后又从另一边飞进黑暗。我们一时间都看见了那只麻雀，但却不知道它从何而来，也不知道它飞进黑暗的暴风雨之后又去了何方。人的一生也是如此。此生就好似温暖而通亮的一瞬，但生前是怎么回事，死后又会如何，对此我们都

----

① 诺森伯里亚（Northumbria）是盎格鲁–撒克逊英格兰最主要的王国之一，其宗教、艺术和学术在七至八世纪曾一度繁荣，944 年后失去独立王国地位，成为英格兰王国的一块伯爵领地。

一无所知。所以，如果那些新教师能教导我们，能让我们知晓生前的沉沉黑暗和死后的黑暗沉沉是怎么回事，我们就不妨听听他们的教导。"

但我们经常听到有人说，虽然近来有许多令人想不到的伟大发现，但某些根本问题必须作为禁区，不许探索。就我个人而言，我更倾向于不要划定任何禁区。蒙戈·帕克[①]曾问阿拉伯人：太阳在夜晚是怎么回事？太阳是永远都一样还是每天都不同？结果那些阿拉伯人说他问得很傻，还说人根本就不可能弄明白这些问题。

孔德先生在其 1842 年出版的《实证哲学教程》中还为研究天体定下了这样一条原则："我们也许有望测定天体的形态、大小、离地球的距离及其运行轨迹，但我们无论如何也不可能研究天体的化学成分和矿物结构。"然而没过多少年，他假设的这种不可能实际上已变成了可能，这说明限制科学的可能性有多危险。

事实上，那片浩瀚的真理之海还有待人们去探索，这句话在今天与在牛顿那个时代同样真实。我经常希望，皇家学会或英国科学促进会的某位主席能把"我们之未知"作为其年度演讲的主题。谁敢说我们此刻就站在某项发明创造的边缘，离成功只有一步之遥呢？极不寻常的是，人类往往在离某项重要改进一步之遥的边缘一站就是多年。以电灯的发明为例，多少年来人们一直都知道，通电的碳棒在抽空的玻璃罩里可以发出强光，但另一方面，

---

① 蒙戈·帕克（Mungo Park，1771—1806），苏格兰探险家，去非洲探险途中曾被阿拉伯部族酋长拘囚数月，著有《非洲内陆旅行记》（*Travels in the Interior of Africa*，1797）。

碳棒通电后会产生极高的温度，从而使玻璃罩破裂，结果发出的光也无用，因为灯一亮灯泡就会炸裂。爱迪生偶然想到，如果使用足够细的碳丝，就可以降低灯泡内的温度，同时又可获得够亮的光。爱迪生的电灯发明专利一直存在争议，正是因为这个原因。历来都有人说，仅凭一根细丝代替一根细棒，仅凭那么一点微不足道的改动，不足以获得这项专利。不过从整个过程来看，约瑟夫·斯旺和莱恩·福克斯等人的改进虽然非常重要，但却一直是一步一步地循序渐进。

麻醉剂的发明也同样如此。汉弗莱·戴维爵士[①]在本世纪初就发现了笑气（一氧化二氮）的麻醉作用。他发现笑气能使人丧失痛觉，但对健康无害。实际上当时就曾用笑气麻醉做过一次拔牙手术，患者当然没感觉到疼痛。我们的化学家知道这些事实，并向我们那些主要医院的研究者解释过细节，但在长达半个世纪的时间内，没有人想到应用这种明显有效的药剂。手术像以往那样继续进行，患者遭受同样可怕的痛苦，而仁慈的元素就掌握在我们手中，其非凡的特效也为人所知，但却没有人想到对其加以利用。

我可以再举一例。人们通常说印刷术发明于十五世纪，其发明是出于注重实效的目的。但事实上这种技术很早以前就为人所知。古罗马人曾使用泥封印章，而在亚述诸王的墓碑上也可发现用泥板印刷的历代君王的名字。那么印刷术与之有何差别呢？只有小小的一步之差，但却是非常重要的一步。真正发明印刷术的

---

① 汉弗莱·戴维爵士（Sir Humphrey Davy，1778—1829），英国化学家，曾任皇家学会会长（1820—1827）。

是这样一个人，此人脑子里突然闪出这个极富成效的念头——让一枚枚印章变成一个个单独的字母，而非原来的一个个单词。这种差别看上去是多么微不足道，可三千年来却没人想到这点。那么谁能告诉我，还有哪些看似简单但将会影响深远的发明此刻就躺在我们眼皮底下！

阿基米德曾说，只要给他一个支点，他就能撬动地球。一个真理会通往另一个真理。一个发现可能会导致另一个发现，而且往往是一个更重要的发现。

我们才刚刚开始意识到大自然不可思议的广泛性和复杂性。我曾在《论动物的意识、本能和智能》一书中提醒人们注意，许多动物都拥有难以解释的感觉器官。

我们完全有理由期待，未来的研究会对这些有趣的器官组织有更多的了解。毋庸置疑，对显微镜之改进，对新试剂的应用，以及对机械用具的使用，我们都可以寄予厚望。但对其结构物质无限小的基本原子，我们很难预见能用任何方法可以对其有所最终的了解。

根据洛施密特[①]的计算，物质基本原子的直径最多只有五千万分之一英寸，他的计算后来被斯托尼[②]和威廉·汤姆逊爵士[③]证实，在这种情况下，我们现在似乎还不能指望通过改进显微镜来大幅

① 洛施密特（Joseph Loschmidt，又译洛喜密托，1821—1895），奥地利化学家及物理学家。

② 斯托尼（George Johnstone Stoney，1826—1911），爱尔兰物理学家。

③ 威廉·汤姆逊爵士（William Thomson，1st Baron Kelvin，1824—1907），英国数学家及物理学家。

度增加对原子的认识。利用现有仪器，我们可以观察到玻璃表面上九万分之一英寸宽的划痕，但由于光本身的特性，我们似乎不可能指望观察到直径小于十万分之一英寸的物体。勿须怀疑，我们的显微镜将会得到改进，可局限性并非在于我们的光学仪器不完善，而是在于光本身的性质。

我在《科学五十年》一书中说过，根据计算，一个直径为八万分之一英寸的蛋白微粒至少包含有一亿二千五百万个分子。在更简单的化合物中，这个数字会更大，以水微粒为例，不会少于八十亿个分子。所以，纵然我们能造出比现有所有显微镜都强大得多的显微镜，我们也不可能通过直视获得关于物质基本结构的任何概念。事实上，可以用我们最好的显微镜分辨的最小有机物球体可能非常复杂，可能由数百万个分子构成，因此可以断定，有机组织中可能有数目几乎无穷的结构特征，而目前我们还无法预见任何可以观察这些特征的方式。

另外，我在《蚂蚁、蜜蜂和黄蜂》一书中说过，研究已经表明，动物能听到超出人类听觉范围的声音，而且我已经证明，动物能感知人类眼睛看不见的紫外线。

因为我们能完全感知的每一束单色光在我们看来都是一种单独的颜色，那么极有可能的是，这些紫外线在动物看来也肯定是一种截然不同的颜色（我们对这种颜色毫无概念），一种不同于其他颜色的颜色，就像红不同于黄，绿不同于紫一样。随之产生的另一个问题是，这些动物眼里的白光是否与我们看到的白光也不同，除光谱色外还包含有这种额外的颜色。

这些问题不能不让人们去思考，较之我们所看到的世界，其他动物眼中的世界可能（我更想说肯定）大不相同。声音是我们在物体振动发出的声波撞击我们耳朵鼓膜时产生的感觉。振动频率较低时，声音低沉；随着振频升高，声音就越来越尖厉；但当振频达到或超过每秒两万赫兹时，其声音就不会被人耳听见。光亮是光波撞上我们的眼睛时产生的视觉效果。当撞击视网膜的以太[①]振动达到每秒四亿次时，光呈现红色，随着振动次数增加，光依次变成橙、黄、绿、蓝、紫诸色。但在振动次数每秒四万次至四亿次之间，我们的感官感觉不到任何效果。然而在这个限度之间，可能潜藏着任何数量的感觉。我们有五种感官，而且很多时候都认为没有其他感官也行。但显而易见的是，我们不能凭自己局限去测度无限。

另外，换个角度看这个问题，我们会发现动物复杂的感觉器官中有非常丰富的神经，而我们至今还无法解释这些神经的作用。就像听觉不同于视觉一样，动物可能有五十种不同于人类感觉的其他感觉。甚至在我们自己的感觉范围内，也可能有无数种我们听不见的声音，无数种我们无法想象的不同于赤橙黄绿青蓝紫的颜色。这些问题以及其他数以千计的问题都有待我们去解决。在其他动物眼中，我们周围这个熟悉的世界也许是一个完全不同的世界。对它们来说，这个世界也许充满了我们听不见的声音，看不见的色彩，以及我们无法想象的感觉。把鸟兽标本放进玻璃柜

---

① 以太（ether），二十世纪以前物理学理论中认为普遍存在的一种在包括光波在内的电磁波传播过程中起媒介作用的物质，随着爱因斯坦于1905年正式提出狭义相对论，以太假说被舍弃。

里，将昆虫和植物标本置于陈列橱中，这仅仅是一种烦琐的初步研究；而在我看来，观察其他动物的习性，了解它们彼此间的关系，研究它们的本能和智力，探知它们对自然的适应性以及与自然力的关系，体会它们对这个世界的感觉，这些至少是博物学真正的意义所在，甚至可以为我们提供探究线索，从而去探究我们尚不得而知的动物感官及其感知对象。

从这个角度看，我看进步之可能性几乎可以说是无限。

而从人类的实际情况来看，我认为已经有所进步这个事实不容置疑。

以中世纪为例，那时温文尔雅只存在于宫廷，而且在宫廷里也绝非随时都存在。英国、法国和德国那些城堡里的生活粗俗不堪，几乎可以说是野蛮。人类学家高尔顿先生表达过这样一种观点，一种我并不想质疑的观点，那就是，雅典居民的整体素质比我们英国人更高，就像我们的国民素质高于澳大利亚那些野蛮人一样。但即便照目前这种状态，我们的文明传播得越广，欧洲文明的整体水平无疑也会越高。

毋庸置疑，这种传播在很大程度上应归功于我们更易于传播的英语文学，借用麦考利[①]的措辞，应"归功于我们国家所有荣耀中最辉煌、最纯洁、最持久的文学；归功于那种充满宝贵真理和丰富想象的文学；归功于那种能为其诗坛巨擘、文坛哲匠而自豪的文学；归功于那种其影响比我们的商业还广泛、其力量比我们的军队还强大的文学"。

---

① 参见本书第三章《谈读书之乐》相关注释。

我们很少有人能充分利用自己的智力。人到一定年龄躯体就不再成长，但只要我们愿意，智力在有生之年都会不断增长。

我们可以确信，未来之进步不会仅局限于物质方面的发明和发现。我们能感觉到自己正在获取更崇高的精神力量，许多现在看来超越了人类思想范畴的问题都将得到解决，继续进步的道路将会被开辟。而且我们希望，进步不仅体现在物质方面和精神方面，还能体现在道德方面。

我们当然应该为英格兰之美丽而感到自豪，为我们的城邑之多之大而感到自豪，为我们的商业规模而感到自豪，为国家财物之富足而感到自豪，为帝国疆域之辽阔而感到自豪。但是，一个民族真正的荣耀并非在于其领土之宽广、土地之肥沃，或自然环境之优美，而是在于其人民道德之高尚和智力之卓越。

然而，无论贫富贵贱，我们中很少有人能让自己成为能够成为的那种人。一个人若尽力而为，那就会像莎士比亚所说："人是何等的天工杰作！理性多么高贵！本领多么高强！体态多么端庄！举止多么优雅！"[①]但迄今为止，真少有人堪称达到了这种理想境界。

印度人有种轮回理论，认为动物死后灵魂会投胎转世，以另一种生命形态生活；前生向善者会转投一种更高级的生命形态，作恶者则会投胎于一种更低级的生命形态。他们发现，意识到这种善恶有报可极大地鼓励世人崇德向善。但不管来世是真是假，我们的今生都肯定实实在在。我们只要认真过好今天，明天就可

---

① 引自《哈姆雷特》第 2 幕第 2 场。

以活在一个新的高度；而要是我们顺从于欲望和诱惑，那我们的本性也肯定会相应朝下滑落一步。

这种轮回学说是对"众生归一"[①]的一个有趣说明，也是对我们这些缺乏天赋之人的一种鼓励。当然，虽说凡事都有例外，但从总体上看，一个民族只要万众一心，共同努力，通常总会不断进步；这种进步历来都不完全归功于少数伟人的努力，而是同时也归功于千千万万小人物的勤勉；不是某个天才的功劳，而是一个民族的成就。

想想吧，丁尼生在诗中展望的是番什么样的情景。

啊！那时众生之善必将成为
每个人的准则，而普天和平
将像灼灼光明普照整个大地，
将像一道光束跨越浩瀚海洋，
跨越每一轮循环的黄金岁月。

我们的生活被无数难解之谜所包围，我的世界只是茫茫宇宙中的一个小点；别说我们这些个体生命，就连整个人类的存在也不过是时间长河中一个短暂的瞬间。我们既不可能想象任何起源，也没法预见任何终点。

然而，虽然我们迄今为止未发现任何可供我们去探究最后终

---

① 众生归一，或曰众心归一，是基督教的一个神学观念（参见《新约·以弗所书》第 3 章）。

点的线索，但从另一种意义上讲，我们不妨认为，人类知识的每一点增长都可谓朝那个伟大的新发现迈进了一步。

　　人类的进步可能会慢些，也可能会快些。取得进步的可能是别的国家或民族，而不是我们。如果我们的努力不配取得进步，进步就不会来到我们身边。但进步是一种必然，正如斯温伯恩 [①] 所说：

　　　　但世间有一样东西你们不能扼杀，

　　　　那就是火与剑也奈何不得的思想。

　　人类的未来充满希望。谁能预见自己命运的极限呢?

---

　　① 　参见本书第十五章《论绘画艺术》相关注释。

第二十三章
论人之天命

因为我认为，较之终将显示于我们的荣耀，今生的
苦难不值一提。

——《新约·罗马书》

然而，虽说我们对人类之进步抱有这样一种明确的希望，但作为生命个体，随着岁月慢慢流逝，人们对青年时代给自己带来极大快乐的诸多事物会越来越淡然。不过，倘若我们不曾虚度光阴，倘若我们曾明智地"依偎生命之火烘暖过这双手"[①]，那么我们之所得兴许就会多于所失。即便体力会越来越不济，我们也会觉得已没有使用体力之必要。希望会逐渐被记忆取代，而记忆是否能增加幸福的感觉，则取决于我们以往的生活是否幸福。

固然有那样一些人，其生命价值会随着暮年之临近而减少，其生活乐趣也会一点一点地消失，甚至连残存的一点乐趣也会渐

①　语出英国诗人兰多（Walter Savage Landor，1775—1864）的四行诗《哲人暮语》（Dying Speech of an Old Philosopher）第3—4行"我曾依偎生命之火烘暖过这双手，/如今火快熄灭，我也准备离去"。

渐失去热情；但也有这样一些人，他们会变得越来越富足，越来越平和，而且他们所拥有的也比被时间掠去的更多。

青春时代的快乐也许更热烈，更富于激情，但同时也多了几分焦虑不安；那种快乐不可能拥有伴岁月慰藉而来的丰润和深沉，而这种丰润和深沉是对一种无欲无求的生活最丰厚的奖赏。

因为就像每天都有傍晚，每个人的生命也都有黄昏；或许头顶会有乌云，但只要能看清地平线，黄昏也可能格外美丽。

晚年有满满的回忆，生活中充满了蒙哥马利①在诗中说的那种

> 美妙得难以持久的欢乐，
>
> 逝去后会更显美妙的欢乐。

瑞典神学家斯维登堡曾想象，天堂里的天使始终都在不停地接近其最美的青春时期，所以那些活得最久的人才真是最年轻的人；我们不是都有使这种想法应验的朋友吗？他们实际上（在我们的记忆中）像孩子般鲜活，可以说比美艳永驻的克莉奥佩特拉还真实——

> 岁月不能使其容颜减色，风俗
>
> 也俗不了他们多彩的风姿。②

---

① 参见本书第十章《漫谈教育》相关注释。

② 化用莎士比亚《安东尼与克莉奥佩特拉》第 2 幕第 2 场（河滨版第 234—235 行，皇家版第 271—272 行），此处引文中的 Their（他们的）在莎士比亚的原文中作 Her（她的）。

西塞罗曾说："想到晚年，我发现人们以为晚景凄凉有四个原因：其一，晚年使我们不再参与社会事务；其二，晚年时身体逐渐虚弱；其三，晚年几乎剥夺了我们的所有乐趣；其四，晚年意味着离死不远矣。"但如果读者愿意，就让我们来看看这些原因有多么美妙，是多么合理。

首先，免除了劳神费时的事务，感到自己有了悠哉游哉、安适闲暇的权利，这本身肯定不是坏事。

其次，关于对年老体衰的抱怨，我在上文谈论健康时已谈过，不赘述。

第三是说晚年缺乏激情。这可是高寿者享有的高贵特权！但愿这真能矫正我们青春年少时的致命缺点。但我们天性中更崇高的情感未必会因年高而减弱；更确切地说，剔除了天性中较低俗的成分，我们的情感会变得更加乐观，更加纯洁。

摩奴[①]谕曰："众生皆孤身入世，亦孤身离世；孤零零获其善业之赏，亦孤零零取其罪孽之罚。人死如树倒，其躯卧于土，然其德将伴其魂。故而应使人积善积德，如此方有不弃之伴相随，共同穿越那片黑暗，那片众生皆须穿越且难以穿越的黑暗。"

所以在此可用爱默生的话说："人是这个世界的太阳，比天上那轮太阳更为重要。奇妙的心灵之火是唯一值得测量的光和热。"

有许多人故意走一条自己明知并非幸福之路的道路，这难道不奇怪吗？难道这些人宁愿让别人痛苦，也不愿让自己快乐？

柏拉图在《斐德若篇》中解释了这个问题，该篇把人的灵魂

---

① 摩奴（Manu），印度神话传说中的人类始祖，相传《摩奴法典》即为他所编。

比喻成一种有三重本性的复合体，就像一乘战车，由两匹飞马和一个驾车人构成。"一匹是血统高贵的良马，一匹是出身微贱的劣马，由此可以预见，要驾驭这两匹马绝非易事。"高贵的良马尽力要往上拖，可微贱的劣马却拼命要往下拽。而如果驾车人既聪明又坚定，那么随着时间的推移，我们天性中的高贵部分就会让我们越来越往上升。

雪莱在其《诗辩》中说："人是一种乐器，一系列外在或内在的效果均由它产生，犹如阵阵不断变化的风掠过一柄风鸣琴，风拂而弦振，奏出不断变化的悦耳之音。"

西塞罗说死亡临近是晚景凄凉的第四因。的确，对许多人来说，死亡的阴影始终存在，就像埃及人盛宴上摆的棺材，使生活的朗朗晴空布满乌云。但我们该如何看待死亡呢？

雪莱用其优美的诗行说：

> 生命像色彩斑斓的玻璃屋顶，
>
> 会玷污永恒发出的洁白光辉，
>
> 直到死亡来临，将其踩碎。①

但在我看来，此三行诗中至少有二误。其一是多彩生命未必会玷污永恒之白光，其二是死亡未必会踩碎多彩人生。

柯尔律治就曾说：

---

① 引自雪莱长诗《阿多尼——哀济慈之死》（Adonais: An Elegy on the Death of John Keats，1821）第 462—464 行。

> 人有三宝——爱、光、默想静思，
>
> 它们规则而匀称犹如幼儿之呼吸；
>
> 人尚有三个比昼夜更恒定的朋友，
>
> 他自己，他的创造者，死亡天使。[①]

塞内加认为："死亡乃一切之终结，乃众多人的解药，亦是有些人的意愿；较之不期而至的死亡，如期而至的死亡对任何人都是一种优待。"经历了一生的疾风骤雨之后，安宁会与死亡一道降临。

> 在经历了阵阵狂热的人生之后，
>
> 邓肯在他的坟墓中安然入睡；
>
> 叛逆已对他下过最狠的毒手，
>
> 如今刀剑、毒药、外患、内忧
>
> 都不能再侵扰他的坟头。[②]

如果死亡就是结局，那么没人会知道自己已经死去。

世人每每以为，通往"不曾有旅人从那儿返回的神秘国度"[③]之路肯定是一条痛苦之路，受难之路。但事实并非如此。死亡通

[①] 引自柯尔律治《仁善的伟人》(The Good, Great Man) 一诗最末四行。

[②] 语出莎士比亚《麦克白》第 3 幕第 2 场（河滨版第 22—26 行，皇家版第 24—28 行）。

[③] 语出莎士比亚《哈姆雷特》第 3 幕第 1 场（河滨版第 78—79 行，皇家版第 85—86 行）。

常都很平静，几乎没有痛苦。

比德[①]病重期间还在把《约翰福音》翻译成盎格鲁－撒克逊语。去世那天早上，负责笔录他口授的秘书注意到他很虚弱，便说"只剩最后一章了，可你看起来口授吃力……"，比德回答道："没事，你快提笔照写，尽可能写快些。"秘书写完最后一句后说："写完了。"比德回答："你说得不错，大功告成。"然后他吩咐将自己不多的遗产分给会友，随之叫人把自己抬到平时祈祷的地方，他最后的祈祷词是"荣耀归于圣父、圣子、圣灵"。说完这句话他就停止了呼吸。

歌德临终前也没有任何明显的痛苦，当时他正准备坐下来写作，还表达了自己对春回大地的喜悦之情。

据说莫扎特去世时床头还摊着他未完成的《安魂曲》，当时他妻子和朋友苏斯迈尔[②]一左一右拥扶着他，而他最后的呼吸是在模仿某种独特的乐器效果。

柏拉图以八十多岁卒其天年，谢世前还在奋笔写作。卢卡[③]则一边朗诵其《内战记》诗行一边割腕自杀。布莱克是哼着歌曲与世

---

① 比德（The Venerable Bede，672—735），盎格鲁－撒克逊神学家、历史学家，用拉丁语著有五卷本《英格兰人教会史》（Historia Ecclesiastica Gentis Anglorum，731）。

② 苏斯迈尔（Franz Xaver Süssmayr，1766—1803），奥地利作曲家，曾师事莫扎特，世人听到的莫扎特《安魂曲》即由他续成。

③ 卢卡（Lucan，39—65），古罗马西班牙诗人，所著史诗《内战记》（Pharsalia，又译《法尔萨利亚》）记述了凯撒和庞培之间的战争。卢卡因刺杀暴君尼禄事败而割脉自杀。

长辞。瓦格纳则是头靠在妻子肩上长眠不醒。有许多人都是在睡梦中安然长逝。不少医学权威都对临终者少有沮丧或遗憾的现象表示过诧异。甚至很有可能，连那些死于非命者，比如说战死于疆场者，也很少会感觉到痛苦。

但死后的情况会怎么样呢？可以说现在主要有两种看法。有些人笃信灵魂不朽，但这不朽之魂并非指个体的灵魂；我们的生命会在子孙后代的生命中得以延续，这似乎就是圣保罗那个比喻的合理推论，就像麦粒会在来年的麦穗中延续一样。

只要幸福确实存在，过多计较自己有多幸福就是自私。承认灵魂不朽，但在来世的生存状态中，记忆的连续性会有一个中断，一个人不会记得今生；由此看来，身份的重要性难道不包括在连续记忆的重要性之中？但不管人们的普遍看法是怎么回事，与肉体分离的灵魂终将从死亡中苏醒，就像我们从睡眠中醒来一样；所以，即便我们不能确信

> 无论在我们清醒还是沉睡的时候，
>
> 都有许多无形的精灵在世间行走。[①]

那些无形的精灵至少也存在于这宇宙间的某个地方，我们在凝望群星时就是在凝望他们，只是我们的凡眼俗珠现在还看不见他们罢了。

但在这两种情况下，死亡都不能被视为一种不幸。至于希望

---

① 语出弥尔顿《失乐园》第 4 卷第 677—678 行。

永葆青春活力，那或许是另一个问题。

西塞罗说："人既然注定不可长生不死，那么死逢其时就是件令人向往的事。因为，正如大自然为万事万物都规定了时限一样，她也为人生规定了时限。既然暮岁是人生的结局，就像一幕大戏之终场，那我们不妨逃避这份苦活，尤其是厌腻了龙套角色的时候。"

由此看来，我们

　　　　　　　不必为死亡伤心哭泣！
　　　　　　　那只是狂热后的平静，
　　　　　　　痛苦停息，恐惧消失，
　　　　　　　神圣的期待终于成真。
　　　　　　　月光沐浴沉沉的安眠，
　　　　　　　如此宁静，为何哭泣？

　　　　　　　不必为死亡伤心哭泣，
　　　　　　　那泪泉如今已经封闭，
　　　　　　　谁知那些紧闭的眼睛
　　　　　　　会看见何等明亮的光？
　　　　　　　谁知似乎已冷却的心
　　　　　　　会充满何等神圣的爱？ ①

---

① 引文出处不详。

许多疲惫的灵魂会欣慰地一再想到卫斯理[①]那首圣歌：

> 只消再熬过些许年头，
> 只消再熬过几度春秋，
> 我们便可与那些逝者
> 共眠墓中享安然无忧。

> 只需再进行几番搏击，
> 只需再经历几次别离，
> 再挥洒少许汗水泪水，
> 我们就永远不再哭泣。

但若论写死亡，写得最高贵的莫过于雪莱。

> 安静！安静！他并没死去亦未安睡！
> 他只是从这场人生噩梦中一朝觉醒。
> 反倒是我们沉迷于暴风雨般的幻象，
> 没完没了地同幻影进行无益的抗争，
> …………
> 他已经飞翔在我们黑夜的阴影之外。

---

① 卫斯理（Charles Wesley, 1707—1788），英国神学家，基督教卫斯理宗创始人之一，以创作大量圣诗著称，其中许多被谱曲成圣歌（包括此处引用的这首"A Few More Years Shall Roll"），迄今仍广泛传唱。

人世间的妒忌、诽谤、仇恨、痛苦，

以及世人误以为是快乐的骚动不安

都不能再折磨他，不能再把他纠缠。

他现在对尘世的慢性毒瘤已经免疫，

决不会再徒然哀悼什么心冷如死灰，

也不会再枉然悲叹什么青丝被霜染。[①]

然而，大多数人仍拒绝相信

                              我们都不过是

用来筑梦的材料，我们短促的一生

不过是一场大梦。[②]

根据更为普遍的看法，死亡将使灵魂摆脱肉体的束缚，并传唤我们到上帝的审判席前。可实际上，

世间并没有死亡！死只是嬗变；

今生今世所生活的这个尘世

不过是天国极乐世界的郊外，

而进入天国的大门才叫死亡。[③]

---

① 引自雪莱长诗《阿多尼——哀济慈之死》第343—346行和第352—358行。

② 语出莎士比亚《暴风雨》第4幕第1场（河滨版第156—158行，皇家版第169—171行）。

③ 语出美国诗人朗费罗的《服从》（Resignation）一诗第17—20行。

我们有躯体，但我们是灵魂。正如爱比克泰德所说："我是一个灵魂，一个拽着一具躯体的灵魂。"躯体仅仅是不朽本质之易腐形式。柏拉图曾断言，只要神指引的路被证明是正道，我们就肯定有来生。

无论晚年景况如何，死亡都是一种解脱。《圣经》说的最多的就是神赐平安。"吾将自己的平安赐予尔等，吾所赐之平安不同于世人所赐。"[1]天国通常被描述成这样的地方，邪恶者在那里不再作恶，疲惫者在那里得到安息。

不过我猜想，每个人都肯定问过自己，到底是些什么能构成天国之乐。因为就像沃勒[2]所说：

> 我们只知晓
> 被上帝赐福者在天国之所为
> 就是彼此相爱，放声歌唱。

天堂应该也会有"生存竞争"，这的确也是少数人的想法。所以天堂的日子比我们现在也好不了多少。只要我们能安于现状，这个世界也非常美好。然而，纯然被动地安于现状，安于呆板单调的生活，这非但并不令人向往，甚至几乎令人无法忍受。

另一方面，变化带来的焦虑似乎与至乐极福也不相容，而一种千篇一律、单调乏味的生活，一种没有变化、没有轮换的生活，

---

① 语出《新约·约翰福音》第 14 章第 27 节。

② 参见本书第六章《论时间价值》相关注释。

一种循环往复无休无止的生活，与其说是天赐之福，不如说是自寻沉闷。

但正如特伦奇[①]在诗中所说：

> 世人仍然会再次产生疑虑——
> 上帝的恩惠能否让人心永不生厌？
> 能否亿万斯年永朝永夕不停地
> 降临疲惫的灵魂？
>
> 于是有人会问——假若上帝的恩惠
> 是一个转眼之间就会消失的世界，
> 假若上帝为人世每双眼睛安排的
> 是昙花一现的极乐，
>
> 那么，当他自己皇皇然降临于
> 并非为一朝一夕而是为永生永世
> 创造的尘世时，期待他的眼睛
> 都会看到什么？

在此科学似乎提供了一种可能的答案：解决这尘世间困惑我们的问题，获取新的思想观念，展开过去的历史，揭示动植物世界，探究太空的秘密，揭开星空以及星空以外宇宙的不解之谜。

---

① 参见本书上卷卷首题记诗之二注释。

熟悉我们自己这个世界所有美丽而有趣的地方，这的确是件令人向往的事，可我们这个世界不过是多得不可胜数的世界中的一个。有时候夜望星空时我真想知道，我是否真能有幸作为一个脱离肉体的灵魂在群星间遨游探索。如果我们能进行这样一次超乎寻常的旅行，新的兴趣也许会油然而生，我们很可能愿意开始再活一回。

这时再没有烦忧，只有无穷的乐趣。所以，最后唯一的疑虑可能就像特伦奇所说：

> 唯恐一个永恒不朽的来世
>
> 也不足以游遍浩瀚的天国，
>
> 也不足以尽享乐园所有的
>
> 日日翻新的快乐。

格雷格[①]曾说："我觉得对我而言，上帝所允诺的不是禁欲苦行僧的天堂，不是教条主义神学家的天堂，不是玄妙的神秘家的天堂，也不是那些随时准备受苦受难的殉道者的天堂；而是一个纯净的天堂，一个永远有爱的天堂——好似一本人人都能读懂的枝叶常青的智慧之书——在那里，我们所爱的人永远都在身边，从不误解我们，从不厌烦我们；那里有令人愉快的工作可做，而且人人都有工作的能力。那是一个解决问题的世界，也是一个实现理想的世界。"

---

① 格雷格（William Rathbone Greg，1809—1881），英国散文家，著有《生命之谜》（*The Enigmas of Life*，1875）。

西塞罗这番话肯定不算夸张:"啊,荣耀之日!届时我将离开这个乌烟瘴气的世界,前去与那些神圣的灵魂会合。我不仅将见到我评说过的那些伟人,还会见到我的孩子加图①,无人能比之优秀、无人能比之高贵、无人能比之虔诚的加图②;他的躯体居然由我焚化,尽管由他为我举行火葬才算合适。③不过他的灵魂并未抛下我,而是经常回来看看,无疑是到那些他预见到我注定要去的地方。这对我来说是一种痛苦,但我似乎像是在耐心忍受,这倒不是因为我冷漠,而是因为我想到我俩天各一方的日子不会持续太久,这种想法给了我莫大的安慰。因为这些原因,哦,西庇阿④哟(既然你曾说你和莱利乌斯⑤通常都对这问题感到疑惑),我告诉你,晚年对我来说尚好,并不令人厌烦,甚至还令人愉悦。我相信灵魂会永生不朽,如果我错了,我宁愿自欺欺人,也不愿意这个让我乐在其中的错误在我有生之年得到纠正。但要是我死后就真没了意识,就像那些狭隘的哲学家以为的那样,那我也不用担心死去的哲学家会嘲笑我这个错觉。"

谈人之天命,我可不能遗漏了《辩诉篇》中引人注目的那番

---

① 西塞罗(Marcus Tullius Cicero,前106—前43)比小加图(Cato the Younger,前95—前46)年长十一岁,西塞罗十七岁从军时小加图才六岁,故有"我的孩子"一说。

② 西塞罗非常赞赏小加图,还曾为他写过一篇颂词(已佚)。

③ 小加图不愿在凯撒统治的世界中苟存,于公元前46年自杀身亡,而西塞罗三年后(公元前43年)被"后三头同盟"(安东尼、屋大维和雷必达)宣布为公敌处死。

④ 参见本书第五章《谈交友之幸》最末一个注释及其相关正文。

⑤ 参见本书第九章《漫谈科学》倒数第3段相关注释。

话，即苏格拉底面对五百雅典人进行辩诉的那段。他说："我们若是换种方式思考，便会看出我们有充分理由相信死亡是件好事；因为那无非就是两种可能之一，要么是一种湮灭状态，死后没有知觉，要么如人们所说是一种变化状态，灵魂从这个世界迁往另一个世界。如果你们这样设想，死后没有知觉，不过就像酣眠无梦之人那样沉睡，那么死亡真可谓一种妙不可言的收益。要是有人挑出这样一场无梦惊扰的酣睡，将其与自己一生中其他日日夜夜相比较，然后告诉我们有几多日子比这场酣睡更舒心惬意，那我敢说，无论是碌碌民众还是赫赫帝王，谁都会发现这样的日子屈指可数。喏，既然死亡就像一场酣睡，那我得说死去就是获得，因为永恒无非就是一夜酣寝。但假若死亡是去另一个世界旅行，而且据说所有亡灵都住在那里，啊，各位朋友，诸位法官，天地间还有什么比这更好的好事吗？

"当然，若这趟旅行到达的是下面那个世界，旅行者则将摆脱这个世界的审判，而去面对传说中那些真正的法官——弥诺斯、剌达曼堤斯、埃阿科斯①和特里普托勒摩斯②，并见到其他神子——那些生前大义凛然的英杰，那这趟旅行可真是千值万值。一个人若能与奥尔菲斯、穆赛俄斯、赫西俄德和荷马交谈，那他有什么

---

① 希腊神话传说中的三位冥府判官：弥诺斯（Minos）和剌达曼堤斯（Rhadamanthys）是宙斯和欧罗巴的两个儿子，弥诺斯当克里特国王时贤明公正，剌达曼堤斯生前也以富于正义感而著称；埃阿科斯（Aeacus）是宙斯和埃癸娜的儿子，以公正和虔诚著称。

② 特里普托勒摩斯（Triptolemus）在希腊神话传说中是一位传授农业技艺的半人半神，在柏拉图的笔下则是冥国判官之一。

不愿舍弃的呢？啊，若果真是这样，我情愿死上十次。我还怀有极大的兴趣想见到因不公正判决而死去的帕拉墨得斯①、因裁决不公而身亡的大埃阿斯②，以及其他生前曾遭遇不公的古代英雄；因为我想，能与他们相识并交谈，把我的遭遇同他们的遭遇进行一番比较，那一定会相当有趣。但最重要的是，如同在这个世界一样，我也可以在那个世界继续探究真理与谬误，查明哪些人是真正的智者，哪些人只是假装睿智。哦，诸位法官，一个人若能去叩问特洛伊远征的希腊统帅，或是叩问俄底修斯、西绪福斯，以及无数的男男女女，那他还有什么不愿舍弃的呢？能够与他们交谈，能够向他们提问题，那将是何等的快事啊！在另一个世界，人们不会因为有谁提问题就将其处死。因为若真如人们所说，那个世界不仅比这个世界幸福，而且那里的人都永生不死。

"所以哟，诸位法官，死亡这事并不算太糟，须知不论生前死后，好人肯定都不会遭遇不幸。诸神会关照他和他的家人，而我即将到来的结局也绝非偶然。我非常清楚，对我来说最好是一死了之，这也是没有神谕显示的原因。正因为如此，我并不怨恨判我死刑的人，也不怨恨那些原告，他们并没对我造成伤害，不过

---

① 帕拉墨得斯（Palamedes），希腊神话传说中的英雄，他曾揭穿俄底修斯为逃避参加特洛伊战争而装疯的行为，俄底修斯因此怀恨在心，后来设计陷害他，以反叛的罪名将其处死。

② 大埃阿斯（Ajax），希腊神话传说中的英雄，他在夺回阿喀琉斯尸体的战斗中立下大功，阿喀琉斯的母亲提议把儿子的盔甲送给希腊最勇敢的英雄，俄底修斯收买特洛伊俘虏说谎，因此夺得头功，获得那副盔甲，大埃阿斯因不公正裁决而怒不可遏，自刎身亡。

他们对我也没安好心，为此我得稍稍谴责他们。……离别的时候到了，就让我们各走各的路吧——我去赴死，你们去活。哪条路更好，唯神可知。"

《所罗门智训》①许诺我们：

义人的灵魂由上帝关照，不会再被痛苦纠缠。

在愚昧者看来他们似乎已死去，并以为他们死得很痛苦。

他们离我们而去固然是湮灭，但他们其实都很安详。

他们在世人眼中是受到了惩罚，但他们的信念充满了永生。

他们因受小罚而获大赏，因为上帝曾考验过他们，发现他们配得上做他的子民。②

千真万确，只要临终时问心无愧，你就不必忐忑不安。未来固然充满疑团，但更多的是充满希望。

如果辛劳一生后要去一个休憩之处，

那里邪恶之人不再捣乱，

而困乏之人可得以安息。③

_____

① 《所罗门智训》(The Wisdom of Solomon) 系《次经》(Apocrypha) 第六卷。（《次经》乃一批在《圣经·旧约》正典之后出现的犹太教典籍，共十四卷，又称《旁经》或《后典》。）

② 引自《次经·所罗门智训》第3章第1—5节。

③ 语出《旧约·约伯记》第3章第17节。

那么对许多疲惫的灵魂来说，那真是一个惬意的归宿，但尽管如此，人们可能还会问：

死神啊！你的毒刺在哪儿？
坟墓啊！你的胜利在哪儿？ ①

另一方面，既然我们要进入一个新的生存家园，在那儿不仅有望见到那些我们常闻其英名的伟人、那些我们曾读过并欣赏其诗文的大师、那些我们亏欠得太多的恩人，而且还有望与我们一直热爱但已失去的亲友重逢；既然我们将摆脱肉体的束缚和世俗的限制，去与天使和所有生活在天国的众生成为伙伴，那么，我们确实可以抱有一种坚定的信念——较之在我们永恒家园等着我们的生活，尘世的名利和快乐都不值一提。

---

① 语出《新约·哥林多前书》第 15 章第 55 节。

译者后记

一

卢伯克（John Lubbock，1834—1913）是英国银行家、政治家、人类学家、博物学家及文学家。作为银行家和政治家，他促成了银行法定假日（Bank Holiday）的设立，并为保护英国国家古迹做出了贡献。作为人类学家，他撰写了《史前时期》（*Prehistoric Times*，1865）和《文明起源与人类原始状态》（*The Origin of Civilization and the Primitive Condition of Man*，1870），并在此二书中创了"旧石器时代"和"新石器时代"这两个名词。作为博物学家，他出版了《昆虫的起源和变形》（*The Origin and Metamorphoses of Insects*，1873）、《英国的野花》（*British Wideflowers*，1875）、《蚂蚁、蜜蜂和黄蜂》（*Ants, Bees, and Wasps*，1882）和《论动物的意识、本能和智能》（*On the Senses, Instincts, and Intelligence of Animals*，1888）。作为文学家，他为世人留下了两本休闲之作:《生命之乐》（*The Pleasures of Life*，1887）和《生命之用》（*The Use of Life*，1894）。这两本书一经问世就广受欢迎，很快就一版再版，并且被翻译成多种文字，成了世人百读不厌、发人深省的智慧之书。

二

　　《生命之乐》于1887年1月问世，初版时只收有十篇文章，其中除第八章《谈居家之乐》和第十章《漫谈教育》之外，其余八章内容均为作者在英国数所大学为学生所做的演讲之要旨，用作者自己的话来说，是为正在步入生活的年轻人提出的一些忠告，给予的一些鼓励。然而，这些给年轻人的忠告和鼓励让不少觉得生活了无情趣的成年人也受到启发，得到安慰，懂得了"时间真是一份神圣的礼物，而每一天都是一小段生命"（第六章《论时间价值》）；明白了"有德者乃智慧之人，有智者乃仁善之人，仁善者乃快乐之人"（第二章《谈履责之乐》）；认识到了"我们都有义务尽可能地快乐，哪怕仅仅是因为我们自己的快乐能极有效地促成他人快乐"（第一章《谈快乐之义务》）。于是这本只有十篇文章的小书在不到两年的时间内就印行了十三版，受到读者热情的鼓励，作者随即续写了十三篇文章，与原来的十篇合成一书于1889年出版。二十三篇本《生命之乐》更受读者欢迎，出版后的一年内几乎每两个月就再版一次。这个中文译文就是根据A. L. 伯特出版社（A. L. Burt Company. Publishers）于1890年印行的第二十版《生命之乐》翻译的。

三

《生命之乐》与其姊妹篇《生命之用》一样，是为受过一定教育、对拉丁文学和英语文学都具有一定鉴赏力的读者写的。考虑到读者的认知语境，作者据事类义，援古证今，涉及了大量史实、人物和文学经典，而且，作者虽然在书中批评了当时的英国教育让"学生们也备受枯燥的拉丁语希腊语文法折磨"（第十章《漫谈教育》），但自己在援引经典时却每每直接引用原文（尤其是法语、德语和拉丁语）。这种广征博引对翻译来说无疑是种挑战，需要译者解决许多除语言转换之外的问题。为了使原文意义更显明透达，译者为中译本添加了一些必要的注释，但为了让读者更顺畅地欣赏阅读，译者又采用自己总结的"隐性深度翻译"策略[①]，尽可能地减少了加注。其具体做法是：

1. 对一些中国读者不甚熟悉的历史人物不用注释说明，而是在正文中冠以其头衔或明确其身份，从而让中文读者一目了然。例如第十三章《论健康》原文谈及医学研究时列举了 Hunter、Jenner、Simpson 和 Lister 这四个姓氏，而与之对应的中译文则是"解剖学家约翰·亨特、免疫学之父爱德华·詹纳、产科专家詹姆斯·杨·辛普森和外科专家约瑟夫·李斯特"；再如把 Tintoret 翻

---

① 参见拙著《英汉翻译二十讲》（增订版）第十五讲和第十六讲（商务印书馆，2019）。

译成"意大利画家丁托莱托",把 Cleanthes 翻译成"古希腊哲人克莱安西斯",把 Isaac Barrow 翻译成"著名数学家、牛顿的老师艾萨克·巴罗",等等。

2. 未保留原著中大量仅提示引文出自何人的脚注,而是将其变成了译文正文中的提示语。例如把原文脚注"*Emerson"变成译文正文中的"爱默生《随笔第一集》第一篇的题记诗曰",把原文脚注"*Goethe"变成译文正文中的"应像歌德所说",等等。

3. 把原著中的非英语引文直接翻译成汉语,不另用注释说明原文是何种语言(个别原文一语双关者除外)。在此需要说明的是,译者翻译非英语引文时都尽可能地请教了专攻各门语言的专家,尤其是法语专家、法国政府金棕榈教育勋章获得者陈跃教授和德语专家、法兰克福大学博士吴越教授。趁此机会,译者对这些专家一并致谢。

四

古今中外,世人都感叹人生苦短,去日苦多,而《生命之乐》却告诉我们:"无论如何,生活都可以并应该有趣,快乐,充满希望";"生命不单是活着,而该是好好地活着";"生命的确不该用时间去计算,而必须用思想和行为来衡量";"只要我们选择拥有,宇宙的辉煌与美好都可以属于我们"。的确,正如作者所言,对我们每个人来说,只要能穿透"熟视无睹"这层面纱,就可以在平平淡淡的生活中发现并享受到无穷的快乐。为了帮助读者找到快乐之源，作者这二十三篇文章几乎涉及了人类生活的方方面面：工作、休闲、财富、时间、健康、爱情、读书、旅游、居家、交友、教育、科学、绘画、音乐、雄心、名誉、信仰、希望，以及人生之苦忧和人之天命，等等。虽然作者为"本书绝没有穷尽世人可享的所有快乐之源"而感到遗憾，但读者尽可以举一反三，在生活中发现更多的快乐。

《生命之乐》语言华丽，文笔优美，叙事生动，说理透彻，警句迭出，尤其是作者就各个话题引用了大量相关的名人名言、名篇名诗，所以读《生命之乐》本身就堪称人生一乐，读者不仅可以分享作者的人生体验，还可以感悟历代先哲的思想精髓。作者在本书下卷序言中说："让读者在烦恼时感到快乐，在忧伤时感到安慰，那就是对我最丰厚的奖赏，也是我写此书的最大希望。"

在现今这个喧嚣而忙碌的时代，能让中文版读者在孤独时得到安慰，在沮丧时受到鼓励，在失望时看到希望，在忧伤时感到快乐，在快乐中获得智慧，这也是本书译者翻译此书的初衷和心愿。

曹明伦

壬寅晚春于成都华西坝

汉译文学名著

第一辑书目（30种）

伊索寓言	〔古希腊〕伊索著	王焕生译
一千零一夜		李唯中译
托尔梅斯河的拉撒路	〔西〕佚名著	盛力译
培根随笔全集	〔英〕弗朗西斯·培根著	李家真译注
伯爵家书	〔英〕切斯特菲尔德著	杨士虎译
弃儿汤姆·琼斯史	〔英〕亨利·菲尔丁著	张谷若译
少年维特的烦恼	〔德〕歌德著	杨武能译
傲慢与偏见	〔英〕简·奥斯丁著	张玲、张扬译
红与黑	〔法〕斯当达著	罗新璋译
欧也妮·葛朗台 高老头	〔法〕巴尔扎克著	傅雷译
普希金诗选	〔俄〕普希金著	刘文飞译
巴黎圣母院	〔法〕雨果著	潘丽珍译
大卫·考坡菲	〔英〕查尔斯·狄更斯著	张谷若译
双城记	〔英〕查尔斯·狄更斯著	张玲、张扬译
呼啸山庄	〔英〕爱米丽·勃朗特著	张玲、张扬译
猎人笔记	〔俄〕屠格涅夫著	力冈译
恶之花	〔法〕夏尔·波德莱尔著	郭宏安译
茶花女	〔法〕小仲马著	郑克鲁译
战争与和平	〔俄〕列夫·托尔斯泰著	张捷译
德伯家的苔丝	〔英〕托马斯·哈代著	张谷若译
伤心之家	〔爱尔兰〕萧伯纳著	张谷若译
尼尔斯骑鹅旅行记	〔瑞典〕塞尔玛·拉格洛夫著	石琴娥译
泰戈尔诗集：新月集·飞鸟集	〔印〕泰戈尔著	郑振铎译
生命与希望之歌	〔尼加拉瓜〕鲁文·达里奥著	赵振江译
孤寂深渊	〔英〕拉德克利夫·霍尔著	张玲、张扬译
泪与笑	〔黎巴嫩〕纪伯伦著	李唯中译
血的婚礼——加西亚·洛尔迦戏剧选		
	〔西〕费德里科·加西亚·洛尔迦著	赵振江译
小王子	〔法〕圣埃克苏佩里著	郑克鲁译
鼠疫	〔法〕阿尔贝·加缪著	李玉民译
局外人	〔法〕阿尔贝·加缪著	李玉民译

第二辑书目（30种）

枕草子	〔日〕清少纳言著	周作人译
尼伯龙人之歌	佚名著	安书祉译
萨迦选集		石琴娥等译
亚瑟王之死	〔英〕托马斯·马洛礼著	黄素封译
呆厮国志	〔英〕亚历山大·蒲柏著	李家真译注
波斯人信札	〔法〕孟德斯鸠著	梁守锵译
东方来信——蒙太古夫人书信集	〔英〕蒙太古夫人著	冯环译
忏悔录	〔法〕卢梭著	李平沤译
阴谋与爱情	〔德〕席勒著	杨武能译
雪莱抒情诗选	〔英〕雪莱著	杨熙龄译
幻灭	〔法〕巴尔扎克著	傅雷译
雨果诗选	〔法〕雨果著	程曾厚译
爱伦·坡短篇小说全集	〔美〕爱伦·坡著	曹明伦译
名利场	〔英〕萨克雷著	杨必译
游美札记	〔英〕查尔斯·狄更斯著	张谷若译
巴黎的忧郁	〔法〕夏尔·波德莱尔著	郭宏安译
卡拉马佐夫兄弟	〔俄〕陀思妥耶夫斯基著	徐振亚、冯增义译
安娜·卡列尼娜	〔俄〕列夫·托尔斯泰著	力冈译
还乡	〔英〕托马斯·哈代著	张谷若译
无名的裘德	〔英〕托马斯·哈代著	张谷若译
快乐王子——王尔德童话全集	〔英〕奥斯卡·王尔德著	李家真译
理想丈夫	〔英〕奥斯卡·王尔德著	许渊冲译
莎乐美 文德美夫人的扇子	〔英〕奥斯卡·王尔德著	许渊冲译
原来如此的故事	〔英〕吉卜林著	曹明伦译
缀子鞋	〔法〕保尔·克洛岱尔著	余中先译
昨日世界：一个欧洲人的回忆	〔奥〕斯蒂芬·茨威格著	史行果译
先知 沙与沫	〔黎巴嫩〕纪伯伦著	李唯中译
诉讼	〔奥〕弗兰茨·卡夫卡著	章国锋译
老人与海	〔美〕欧内斯特·海明威著	吴钧燮译
烦恼的冬天	〔美〕约翰·斯坦贝克著	吴钧燮译

第三辑书目（40种）

地粮	〔法〕安德烈·纪德著	盛澄华译
在底层的人们	〔墨〕马里亚诺·阿苏埃拉著	吴广孝译
啊，拓荒者	〔美〕薇拉·凯瑟著	曹明伦译
云雀之歌	〔美〕薇拉·凯瑟著	曹明伦译
我的安东妮亚	〔美〕薇拉·凯瑟著	曹明伦译
绿山墙的安妮	〔加〕露西·莫德·蒙哥马利著	马爱农译
远方的花园——希梅内斯诗选	〔西〕胡安·拉蒙·希梅内斯著	赵振江译
城堡	〔奥〕弗兰茨·卡夫卡著	赵蓉恒译
飘	〔美〕玛格丽特·米切尔著	傅东华译
愤怒的葡萄	〔美〕约翰·斯坦贝克著	胡仲持译

第四辑书目（30 种）

伊戈尔出征记		李锡胤译
莎士比亚诗歌全集——十四行诗及其他	〔英〕莎士比亚著	曹明伦译
伏尔泰小说选	〔法〕伏尔泰著	傅雷译
海上劳工	〔法〕雨果著	许钧译
海华沙之歌	〔美〕朗费罗著	王科一译
远大前程	〔英〕查尔斯·狄更斯著	王科一译
当代英雄	〔俄〕莱蒙托夫著	吕绍宗译
夏洛蒂·勃朗特书信	〔英〕夏洛蒂·勃朗特著	杨静远译
缅因森林	〔美〕梭罗著	李家真译注
鳕鱼海岬	〔美〕梭罗著	李家真译注
黑骏马	〔英〕安娜·休厄尔著	马爱农译
地下室手记	〔俄〕陀思妥耶夫斯基著	刘文飞译
复活	〔俄〕列夫·托尔斯泰著	力冈译
乌有乡消息	〔英〕威廉·莫里斯著	黄嘉德译
生命之乐	〔英〕约翰·卢伯克著	曹明伦译
都德短篇小说选	〔法〕都德著	柳鸣九译
无足轻重的女人	〔英〕奥斯卡·王尔德著	许渊冲译
巴杜亚公爵夫人	〔英〕奥斯卡·王尔德著	许渊冲译
美之陨落：王尔德书信集	〔英〕奥斯卡·王尔德著	孙宜学译
名人传	〔法〕罗曼·罗兰著	傅雷译
伪币制造者	〔法〕安德烈·纪德著	盛澄华译
弗罗斯特诗全集	〔美〕弗罗斯特著	曹明伦译

图书在版编目（CIP）数据

生命之乐 / （英）约翰·卢伯克著；曹明伦译 . —北
京：商务印书馆，2023
（汉译世界文学名著丛书）
ISBN 978-7-100-22990-6

Ⅰ. ①生… Ⅱ. ①约… ②曹… Ⅲ. ①散文集—英
国—现代 Ⅳ. ① I561.85

中国国家版本馆 CIP 数据核字（2023）第 175932 号

汉译世界文学名著丛书

生命之乐

〔英〕约翰·卢伯克 著

曹明伦 译

商 务 印 书 馆 出 版
（北京王府井大街 36 号　邮政编码 100710）
商 务 印 书 馆 发 行
北 京 通 州 皇 家 印 刷 厂 印 刷
ISBN 978 - 7 - 100 - 22990 - 6

2023 年 12 月第 1 版　　　　开本 850×1168　1/32
2023 年 12 月北京第 1 次印刷　　印张 10⅜　插页 1

定价：52.00 元